달달 읽고 **곰곰** 생각하는

달곰한 문해력

초등 독해

달콤한 문해력 초등 독해
교과 연계 필독 도서를 수록했어요

📖 1단계

도서	출판사	교과 연계
안데르센 동화집 2	시공주니어	과학 3-1 동물의 한살이
책이 사라진 날	한솔수북	국어 1-2 소중한 책을 소개해요
또박또박 반갑게 인사해요	상상스쿨	국어 1-1 다정하게 인사해요
내가 하는 말이 왜 나빠?	리틀씨앤톡	국어 1-1 고운 말을 해요
말놀이 동시집	비룡소	국어 1-2 재미있게 ㄱㄴㄷ
광개토 대왕	비룡소	국어 2-2 인물의 마음을 짐작해요
허난설헌	비룡소	사회 3-2 시대마다 다른 삶의 모습

📖 2단계

도서	출판사	교과 연계
춘향전	보리	국어 3-1 내 마음을 편지에 담아
멋지다! 얀별 가족	노루궁뎅이	사회 3-2 가족의 구성과 역할 변화
빨간 머리 앤	시공주니어	도덕 3 친구는 왜 소중할까요
아홉 살 마음 사전	창비	국어 2-1 마음을 나타내는 말
큰 기와집의 오래된 소원	키위북스	사회 3-2 시대마다 다른 삶의 모습
선덕 여왕	비룡소	국어 2-2 인물의 마음을 짐작해요
이순신	비룡소	국어 2-2 인물의 마음을 짐작해요
내일도 발레	별숲	체육 3 건강 활동

📖 3단계 Ⓐ, Ⓑ

도서	출판사	교과 연계
간서치 형제의 책 읽는 집	개암나무	국어 4-2 독서 감상문을 써요
엉뚱이 소피의 못 말리는 패션	비룡소	도덕 4 아름다운 사람이 되는 길
어린이를 위한 슬기로운 미디어 생활	우리학교	국어 5-2 여러 가지 매체
꼴찌 없는 운동회	내인생의책	도덕 4-2 힘과 마음을 모아서
우리 동네 별별 가족	아르볼	사회 4-2 사회 변화와 문화의 다양성
날씬해지고 말 거야!	팜파스	도덕 4-1 아름다운 사람이 되는 길
세상을 바꾼 착한 부자들	상상의집	국어 2-2 자세하게 소개해요
옛날 관청과 공공시설	주니어중앙	사회 5-2 옛사람들의 삶과 문화
단추 마녀의 수상한 식당	키다리	체육 4 건강 활동
생각하는 올림픽 교과서	천개의바람	체육 4 경쟁
내 용돈, 다 어디 갔어?	팜파스	사회 4-2 필요한 것의 생산과 교환
거인 부벨라와 지렁이 친구	주니어RHK	도덕 3 나와 너, 우리 함께
이중섭	시공주니어	미술 3 미술가와 작품 이야기
행복한 왕자	비룡소	국어 3-1 문학의 향기
모차르트	비룡소	음악 5 음악으로 만드는 어울림
따끔따끔 우리가 전기에 중독되었다고?	영수책방	과학 3-1 물질의 성질
김홍도	주니어RHK	미술 4 다양한 미술과의 만남
존댓말을 잡아라	파란정원	국어 3-1 알맞은 높임 표현
퓰리처 선생님네 방송반	주니어김영사	국어 3-1 어떤 내용일까
알면 보물 모르면 고물, 지도	아르볼	사회 4-1 지역의 위치와 특성
지역 이기주의 님비 현상	뭉치	사회 4-1 지역의 공공기관과 주민 참여
다른 게 틀린 건 아니잖아?	양철북	사회 4-2 사회 변화와 문화의 다양성
조선 선비 유길준의 세계 여행	비룡소	사회 4-2 사회 변화와 문화의 다양성
자석 총각, 끌리스	해와나무	과학 3-1 자석의 이용
그해 유월은	스푼북	사회 5-2 사회의 새로운 변화와 오늘날의 우리
경국대전을 펼쳐라	책과함께어린이	사회 5-2 옛사람들의 삶과 문화

📖 4단계 Ⓐ, Ⓑ

도서	출판사	교과 연계
애덤 스미스 아저씨네 경제 문구점	주니어김영사	사회 4-2 필요한 것의 생산과 교환
코피 아난 아저씨네 푸드 트럭	주니어김영사	사회 5-2 사회의 새로운 변화와 오늘날의 우리
과학관으로 온 엉뚱한 질문들	정은문고	과학 5-2 생물과 환경
어린이를 위한 슬기로운 미디어 생활	우리학교	도덕 5 밝고 건전한 사이버 생활
은하마을 수비대의 꿈꾸는 도시 연구소	주니어김영사	사회 4-2 촌락과 도시의 생활 모습
똥 묻은 세계사	다림	사회 5-2 함께 살아가는 지구촌
조선의 여걸 박씨부인	한겨레아이들	사회 5-2 옛사람들의 삶과 문화
뺑이오, 뺑	문학동네	도덕 5 갈등을 해결하는 지혜
사자와 마녀와 옷장	시공주니어	국어 4-2 이야기 속 세상
모모	비룡소	도덕 3 아껴 쓰는 우리
악플 바이러스	좋은꿈	도덕 5 밝고 건전한 사이버 생활
후설	한국고전번역원 승정원일기번역팀	사회 5-2 옛사람들의 삶과 문화

📖 4단계 Ⓐ, Ⓑ

도서	출판사	교과 연계
칠 대 독자 동넷개	창비	국어 5-2 함께 연극을 즐겨요
오즈의 마법사	비룡소	과학 6-2 우리 몸의 구조와 기능
이모와 함께 도란도란 음악 여행	토토북	음악 4 음악, 모락모락 사랑
로봇 박사 데니스 홍의 꿈 설계도	샘터	과학 5-2 생물과 환경
좋은 돈, 나쁜 돈, 이상한 돈	창비	사회 4-2 필요한 것의 생산과 교환
팔만대장경과 불타는 사자	리틀씨앤톡	사회 5-2 옛사람들의 삶과 문화
프린들 주세요	사계절	국어 4-1 사전은 내 친구
한국사편지 1	책과함께어린이	사회 5-2 옛사람들의 삶과 문화
안네의 일기	효리원	도덕 5 갈등을 해결하는 지혜

📖 5단계 Ⓐ, Ⓑ

도서	출판사	교과 연계
모로 박사의 섬	–	도덕 3 생명을 존중하는 우리
몬스터 차일드	사계절	도덕 5 인권을 존중하며 함께 사는 우리
담배 피우는 엄마	시공주니어	국어활동 4 수록 도서
맛의 과학	처음북스	과학 6-2 연소와 소화
우리 문화 박물지	디자인하우스	미술 5 아름다운 전통 미술
잘못 뽑은 반장	주니어김영사	사회 6-1 우리나라의 정치 발전
내가 사랑한 서양 고전	연암서가	국어 5-1 작품을 감상해요
허생전	–	사회 6-1 우리나라의 경제 발전
레 미제라블	비룡소	국어 5-1 작품을 감상해요
너의 운명은	푸른숲주니어	사회 5-2 사회의 새로운 변화와 오늘날의 우리
청소년을 위한 삼국유사	서해문집	사회 5-2 옛사람들의 삶과 문화
내가 사랑한 동양 고전	연암서가	국어 5-1 작품을 감상해요
내 이름을 들려줄게	단비어린이	사회 5-1 인권 존중과 정의로운 사회
과학관으로 온 엉뚱한 질문들	정은문고	도덕 5 긍정적인 생활
인형의 집	비룡소	국어 5-1 작품을 감상해요
우리 학교가 사라진대요!	마음이음	사회 5-2 사회의 새로운 변화와 오늘날의 우리
외로우니까 사람이다	창비	국어 5-1 작품을 감상해요
파브르 곤충기	현암사	과학 5-1 다양한 생물과 우리 생활
우리말 모으기 대작전 말모이	푸른숲주니어	국어 5-2 우리말 지킴이
왕자와 거지	시공주니어	국어 5-1 작품을 감상해요
톰 아저씨의 오두막집	효리원	도덕 5 인권을 존중하며 함께 사는 우리
101가지 세계사 질문사전 2	북멘토	사회 5-1 인권 존중과 정의로운 사회
사피엔스	김영사	과학 5-2 생물과 환경
변신	푸른숲주니어	국어 5-1 주인공이 되어
유토피아	–	사회 6-2 세계 여러 나라의 자연과 문화
베니스의 상인	–	도덕 5 갈등을 해결하는 지혜
그리스 로마 신화	–	국어 5-1 작품을 감상해요

📖 6단계 Ⓐ, Ⓑ

도서	출판사	교과 연계
돈키호테	비룡소	사회 5-2 옛사람들의 삶과 문화
사피엔스	김영사	도덕 5 내 안의 소중한 친구
아이, 로봇	우리교육	실과 6 발명과 로봇
가자에 띄운 편지	바람의아이들	사회 6-2 통일 한국의 미래와 지구촌의 평화
동물 농장	비룡소	사회 6-1 우리나라의 정치 발전
위대한 철학 고전 30권을 1권으로 읽는 책	빅피시	사회 6-1 우리나라의 정치 발전
101가지 세계사 질문사전 2	북멘토	사회 6-2 통일 한국의 미래와 지구촌의 평화
이기적 유전자	을유문화사	과학 5-1 다양한 생물과 우리 생활
내가 사랑한 동양 고전	연암서가	국어 6-1 비유하는 표현
5번 레인	문학동네	도덕 5 갈등을 해결하는 지혜
모럴 컴뱃	스타비즈	도덕 5 밝고 건전한 사이버 생활
너의 운명은	푸른숲주니어	사회 5-2 사회의 새로운 변화와 오늘날의 우리
담을 넘은 아이	비룡소	사회 5-2 옛사람들의 삶과 문화
셰익스피어 이야기	비룡소	국어 6-2 함께 연극을 즐겨요
왕자와 거지	시공주니어	사회 5-1 인권 존중과 정의로운 사회
참을 수 없는 존재의 MBTI	디페랑스	도덕 4 함께 꿈꾸는 무지개 세상
체르노빌의 아이들	프로메테우스	사회 6-2 통일 한국의 미래와 지구촌의 평화
체리새우: 비밀글입니다	문학동네	도덕 5 내 안의 소중한 친구
우리 문화 박물지	디자인하우스	미술 5 아름다운 전통 미술
프랑켄슈타인	–	도덕 5-1 인권 존중과 정의로운 사회
진달래꽃	–	국어 6-1 비유하는 표현
내가 사랑한 서양 고전	연암서가	국어 6-1 인물의 삶을 찾아서

책을 많이 읽으면 문해력이 저절로 높아질까요?

독해 교재를 여러 권 풀어 보면 해결될까요?

'달곰한 문해력'이 방법을 알려 줄게요.

흥미로운 생각주제로 연결된 두 개의 글을 읽어 보세요.

재미난 문학 글을 먼저 읽고~ 비문학 글을 읽으며 정리해 보세요.

우리에게 필요한 생각과 지식이 차곡차곡 쌓입니다.

달달 읽고 곰곰 생각하는 힘!

이제 '달곰한 문해력'으로 길러 볼까요?

이 책의
구성 과 특장

❶ 생각주제

질문형으로 주제를 제시하여 읽을 글에 대한 호기심을 가질 수 있어요.

❷ 주제 연결 독해

하나의 주제로 연결된 2개의 글 읽기로 생각하는 힘이 자라요.

❸ 생각글 1

생각주제에 관한 문학, 고전, 사회 현상 등의 다양한 글을 읽어요.

❹ 생각글 2

생각주제와 관련된 꼭 알아야 할 개념을 읽고 생각을 넓혀요.

❺ 내용 요약

생각글의 중심 내용을 정리하고 핵심 어휘를 익혀요.

❻ 독해 문제 학습

내용 이해, 글의 구조 파악, 적용, 추론 등 독해 활동 문제를 풀어요.

❼ 주제 문해력 학습

2개의 생각글을 바탕으로 생각주제를 정리하고, 문제를 풀며 문해력을 키워요.

❽ 주제 어휘 학습

생각글에 나온 주제 어휘만 모아서 뜻을 익히고 활용해 보아요.

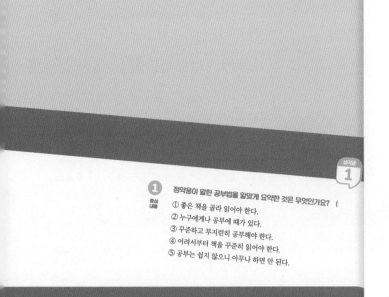

① **중심 내용**
정약용이 말한 공부법을 알맞게 요약한 것은 무엇인가요? ( )
① 좋은 책을 골라 읽어야 한다.
② 누구에게나 공부에 때가 있다.
③ 꾸준하고 부지런히 공부해야 한다.
④ 어려서부터 책을 꾸준히 읽어야 한다.
⑤ 공부는 쉽지 않으니 아무나 하면 안 된다.

---

① **내용 이해**
이 글에서 이야기한 바른 공부 태도가 <u>아닌</u> 것은 무엇인가요? ( )
① 차근차근 공부한다.   ② 짧은 시간 효율적으로 공부한다.
③ 능동적으로 공부한다.   ④ 일정한 시간에 책상에 앉아서 공부한다.
⑤ 내용으로 친구나 가족과 토의한다.

6

② **추론 하기**
㉠과 ㉡이 의미하는 바를 알맞게 짝 지은 것을 골라 번호를 쓰세요.

	㉠ 동굴 안	㉡ 동굴 밖
(1)	자유롭고 참된 진리를 아는 상태	자유롭지 못하고 무지한 상태
(2)	자유롭지 못하고 무지한 상태	자유롭고 참된 진리를 아는 상태
(3)	자유롭지 못하고 참된 진리를 아는 상태	자유롭지만 참된 진리를 모르는 상태

( )

③ **비판 하기**
이 글과 보기를 알맞게 이해한 친구의 이름을 쓰세요.

┤ 보기 ├

학습 효과 피라미드

5%
10%
20%   수동적 학습 방법
30%
50%
75%
90%   능동적 학습 방법

* 학습 효과 피라미드: 여러 가지 방법으로 공부하고, 24시간 뒤에 기억하는 비율을 나타낸 것.

준비: 능동적 학습

익힘 학습

주제 어휘	공부	분별력	무지	여정	능동적

4 다음 주제 어휘와 뜻을 알맞게 연결하세요.
(1) 공부 •
(2) 여정 •
(3) 무지 •
(4) 분별력 •

• ㉠ 아는 것이 없음.
• ㉡ 여행의 과정이나 일정.
• ㉢ 지식이나 기술을 배우고 익힘.
• ㉣ 세상에 대하여 옳고 그른 것을 판단하는 능력.

8

5 다음 빈칸에 들어갈 낱말을 주제 어휘에서 찾아 쓰세요.
(1) 1박 2일의 짧은 ( )을 마치고 집으로 돌아왔다.
(2) 역사에 남은 위인의 전기를 읽으니 저절로 역사 ( )가 되었다.
(3) 수동적으로 시키는 일만 하지 않고 ( )으로 일할 사람이 필…
(4) 세종 대왕은 백성들이 ( )하여 억울한 일을 당하는 것이… 한글을 만들었다.

6 다음 문장의 밑줄 친 말과 바꿔 쓸 수 있는 낱말에 ○표 하세요.
(1) 우리 아빠는 가족 여행을 가면 <u>여행 과정이나 일정</u>을 꼼꼼하게

하나의 주제로 연결된 2개의 글 읽기로 진짜 문해력을 키워 보세요~!

Q '주제 연결 독해'란 무엇인가요?

초등학교 교과 과정의 주요 주제를 바탕으로 연결된 2개의 글을 읽고 문제를 푸는 독해 학습 방법이에요.

Q '주제 연결 독해'의 학습 효과는 무엇인가요?

주제 연결 독해를 반복하면 생각하는 힘이 길러지고, 이를 통해 진정한 문해력을 키울 수 있답니다.

Q 왜 문학과 비문학을 함께 수록했나요?

초등 과정에서는 문학, 현상, 개념 등의 다양한 글을 읽음으로써 지식을 쌓는 연습이 필요해요.

Q '생각주제'가 질문형인 이유는 무엇인가요?

질문형 주제를 보면 주제에 대한 흥미가 생기고, 주제에 대한 답을 찾는다는 목적을 가지고 글을 읽으면 집중도가 높아집니다.

Q 짧은 글 읽기로도 문해력이 길러지나요?

주제별 2개의 글을 읽고 익힘 학습으로 두 글을 정리하면 생각하고 표현하는 힘, 즉 '문해력'이 길러집니다.

활용법

독해 **성취 수준**과 **학습 방법**에 따라 자신만의 **학습 계획**을 세워 공부할 수 있어요.

생각주제 6쪽

| 생각글 1 | 생각글 2 | 익힘학습 |

차근차근 60일 완성

하루 2쪽	하루 2쪽	하루 2쪽
생각글 1을 꼼꼼히 읽고 문제를 풀어요.	**생각글 2**를 읽고 생각주제의 개념지식을 쌓아요.	앞의 두 생각글을 다시 읽고 문해력, 어휘력을 키워요.

탄탄하게 40일 완성

하루 4쪽		하루 2쪽
생각글 1과 **생각글 2**를 읽고 생각주제에 대한 내 생각을 정리해 봐요.		앞의 두 생각글을 다시 읽고 문해력, 어휘력을 키워요.

빠르게 20일 완성

하루 6쪽
생각글 1과 **생각글 2**를 읽고 생각주제에 대한 내 생각을 정리해 봐요. 익힘학습을 할 때는 생각글의 내용을 떠올리며 문제를 풀어 보아요.

이 책을 만든 **사람들**

초등 국어 **교과서 기획위원**과
현직 초등교사가 만들었어요.

기획진
- **방은수 교수님** 서울교육대학교 국어교육과 교수 | 초등 국어 교과서 기획위원
- **김차명 선생님** 광명서초등학교 교사 | 참쌤스쿨 대표 | 경기실천교육교사모임 회장 | (전) 경기도교육청 장학사
- **김택수 교수님** 경희사이버대학교 한국어문화학부 교수 | 경인교육대학교 유아교육과 강사 | 전국교사교육마술연구회 스텝매직 대표
  | (전) 초등학교 교사
- **정미선 선생님** 서울시교육청 자문관 (독서토론 분야) | (전) 중학교 국어 교사
- **최고봉 선생님** 인제남초등학교 교사 | 독서교육 전문가 | Yes24 한 학기 한 권 읽기 선정위원

집필진
- **강서희 선생님** 서울신흥초등학교 교사 | 한국교원대학교 국어교육 학사, 석사, 박사 | 2015, 2022 개정교육과정 국어 교과서 집필
- **공은혜 선생님** 서울보라매초등학교 교사 | 서울교육대학교 국어교육 학사, 서울교육대학교 초등국어교육 석사 | 2009 개정교육과정 국어 교과서 집필
- **김경애 선생님** 서울목동초등학교 교사 | 서울교육대학교 국어교육 학사, 서울교육대학교 초등국어교육 석사 | 2015 개정교육과정 국어 교과서 집필
- **김나영 선생님** 대전반석초등학교 교사 | 목원대학교 음악교육 학사, 한국교원대학교 음악교육 석사, 서울교육대학교 초등음악교육 박사 과정
- **김성은 선생님** 서울역촌초등학교 교사 | 서울교육대학교 국어교육 학사, 서울교육대학교 초등국어교육 석사
- **김일두 선생님** 용인백암초수정분교장 교사 | 한국교원대학교 초등교육 학사, 한국교원대학교 초등사회과교육 석사
- **박다빈 선생님** 서울연은초등학교 교사 | 서울교육대학교 초등교육 학사, 서울교육대학교 인공지능교육 석사
- **신다솔 선생님** 숙명여자대학교 국어국문학 학사, 서울대학교 국어교육 석사, 박사 과정
- **양수영 선생님** 서울계남초등학교 교사 | 서울교육대학교 국어교육 학사, 서울교육대학교 초등국어교육 석사 | KERIS 초등국어교육 영상콘텐츠 제작
- **윤주경 선생님** 서울역촌초등학교 교사 | 경인교육대학교 영어교육 학사, 서울교육대학교 초등사회과교육 석사
- **윤혜원 선생님** 서울대명초등학교 교사 | 서울교육대학교 초등교육 학사 | 2019~2022년 전국 기초학력평가 국어과 문항 검토위원 팀장
- **이지윤 선생님** 대구새론초등학교 교사 | 한국교원대학교 초등교육 학사, 한국교원대학교 문학교육 석사 | 2022 개정교육과정 국어 교과서 집필
- **이지현 선생님** 서울석관초등학교 교사 | 서울교육대학교 초등교육 학사, 서울교육대학교 초등국어교육 석사
  | 2015, 2022 개정교육과정 국어 교과서 집필
- **이혜경 선생님** 군산초등학교 교사 | 서울교육대학교 과학교육 학사
- **이희송 선생님** 서울명원초등학교 교사 | 서울교육대학교 초등교육 학사, 서울교육대학교 초등교육행정 석사
- **정혜린 선생님** 서울구룡초등학교 교사 | 서울교육대학교 국어교육 학사, 서울교육대학교 초등국어교육 석사
  | 2015 개정교육과정 부록 '순화어 지도 자료' 집필, 2022 개정교육과정 국어 교과서 집필
- **진 솔 선생님** 청주금천초등학교 교사 | 한국교원대학교 국어교육 학사, 한국교원대학교 초등국어교육 석사, 박사
  | 2022 개정교육과정 국어 교과서 집필

이 책의 **차례**

1장

2개의 글을 연결해 재미있게 읽어요~

정약용과 황상 이야기

강진에서 오랫동안 귀양살이를 한 정약용은 고을 아이들 몇을 불러 글공부를 가르쳤다. 그때 강진에 살던 황상도 정약용을 찾아와 글공부를 했다. 다음은 황상이 글공부를 시작한 지 일주일째 되던 날, 정약용과 나눈 이야기이다. 정약용은 황상에게 **공부***하는 사람이 조심해야 할 것과, 어떤 사람이 공부를 잘할 수 있는지를 설명하였다.

정약용: 공부를 열심히 해서 훌륭한 사람이 되어야 하지 않겠느냐?

황 상: 스승님 저는 둔하고, 앞뒤가 꽉 막혔으며, **분별력***도 없습니다. 저 같은 사람도 공부할 수 있을까요?

정약용: 그럼 할 수 있고 말고. 오히려 문제는 다음 세 가지란다. 첫째는 머리가 좋아 민첩하게 빨리 외우는 것이다. 한 번만 보고도 잘 외우는 사람은 머리만 믿고 소홀하게 공부해 완전히 제 것으로 만들지 못하지. 둘째는 막힘없이 글을 잘 쓰는 것이다. 이렇게 글재주가 있는 사람은 자신의 재주에 마음이 들뜨기 쉽거든. 셋째는 깨달음이 빠른 것이다. 너무 잘 알아듣는 사람은 곱씹지 않아 깨달은 것이 오래가지 못하지.

황 상: 스승님, 그럼 어떤 사람이 공부를 해야 하나요?

정약용: 공부는 꼭 너 같은 사람이 해야 한단다. 너같이 둔하고 미련한 아이가 꾸준히 노력한다면 얼마나 대단하겠니? 뭉툭한 것으로 구멍을 뚫는다고 생각해 봐라. 처음에 뚫기는 어려워도 일단 뚫고 나면 웬만해서는 막히지 않는 ㉠큰 구멍이 뚫린단다. 또 여름철 **봇물***을 보렴. ㉡막힌 물은 나아가지 못하고 제자리를 빙빙 돌지. 그러다 농부가 삽을 들어 막힌 봇물을 터뜨리면 아무도 막을 수 없는 ㉢큰 물길이 된단다. 처음에는 누구나 들쭉날쭉하게 마련이다. 하지만 꾸준히 **연마***하면 나중에는 울퉁불퉁하던 것이 반질반질해지고 ㉣반짝반짝 빛나는 것이 된단다. 그러자면 첫째도, 둘째도, 셋째도 부지런해야 한단다.

어휘사전

* **공부**(工 장인 공, 夫 사내 부) 지식이나 기술을 배우고 익힘.

* **분별력**(分 나눌 분, 別 다를 별, 力 힘 력) 세상에 대하여 옳고 그른 것을 판단하는 능력.

* **봇물** 논에 물을 대기 위해 둑을 쌓아 빗물을 받고 그 물을 담아 둔 것.

* **연마**(研 갈 연, 磨 갈 마) 학문이나 기술을 힘써 배우고 닦음.

내용요약

글의 중심 내용을 생각하며 빈칸의 낱말을 써 보세요.

정약용은 자신은 둔하고, 앞뒤가 꽉 막혔으며, 분별력도 없다고 말하는 제자 황상에게 공부를 권하며, 꾸준하게 | ㄴ | ㄹ | 할 것과 | ㅂ | ㅈ | ㄹ | 할 것을 강조하였다.

1

중심
내용

정약용이 말한 공부법을 알맞게 요약한 것은 무엇인가요? (   )

① 좋은 책을 골라 읽어야 한다.

② 누구에게나 공부에 때가 있다.

③ 꾸준하고 부지런히 공부해야 한다.

④ 어려서부터 책을 꾸준히 읽어야 한다.

⑤ 공부는 쉽지 않으니 아무나 하면 안 된다.

2

글의
구조

정약용이 제자 황상에게 해 준 말의 특징은 무엇인가요? (   )

① 공부의 장단점을 설명한다.

② 다른 사물이나 사람에 빗대어 설명한다.

③ 전문가의 의견이나 책 내용을 인용한다.

④ 여러 공부법을 종류별로 나누어 설명한다.

⑤ 유명한 여러 인물의 삶을 예로 들어 설명한다.

3

추론
하기

정약용이 비유한 ㉠~㉣ 중 나머지와 성격이 <u>다른</u> 하나를 골라 기호를 쓰세요.

(   )

4

적용
하기

정약용이 알려 준 대로 공부한 친구의 이름을 쓰세요.

> 남섭: 호기심이 많아서 이것저것 다양한 책을 대충 훑어보고 있어.
>
> 민영: 나는 기억력이 진짜 좋아. 그래서 한국사 연표도 한 번 보고 외웠어.
>
> 윤주: 지난 시험은 망쳤지만 그래도 꾸준히 노력해서 이번에 성적이 올랐어.
>
> 하경: 짧은 시간에 쉽게 공부하기 위해서 '공부하는 법'에 대한 책을 사서 봤어.

(   )

공부하는 태도와 방법

우리는 왜 공부를 할까? 부모님을 만족시켜 드리기 위해서? 좋은 대학에 가기 위해서? 이런 것들도 물론 공부하는 이유가 될 수 있다. 하지만 우리가 공부하는 진짜 이유는 '더 나은 삶을 살기 위해서', '잘 살기 위해서'이다.

그렇다면 '공부'란 무엇일까? 그리스 철학자 플라톤은 『국가』라는 책에서 공부를 다음과 같이 설명했다. ㉠동굴 안에 죄수 한 명이 태어나면서부터 밧줄에 묶인 채로 갇혀 있다. 죄수의 등 뒤에는 횃불이 타오르고, 죄수와 횃불 사이에서 누군가 인형극 놀이를 한다. 죄수는 횃불에 비쳐서 생긴 그림자만 평생 보고 살아가서 그 그림자를 진짜라고 생각한다. 그러다 누군가 그를 데리고 ㉡동굴 밖으로 나온다. 죄수는 처음으로 진짜 세상을 보게 되고 자기가 보았던 그림자는 진짜가 아님을 알게 된다. 죄수는 자유롭지 못하고 **무지***한 상태에 있던 동굴 안으로 다시는 돌아가고 싶지 않다고 생각한다. 플라톤은 이러한 죄수의 **여정***을 '공부'라고 설명했다. 즉 공부라는 것은 참된 진리를 아는 것이고, 그것을 알게 된 사람은 다시는 이전 상태로 돌아가고 싶어 하지 않는다는 것이다.

그럼 공부는 어떻게 해야 할까? 우선은 매일 일정한 시간에 책상에 앉는 습관을 들여야 한다. '공부는 엉덩이로 한다.'라는 말이 있다. 이는 공부할 때 끈기와 집중력이 필요하다는 말이다. 그리고 기본부터 차근차근 공부해야 한다. 단계를 건너뛰면 그만큼 빈 곳이 생긴다. 방정식과 도형 문제를 배워도 덧셈 뺄셈을 정확히 알지 못하면 풀기 어려운 것처럼 말이다. 마지막으로 누군가 가르쳐 주는 것을 수동적으로 배우는 것이 아닌 **능동적***으로 공부해야 한다. 학습 효과 피라미드를 보면 듣기, 읽기 등의 수동적인 방법보다 토의하고, 체험하고, 서로 설명하는 등 능동적인 방법으로 공부할 때 그 내용을 오래 기억한다는 것을 알 수 있다.

어휘사전
* **무지**(無 없을 무, 智 알 지) 아는 것이 없음.
* **여정**(旅 나그네 여, 程 길 정) 여행의 과정이나 일정.
* **능동적**(能 능할 능, 動 움직일 동, 的 과녁 적) 스스로 일으키거나 움직이는 것.

내용요약

글의 중심 내용을 생각하며 빈칸의 낱말을 써 보세요.

우리가 공부를 하는 이유는 더 나은 삶을 살기 위해서이다. 플라톤은 ☐☐ 안에 갇혀 있다가 풀려난 죄수의 여정에 대한 비유를 통해 공부의 의미를 설명하였다.

1 이 글에서 이야기한 바른 공부 태도가 <u>아닌</u> 것은 무엇인가요? (   )

내용
이해

① 기본부터 차근차근 공부한다.　　② 짧은 시간 효율적으로 공부한다.

③ 체험하는 등 능동적으로 공부한다.　④ 일정한 시간에 책상에 앉아서 공부한다.

⑤ 공부한 내용으로 친구나 가족과 토의한다.

2 ㉠과 ㉡이 의미하는 바를 알맞게 짝 지은 것을 골라 번호를 쓰세요.

추론
하기

	㉠ 동굴 안	㉡ 동굴 밖
(1)	자유롭고 참된 진리를 아는 상태	자유롭지 못하고 무지한 상태
(2)	자유롭지 못하고 무지한 상태	자유롭고 참된 진리를 아는 상태
(3)	자유롭지 못하고 참된 진리를 아는 상태	자유롭지만 참된 진리를 모르는 상태

(　　　　　　　)

3 이 글과 **보기**를 알맞게 이해한 친구의 이름을 쓰세요.

비판
하기

| 보기 |

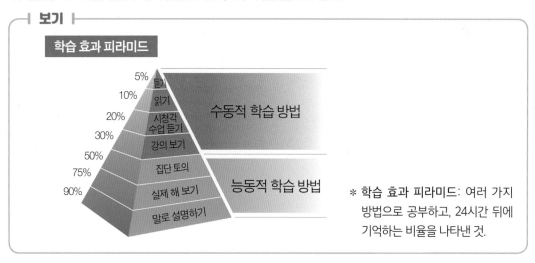

준희: 능동적 학습은 시간과 노력이 많이 들어서 좋은 방법이 아니야.

지아: 모여서 토의하는 것보다 혼자 책을 읽고 강의를 듣는 게 학습 효과가 좋아.

강호: 수동적으로 읽고 듣기만 하는 것보다 능동적으로 토의하고 체험해 보는 게 학습 효과가 좋아.

(　　　　　　　)

 1 생각주제와 관련된 앞의 두 글을 읽고 내용을 정리해 보세요.

공부

참된 진리를 아는 것

정약용이 말한 공부 방법

- 자신의 재주나 좋은 머리만 믿지 말 것
- 꾸준히 　ㄴ　ㄹ　할 것
- 부지런할 것

공부하는 바른 태도

- 매일 일정한 시간에 책상에 앉아 공부하는 습관 갖기
- 　ㄱ　ㅂ　부터 차근차근 공부하기
- 토의하고, 체험하고, 서로 설명하는 등 　ㄴ　ㄷ　ㅈ　으로 공부하기

2 바른 공부 태도로 알맞은 것을 두 가지 찾아 ○표 하세요.

(1) 효율만 따지며 쉽고 빠르게 공부한다.

(2) 자기의 머리와 재주만 믿고 공부한다.

(3) 끈기를 가지고 알 때까지 집중해서 공부한다.

(4) 공부한 내용에 대해 친구들과 토의하며 능동적으로 공부한다.

3 공부할 때 꼭 필요한 마음가짐은 무엇인지 자신의 생각을 써 보세요.

공부할 때 꼭 필요한 마음가짐은 ✎

공부   분별력   무지   여정   능동적

4 다음 주제 어휘와 뜻을 알맞게 연결하세요.

(1) 공부 •   • ㉠ 아는 것이 없음.

(2) 여정 •   • ㉡ 여행의 과정이나 일정.

(3) 무지 •   • ㉢ 지식이나 기술을 배우고 익힘.

(4) 분별력 •   • ㉣ 세상에 대하여 옳고 그른 것을 판단하
                     는 능력.

5 다음 빈칸에 들어갈 낱말을 주제 어휘에서 찾아 쓰세요.

(1) 1박 2일의 짧은 (   )을 마치고 집으로 돌아왔다.

(2) 역사에 남은 위인의 전기를 읽으니 저절로 역사 (   )가 되었다.

(3) 수동적으로 시키는 일만 하지 않고 (   )으로 일할 사람이 필요해.

(4) 세종 대왕은 백성들이 (   )하여 억울한 일을 당하는 것이 안타까워
    한글을 만들었다.

6 다음 문장의 밑줄 친 말과 바꿔 쓸 수 있는 낱말에 ○표 하세요.

(1) 우리 아빠는 가족 여행을 가면 <u>여행 과정이나 일정</u>을 꼼꼼하게 기록하신다.
                                          → 규정 | 여정

(2) 청소년은 아직 <u>옳고 그름을 판단하는 능력</u>이 부족하다. → 분별력 | 지구력

변기에 파리 그림이?

1 번뜩이는 아이디어 하나로 사람들의 행동을 바꿀 수 있다. 여기 기발한 아이디어로 사람들이 바람직한 행동을 하도록 **유도***한 여러 사례가 있다.

2 대표적인 사례는 변기에 파리 그림을 그려 넣은 것이다. 네덜란드 암스테르담 공항의 남자 화장실은 소변기 주변에 튄 소변과 오물로 악취가 심했다. '조심하자'는 경고문을 붙여도 소용이 없었다. 화장실 관리자는 **고심*** 끝에 소변기 안에 파리 한 마리를 그려 넣었다. 그랬더니 소변기 밖으로 튀는 소변의 양이 무려 80퍼센트나 줄어들었다. 소변을

▲ 파리를 그려 넣은 소변기

보는 사람들이 파리 그림을 정확히 맞추기 위해서 노력했기 때문이다.

3 재미있는 아이디어로 계단 이용률을 높인 사례가 있다. 에너지 절약과 건강을 위해 계단 이용을 권장하지만, 사람들은 에스컬레이터와 계단이 있으면 대부분 편한 에스컬레이터를 선택한다. 그런데 독일의 P 자동차 회사는 지하철역 계단을 피아노 건반처럼 만들고, 밟으면 피아노 소리까지 나게 했다. 사람들은 이 계단을 신기하게 여겼고, 아무도 **강요***하지 않았는데 계단을 이용하는 사람이 이전보다 66퍼센트나 늘어났다.

4 학생들이 낸 아이디어로 변화를 일으킨 사례도 있다. 우리나라 한 중학교 학생들이 음식물 쓰레기양을 줄이기 위해서 식판에 줄을 긋자는 아이디어를 냈다. 학생들이 식판에 음식을 담을 때 줄을 보고 적당히 담아서 **잔반***의 양이 줄어드는 것이다. 결과는 놀라웠다. 10일 동안 줄이 그어진 '무지개 식판'으로 급식을 해 본 결과 일반 식판에 비해 잔반량이 70퍼센트나 줄어들었다.

5 이처럼 사람들에게 강요하지 않고 아이디어와 디자인만으로 관심과 호기심을 불러일으켜 행동을 이끌어 낸 사례가 우리 생활 곳곳에 있다.

어휘사전

* **유도**(誘 꾈 유, 導 이끌 도) 사람이나 사물을 목적한 장소나 방향으로 이끎.

* **고심**(苦 쓸 고, 心 마음 심) 몹시 애를 태우며 마음을 씀.

* **강요** 억지로 또는 강제로 요구함.

* **잔반**(殘 쇠할 잔, 飯 밥 반) 먹고 남은 밥 또는 음식.

1

중심
내용

다음 빈칸에 알맞은 말을 넣어 중심 내용을 정리하세요.

기발한 □□□□로 사람들이 바람직한 행동을 하도록 이끌 수 있다.

2

내용
이해

이 글에 나타난 사례들의 공통점은 무엇인가요? (   )

① 사람들의 동정심을 일으킨다.

② 자발적으로 운동하게 만든다.

③ 기발한 아이디어로 돈을 많이 번다.

④ 많은 돈을 들인 디자인을 설계한다.

⑤ 강요하지 않고 부드러운 방식으로 행동을 유도한다.

3

글의
구조

이 글의 구조를 가장 잘 나타낸 것은 무엇인가요? (   )

① 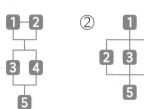 ② 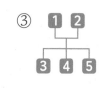 ③ 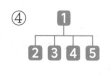 ④   ⑤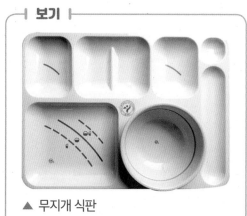

4

적용
하기

다음 **보기**를 통해 해결하고자 한 문제 상황은 무엇인가요? (   )

┤ 보기 ├

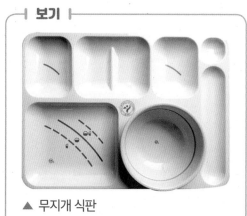

▲ 무지개 식판

① 급식이 맛없는 문제

② 남아서 버려지는 잔반

③ 급식 먹는 학생 수 감소

④ 편식으로 인한 영양 불균형

⑤ 운동 부족으로 인한 비만율 증가

넛지 효과

이솝 우화 「해와 바람」 이야기에서 해와 바람은 누가 나그네의 외투를 먼저 벗기는지 내기를 한다. 나그네는 거센 바람이 아무리 불어도 절대 외투를 벗지 않았다. 그런데 따뜻한 햇살이 내리쬐자 자연스럽게 외투를 벗는다. 이와 같이 강요하지 않고 부드럽게 개입*하여 바람직한 행동을 하도록 이끄는 것을 '넛지(nudge) 효과'라고 한다. 이러한 효과를 내기 위해서 다음과 같은 원칙을 주로 사용한다.

첫째, ㉮사람들이 바람직한 선택을 쉽게 할 수 있도록 만든다. 바람직한 선택이 자동으로 되도록 해 놓는 것이다. 예를 들면 배달 앱에서 주문할 때 '일회용 수저 안 받기'를 기본값*으로 해 두고, 받고 싶을 때만 '받기'를 선택하도록 설정해 놓는 것이다. 실제로 한 배달 앱에서 ㉠기본값을 '일회용 수저 안 받기'로 바꾼 결과, 첫 달에만 일회용 수저 주문이 6,500만 건 이상 줄었다.

둘째, ㉯사람들이 실수할 것을 예상하고, 실수해도 문제가 생기지 않도록 만들거나 아예 실수를 못 하도록 만든다. 예를 들면 사람들이 자동차에 연료를 넣을 때, 휘발유를 넣어야 하는 자동차에 경유를 넣는 실수를 종종 저지른다. 이를 대비하여 실수를 방지하도록 연료의 종류에 따라 자동차 연료 주입구의 모양을 다르게 만든다.

셋째, ㉰문제가 생길 것 같거나 일이 잘못되고 있을 때 그 사실을 알려 준다. 우리가 사용하는 노트북이나 휴대 전화는 배터리량이 조금밖에 남아 있지 않을 때, 충전하거나 작업을 빨리 끝내라고 알려 준다. 알려 주는 방식은 다양하다. 경고음을 내기도 하고 화면을 어둡게 만들기도 한다.

어휘사전
* **개입**(介 낄 개, 入 들 입) 자신과 직접적인 관계가 없는 일에 끼어듦.
* **기본값** 별도 설정을 하지 않은 '초기값'. 즉 '기본 설정값'.

내용요약

글의 중심 내용을 생각하며 빈칸의 낱말을 써 보세요.

[ㄴ][ㅈ][ㅎ][ㄱ]는 강요하지 않고 부드럽게 사람들이 바람직한 행동을 하도록 이끄는 것을 말한다. 이 효과를 내기 위해 '쉬운 선택', '실수 예상', '알림' 등의 원칙을 사용한다.

1

내용
이해

이 글의 내용과 일치하지 <u>않는</u> 것은 무엇인가요? (   )

① 넛지 효과는 사람들의 자발적인 참여를 이끌어 낸다.

② 넛지 효과는 사람들이 좋은 선택을 할 수 있도록 이끈다.

③ 넛지 효과는 「해와 바람」 이야기에서 '바람'이 한 일과 관련 있다.

④ 넛지 효과는 사람들이 선택을 쉽게 할 수 있게 설계해야 효과가 크다.

⑤ 넛지 효과는 부드러운 개입으로 바람직한 행동과 선택을 이끄는 것이다.

2

추론
하기

다음 보기의 내용을 참고하여 ㉠과 같은 결과가 나온 까닭을 고르세요.

(   )

┤ **보기** ├

　기본값이란 원래 기본으로 설정되어 있는 값을 말한다. 예를 들면 문서 작성 프로그램의 글자 크기가 '10'으로 되어 있는 것, 휴대 전화에 기본으로 설정되어 있는 벨 소리 등이다. 경제학자들은 '사람들에게는 주어진 상황을 유지하려는 경향이 있어서 특별한 이유나 이득이 없다면 바꾸지 않고 처음 상태 그대로 사용한다.'라고 설명한다.

① 기본값을 바꾸려면 따로 돈이 들어서

② 사람들이 환경을 생각하는 마음으로 선택해서

③ 다른 사람의 행동을 따라 하려는 경향이 있어서

④ '일회용 수저 안 받기'를 선택했을 때 할인을 해 주어서

⑤ 사람들에게 기본값을 바꾸지 않고 유지하려는 경향이 있어서

 3

적용
하기

다음 보기는 ㉮~㉱ 중 어떤 원칙이 적용된 사례인지 기호를 쓰세요.

┤ **보기** ├

　은행의 현금 입출금기는 사람들이 카드를 놓고 가는 실수를 막기 위해 기계에서 카드를 뽑아야만 돈을 가져갈 수 있게 되어 있다. 이는 사람들이 카드 투입구에 카드를 그대로 두고 가는 실수를 예방하기 위해 설계된 것이다.

(   )

주제 정리

1 생각주제와 관련된 앞의 두 글을 읽고 내용을 정리해 보세요.

┌─────────────────────────────┐
│ ㄴ ㅈ 효과 │
├─────────────────────────────┤
│ 강요하지 않고 부드럽게 개입하여 사람들이 바람직한 │
│ 행동을 하도록 이끄는 것 │
└─────────────────────────────┘

넛지 효과 사례

• 소변기에 ㅍ ㄹ 그림을 그려 소변이 변기 밖으로 튀는 것을 줄임.
• 계단을 피아노 건반 모양으로 만들어 계단 이용률을 늘림.
• 식판에 줄을 그어 잔반을 줄임.

넛지 효과 원칙

• 쉽게 선택할 수 있게 함.
• 사람들의 실수를 예상하고, 실수해도 문제가 생기지 않거나 아예 실수하지 않게 만듦.
• 문제가 생길 것 같거나 일이 잘못되고 있을 때 알려 줌.

2 다음 두 사진의 공통점을 골라 ○표 하세요.

▲ 파리를 그려 넣은 소변기

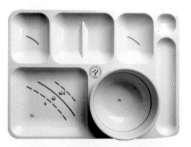

▲ 줄을 그려 넣은 무지개 식판

(1) 부드러운 방식으로 사람들이 바람직한 행동을 하도록 이끈 사례

(2) 강제로 사람들이 나쁜 행동을 하지 못하도록 만든 사례

3 넛지 효과는 왜 필요한지에 대해 자신의 생각을 써 보세요.

넛지 효과가 필요한 까닭은 ✎ _____

_____

유도   고심   강요   개입

4 다음 뜻에 알맞은 **주제 어휘**에 ○표 하세요.

(1) 억지로 또는 강제로 요구함.   강요   유도

(2) 몹시 애를 태우며 마음을 씀.   결심   고심

(3) 자신과 직접적인 관계가 없는 일에 끼어듦.   개입   강요

(4) 사람이나 사물을 목적한 장소나 방향으로 이끎.   유도   유발

5 다음 빈칸에 들어갈 낱말을 **주제 어휘**에서 찾아 쓰세요.

(1) 주민들의 다툼이 계속되자 경찰이 (   )하여 해결했다.

(2) 심청은 (   ) 끝에 인당수에 몸을 던지기로 마음먹었다.

(3) 자신의 의견을 남한테 (   )하는 것은 나쁜 태도이다.

(4) 도로에 큰 사고가 나서 경찰이 차들을 안전한 곳으로 대피하도록 (   )
하였다.

6 다음 밑줄 친 말과 뜻이 비슷한 낱말을 **주제 어휘**에서 찾아 쓰세요.

무거운 소금을 싣고 가던 당나귀가 다리를 건너다가 실수로 냇물에 빠지고 말았다. 무거운 소금 가마니가 물에 젖자 소금이 녹아서 훨씬 가벼워졌다. 그때부터 당나귀는 다리를 건널 때마다 일부러 물에 빠졌다. 소금 장수는 자꾸 소금이 물에 녹아 없어지자 고민하였다. 당나귀의 꾀를 알아차린 소금 장수는 가마니에 소금 대신 솜을 넣었다. 당나귀는 또 냇물에 빠졌다. 그런데 금방 가벼워질 줄 알았던 가마니가 오히려 돌덩이처럼 무거워졌다.

당나귀는 '어? 이상하다. 왜 이리 무겁지?' 하고 생각했다.

(   )

이름이 바뀐 명왕성

▲ '134340 명왕성'이 된 명왕성

어휘사전

＊**행성**(行 다닐 행, 星 별 성) 중심 별의 강한 힘에 의해 타원 궤도를 그리며 중심 별의 주위를 도는 천체.

＊**왜소행성** 행성과 소행성의 중간 단계인 천체.

＊**천체**(天 하늘 천, 體 몸 체) 우주에 존재하는 모든 물체.

＊**지위**(地 땅 지, 位 자리 위) 어떤 사물이 차지하는 자리나 위치.

＊**궤도**(軌 바퀴 자국 궤, 道 길 도) 한 천체나 인공위성 등이 다른 천체의 주위를 돌면서 그리는 곡선의 길.

방탄소년단의 노래 중에 '134340'이라는 제목의 곡이 있다. 이 숫자는 무엇을 의미할까? '134340'은 과학자들이 명왕성을 태양계 **행성**＊에서 **왜소행성**＊으로 바꾸면서 지어 준 이름에 붙여진 숫자이다.

명왕성은 1930년 미국의 천문학자 클라이드 톰보에 의해 발견되면서 태양계의 아홉 번째 행성이 되었다. 그 이후 태양 주위를 도는 행성은 수성, 금성, 지구, 화성, 목성, 토성, 천왕성, 해왕성, 명왕성으로 총 9개였다. 그런데 2006년에 명왕성이 행성이 맞는지에 대한 논란이 일어났다.

왜 이런 논란이 생겼을까? 우선 명왕성은 달의 3분의 2 정도 크기로, 다른 행성들에 비해 크기가 매우 작다. 게다가 명왕성보다 큰 **천체**＊인 '제나'가 발견되면서 명왕성의 **지위**＊가 흔들리기 시작했다. 명왕성을 계속 행성이라고 부르면 제나와 같이 명왕성보다 큰 천체들을 모두 행성이라고 불러야 했기 때문이다.

이런 중에 국제 천문 연맹은 행성의 정의를 새롭게 내렸다. 행성은 첫째, ㉠태양 주위를 돌아야 하고, 둘째, ㉡충분히 크고 무거워서 둥근 모양을 유지해야 하며, 셋째, ㉢자신이 도는 길에서 주변의 다른 천체를 물리칠 수 있는 지배적인 역할을 해야 한다는 것이었다. 그런데 명왕성은 첫 번째, 두 번째 조건은 만족했지만, 세 번째 조건은 만족하지 못했다. 명왕성은 주변의 위성에 의해 휘둘리거나 주변에 많은 부스러기들이 있어 자기 **궤도**＊에서 지배적인 역할을 하지 못한다고 판단한 것이다.

그래서 원래 '플루토(Pluto)'라고 불렸던 명왕성은 2006년 왜소행성으로 분류된 이후 '134340 명왕성(플루토)'이라고 이름이 바뀌었다. 이처럼 한 번 밝혀지거나 정해진 과학적 사실도 새로운 발견에 의해 바뀔 수 있다.

1 다음 빈칸에 알맞은 말을 넣어 중심 내용을 정리하세요.

중심
내용

의 이름이 '134340 명왕성(플루토)'이 된 까닭

2 이 글을 통해 알 수 있는 내용을 두 가지 찾아 ○표 하세요.

내용
이해

(1) 명왕성을 처음 발견한 사람   (   )

(2) 명왕성이 행성 자격을 잃고 왜소행성이 된 까닭   (   )

(3) 미국이 국제 천문 연맹의 결정에 반대하기 위해 한 일   (   )

(4) 명왕성을 '134340 명왕성(플루토)'으로 이름 지은 사람   (   )

3 다음 **보기**는 명왕성이 행성의 자격을 잃은 것에 반대하는 의견이에요. 이는 국제
천문 연맹이 정한 행성의 조건 ㉠~㉢ 중 무엇에 반대하는 내용인지 기호를 쓰세요.

적용
하기

┤ **보기** ├

　명왕성을 다시 행성으로 분류해야 한다고 주장하는 사람들이 있다. 그들이 내세
우는 근거는 다음과 같다. 자기 궤도에서 하는 역할이 크지 않다는 이유로 명왕성
을 행성에서 제외시키는 것이 적절하지 않다는 것이다. 왜냐하면 태양에서 멀어질
수록 주변에 소행성이 많을 수밖에 없고, 목성이나 지구의 궤도 주변에도 부스러
기들이 많기 때문이다.

(   )

과학적 사실

▲ 천동설을 표현한 그림

▲ 지동설을 표현한 그림

명왕성이 행성의 자격을 잃고 왜소행성이 되면서 사람들은 과학적 **사실***이 바뀔 수 있다는 것에 충격을 받았다. 과학 역사를 들여다보면 한때는 '과학적 사실' 또는 '진리'라고 믿었던 것들이 ㉠과학의 발전이나, 연구에 의해 새로운 사실이 발견되어 바뀐 예가 있다.

대표적인 사례는 '**천동설***'과 '**지동설***'이다. 옛날 사람들은 해가 동쪽에서 떠서 서쪽으로 지는 모습을 보며 우주의 중심은 지구이고, 태양과 행성들이 지구의 주위를 돈다는 천동설을 믿었다. 그리고 그리스의 천문학자 프톨레마이오스가 천동설을 체계적으로 정리해 책을 내면서 이론으로 자리잡았다. 그런데 16세기에 폴란드의 과학자 코페르니쿠스가 태양을 중심으로 지구와 다른 행성들이 돈다고 주장하는 책을 펴냈다. 이 책은 우주의 중심은 태양이라는 지동설을 본격적으로 주장한 갈릴레오 갈릴레이에게 큰 영향을 미쳤다. 그 당시에는 이들의 주장이 받아들여지지 않았지만, 이후 케플러와 뉴턴 같은 과학자들이 끊임없는 연구를 통해 증명해 내어 지동설이 사실임이 받아들여졌다.

또 다른 사례는 세상을 이루는 가장 작고 기본적인 물질에 대한 사실의 변화이다. 기원전 400년경 그리스 철학자 데모크리토스는 만물이 '**원자***'로 이루어져 있다고 주장했다. 그리고 1803년 영국의 과학자 돌턴이 '모든 물질은 원자라는 매우 작고 더 이상 쪼개지지 않는 입자로 이루어져 있다.'는 원자설을 발표하였다. 하지만 돌턴의 원자설은 이후 다른 과학적 발견으로 인해 수정되었다. 1896년 프랑스의 과학자 베크렐이 우라늄 원소에서 방사선이 나온다는 것을 발견했기 때문이다. 이를 통해 원자를 더 작은 알갱이로 쪼갤 수 있다는 것을 밝혀냈다.

어휘사전

* **사실**(事 일 사, 實 열매 실) 실제로 있었던 일이나 현재에 있는 일.

* **천동설**(天 하늘 천, 動 움직일 동, 說 말씀 설) 지구가 우주의 중심이며, 태양과 행성들이 지구의 둘레를 돈다는 학설.

* **지동설**(地 땅 지, 動 움직일 동, 說 말씀 설) 지구가 자전하면서 태양 주위를 돈다는 학설.

* **원자**(原 근원 원, 子 아들 자) 물질을 이루는 기본 입자.

내용요약

글의 중심 내용을 생각하며 빈칸의 낱말을 써 보세요.

ㄱ ㅎ ㅈ 사실은 과학의 발전이나, 연구에 의해 새로운 사실이 발견되어 바뀌기도 한다. 천동설이 ㅈ ㄷ ㅅ 로 바뀐 것과, 더 이상 쪼갤 수 없다던 원자에 대한 사실이 바뀐 것을 예로 들 수 있다.

1

중심 내용

이 글을 쓴 목적으로 알맞은 것을 찾아 ◯표 하세요.

(1) 과학적 사실이란 무엇인지 알려 주기 위해 (   )

(2) 과학적 사실을 밝히는 방법을 알려 주기 위해 (   )

(3) 과학적 사실이 바뀔 수 있다는 것을 알려 주기 위해 (   )

2

글의 구조

이 글의 설명 방법으로 알맞은 것은 무엇인가요? (   )

① 주요 낱말의 의미를 설명하고 있다.

② 구체적인 예를 들어 설명하고 있다.

③ 대상을 이루는 구성 요소를 설명하고 있다.

④ 두 대상의 공통점과 차이점을 설명하고 있다.

⑤ 문제점과 그에 대한 해결 방안을 제시하고 있다.

3

적용 하기

㉠의 사례로 추가하기에 알맞지 않은 것을 골라 기호를 쓰세요.

㉮ UFO(미확인 비행 물체)를 보았다는 사람들이 많은 것으로 보아 우주에는 지구인 말고도 다른 생명체들이 살고 있다.

㉯ 고대 그리스 사람들은 지구가 편평한 원반 같은 모양이라고 생각했지만, 16세기 마젤란에 의해 지구가 둥글다는 사실이 밝혀졌다.

㉰ 기원전 600년에는 탈레스가 만물의 근원을 '물'이라고 했지만, 과학이 발전하면서 만물의 근원이 무엇인지에 대한 정의는 계속 달라져 왔다.

(   )

 1 생각주제와 관련된 앞의 두 글을 읽고 내용을 정리해 보세요.

과학적 사실이 바뀐 예	
ㅁ ㅇ ㅅ **이름의 변경**	명왕성은 바뀐 행성의 조건 중 자신의 궤도에서 지배적인 역할을 해야 한다는 조건을 충족하지 못해 행성 자격을 잃고, '134340 ㅁ ㅇ ㅅ'이라는 이름의 왜소행성이 됨.
천동설이 ㅈ ㄷ ㅅ **로 변경**	태양과 행성들이 지구 주위를 돈다는 '천동설'이 틀리고, 지구와 다른 행성들이 태양 주위를 돈다는 '지동설'이 사실임이 밝혀짐.
원자론에 대한 사실 변경	데모크리토스와 돌턴이 'ㅇ ㅈ'는 더 이상 쪼갤 수 없는 가장 작은 입자라고 했으나, 베크렐에 의해 원자를 더 작은 알갱이로 쪼갤 수 있다는 사실이 밝혀짐.

2 다음 두 친구가 말하는 것을 통해 깨달은 점으로 알맞은 것을 찾아 ○표 하세요.

> 명왕성은 행성이 없지만, 바뀐 행성의 조건을 충족하지 못해서 행성에서 제외되었어.

> 과거에는 공룡이 모두 파충류라고 생각했지만, 현재는 일부 공룡들이 새로 분류되고 있어.

(1) 과학적 사실은 과학자들이 오랜 연구 끝에 얻어 낸 사실이니 무조건 받아들여야 해.

(2) 과학적 사실은 기술의 발전에 따라 변하기도 하니, 새로운 것을 받아들이는 열린 마음이 필요해.

3 과학적 사실은 바뀌는지, 바뀌지 않는지 자신의 생각을 써 보세요.

과학적 사실은 ✎ _____

_____

_____

주제 어휘	왜소행성	천체	궤도	사실	원자

4 다음 주제 어휘와 뜻을 알맞게 연결하세요.

(1) 원자 •

(2) 사실 •

(3) 천체 •

(4) 왜소행성 •

• ㉠ 물질을 이루는 기본 입자.

• ㉡ 우주에 존재하는 모든 물체.

• ㉢ 행성과 소행성의 중간 단계인 천체.

• ㉣ 실제로 있었던 일이나 현재에 있는 일.

5 다음 빈칸에 공통으로 들어갈 낱말을 주제 어휘에서 찾아 쓰세요.

(1)
• 과학자들은 관찰, 실험 등을 통해 과학적 [   ]을 발
견한다.
• 기사문은 실제 있었던 사건이나 알릴 가치가 있는 정보를
[   ]대로 적은 글이다.

→ [|]

(2)
• 외행성은 태양의 바깥 [   ]를 도는 행성이다.
• 행성은 자기 [   ] 주변에 있는 천체들을 지배할 수
있어야 한다.

→ [|]

6 다음 밑줄 친 말과 뜻이 비슷한 낱말을 주제 어휘에서 찾아 쓰세요.

망원경은 별, 행성, 달, 소행성 등과 같이 <u>우주에 존재하는 모든 물체</u>를 관찰하
기 위해 만들어졌다. 천체 망원경은 1600년대에 과학자 갈릴레이와 뉴턴에 의해
만들어졌다. 갈릴레이는 망원경으로 달이 지구처럼 울퉁불퉁하다는 것, 목성에
도 목성 둘레를 도는 위성이 있다는 것을 발견했다.

(   )

영조와 사도 세자의 어느 봄날

후설
글 한국고전번역원
승정원일기번역팀
한국고전번역원

박 필 간* 어떤 자가 '귀(貴)' 자입니까?

세   자* (글자를 가리키며) 이 자.

박 필 간 어떤 자가 '친(親)' 자입니까?

세   자 이 자.

영   조 '보(輔)' 자가 어려울 것 같으니, 한번 물어보라.

박 필 간 어느 자가 '보' 자입니까?

세   자 (책장을 한 줄 한 줄 자세히 보더니 이내 손으로 가리키며 말하였다.) 이 자.

영   조 ⊙배운 지 여섯 달이나 지났는데도 잊지 않았구나.

여러 신하 **영특한*** **기품***을 지닌 어린아이도 책을 읽은 지 오래되면 잊기가 쉬운데, **저하***께서는 어린 나이에도 이와 같으시니 무척이나 놀랍고 다행스럽습니다.

영   조 어린 나이에 많은 줄을 읽으면 질리기 쉽다.

김 상 성 그렇사옵니다. 조금씩 읽으면서 글의 뜻을 되새기고 글자의 뜻을 자세히 보는 것이 좋습니다. 만약 빨리 외는 것만을 주로 한다면 대충대충 넘어가기가 쉬울 것입니다.

- 1741년 6월 22일 「승정원일기」

어휘사전

＊**박필간** 영조 때의 유학자로, 사도 세자의 선생님.

＊**세자**(世 세상 세, 子 아들 자) 임금의 뒤를 이어 왕이 될, 임금의 아들.

＊**영특하다** 남달리 뛰어나고 훌륭하다.

＊**기품**(氣 기운 기, 品 품평 품) 사람 됨됨이에서 드러나는 고상함.

＊**저하**(邸 집 저, 下 아래 하) 조선 시대에 세자를 높여서 부르던 말.

＊**승정원일기** 조선 시대 왕의 비서 기관인 승정원에서 취급한 문서와 사건을 기록한 일기.

이 글은 「승정원일기*」 중 1741년 6월 22일 날짜의 일기를 한글로 번역한 것이다. 한글이 이미 만들어져 있었지만, 왕실과 사대부들은 여전히 한자를 사용했다. 그래서 「승정원일기」도 한자로 쓰여 있다. 영조는 조선 제21대 왕이고, 여기 나오는 세자는 영조의 아들 사도 세자이다. 1741년에 사도 세자는 일곱 살이었다. 이 일기에는 영조 임금과 여러 신하가 모인 자리에서 사도 세자의 공부를 책임지고 있던 박필간이라는 선생과 사도 세자가 공부한 내용을 묻고 답하는 내용이 사실대로 담겨 있다. 신하들은 어린 세자의 총명함을 칭찬하였고, 영조 또한 세자의 영특함을 대견해하고 있다.

내용요약

글의 중심 내용을 생각하며 빈칸의 낱말을 써 보세요.

영조와 신하들이 모인 자리어서, 박필간이 사도 세자어게 그동안 공부한 내용을 물어보자, 세자가 틀리지 않고 대답하는 장면이 「ㅅ ㅈ ㅇ ㅇ ㄱ」어 기록되어 있다.

1 이 글의 내용으로 알맞지 <u>않은</u> 것은 무엇인가요? (   )

내용
이해

① 박필간은 세자의 스승이다.

② 신하들보다 세자의 신분이 더 높다.

③ 당시 왕실에서 쓰던 문자는 한자이다.

④ 신하들은 세자가 매우 총명하다고 생각한다.

⑤ 영조와 김상성은 책 읽기에 대한 의견이 서로 다르다.

2 「승정원일기」에 대한 설명으로 알맞지 <u>않은</u> 것을 골라 기호를 쓰세요.

추론
하기

㉮ 기록한 사람의 감상이 담겨 있다.
㉯ 기록한 연도와 날짜를 알 수 있다.
㉰ 일어난 일을 사실대로 기록하였다.

(   )

3 이 장면을 드라마로 만든다면 영조 역을 맡은 배우는 ㉠을 어떻게 연기하는 것이
어울릴지 고르세요. (   )

추론
하기

① 걱정이 가득 담긴 표정으로 연기한다.

② 기특한 마음을 살짝 드러내며 연기한다.

③ 당황한 표정으로 말을 더듬으며 연기한다.

④ 두려움에 몸을 사시나무처럼 떨며 연기한다.

⑤ 화난 듯한 목소리로 헛기침을 하며 연기한다.

정답 및 해설 06쪽 ▶ 29

「승정원일기」와 「조선왕조실록」

조선은 '㉠**기록***의 왕국'이라고 할 정도로 기록을 많이 남겼다. 왕이 하루하루 어떤 일을 했는지 일기로 기록해 두었고, 왕이 죽으면 그 왕이 다스리는 동안에 있었던 일을 자세히 기록했다. 그것이 바로 「승정원일기」와 「조선왕조**실록***」이다.

「승정원일기」는 제목 그대로 '일기' 형식으로 쓴 기록이다. 승정원은 왕의 비서실 같은 곳으로, 왕의 명령을 신하들에게 전달하거나 임금에게 올리는 글을 전하는 일을 주로 했다. 승정원의 중요한 업무 중 하나가 그날그날의 일기를 쓰는 것이었다. 「승정원일기」에는 왕과 신하들이 나랏일에 대해 의논한 내용, 왕에게 올린 **상소문*** 내용뿐만 아니라 궁궐의 생활이나 왕의 사소한 일상도 담겨 있어 흥미롭다. 「승정원일기」는 총 3,243권이고, 글자 수는 약 2억 4천만 자로 조선 최대의 역사 기록물이다. 이런 가치를 인정받아 2001년 세계 기록 유산으로 등재되었다.

「조선왕조실록」은 조선 제1대 태조부터 제25대 철종까지, 왕의 업적과 472년간의 역사적 사실을 연, 월, 일 순서대로 자세하게 적은 **공식적*** 기록이다. 「조선왕조실록」은 1997년도에 세계 기록 유산으로 등재되며 그 가치를 인정받고 있다. 등재 이유는 **사관***이 왕과 나랏일을 관찰하여 사실적으로 빠짐없이 기록해 양이 방대하고 객관적이며 공정하기 때문이다. 이를 위해 사관들은 원본을 만들었다. 원본은 사관이 왕을 그림자처럼 따라다니며 모든 말과 행동을 사실적으로 기록해 그 양이 엄청 많았다. 사관들이 기록한 이 원본과 「승정원일기」를 비롯한 자료를 바탕으로 중요한 사실만 골라내어 실록을 썼다. 이 원본은 지금도 남아 있어 후손들에게 중요한 유산이 되고 있다.

어휘사전

* **기록**(記 적을 기, 錄 기록할 록) 뒤에 남길 목적으로 어떤 사실을 적는 것.
* **실록**(實 열매 실, 錄 기록할 록) 사실을 있는 그대로 적은 기록.
* **상소문**(上 위 상, 疏 트일 소, 文 글월 문) 임금에게 글을 올리던 일. 또는 그 글.
* **공식적**(公 공평할 공, 式 법 식, 的 과녁 적) 나라나 기관에서 마땅하다고 인정한 것.
* **사관**(史 역사 사, 官 벼슬 관) 역사 편찬을 맡아 첫 원고를 기록하던 관리.

▲ 「승정원일기」

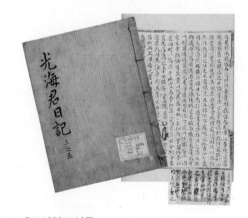

▲ 「조선왕조실록」

1 이 글의 내용과 일치하지 <u>않는</u> 것은 무엇인가요? (   )

내용
이해

① 조선 시대에는 나라 안의 일을 자세히 기록했다.

② 「승정원일기」의 글자 수는 약 2억 4천만 자이다.

③ 「조선왕조실록」은 세계 기록 유산으로 등재되었다.

④ 「조선왕조실록」은 「승정원일기」의 기초 자료가 되었다.

⑤ 「승정원일기」는 왕과 궁궐의 하루하루를 기록한 일기이다.

2 다음 **보기**를 통해 짐작할 수 있는 내용으로 알맞은 것은 무엇인가요? (   )

추론
하기

┤ 보기 ├

　1404년에 태종은 사냥을 나갔다가 실수로 말에서 떨어졌다. 태종은 급히 일어나서 좌우를 둘러보며 "이 사실을 사관이 알지 못하게 하라."라고 말했다. 그러나 당시 사관은 태종이 한 이 말까지도 전부 기록했다. 사관들이 무엇에도 영향을 받지 않고 사실 그대로 실록의 원본을 기록할 수 있도록 하기 위해 그 내용은 왕도 볼 수 없게 하였다.

① 「조선왕조실록」은 믿을 만한 역사 기록물이다.

② 조선 시대 최고 권력을 가진 관리는 사관이었다.

③ 「승정원일기」는 세계에서 가장 오래된 기록물이다.

④ 문화가 발달한 나라일수록 기록물이 많이 남아 있다.

⑤ 조선 시대에는 기록물이 사라져 없어질 것에 철저히 대비하였다.

3 ㉠의 근거로 가장 알맞은 자료를 골라 기호를 쓰세요.

비판
하기

㉮ 조선 시대에는 판소리, 탈춤, 민화 등 서민들을 위한 문화가 발달하였다.

㉯ 조선은 과학 기술이 발달해 자격루, 측우기 등의 과학 유산이 남아 있다.

㉰ 우리나라는 18개의 기록 유산이 세계 기록 유산으로 지정되어 있는데, 그중 12개가 조선 시대의 기록이다.

(   )

1 생각주제와 관련된 앞의 두 글을 읽고 내용을 정리해 보세요.

> ### ⃞ ⃞ 의 왕국, 조선
>
> 「승정원일기」, 「조선왕조실록」 등 나라의 모든 일을 자세하게 기록으로 남김.

「승정원일기」	「⃞ ⃞ ⃞ ⃞ ⃞ ⃞」
• 왕의 일과와 궁궐 안의 하루하루를 일기 형식으로 기록한 것 • 왕의 비서실 같은 곳인 승정원에서 기록함. • 총 3,243권, 글자 수 2억 4천만 자가 기록됨.	• 조선 시대 임금의 업적과 역사적 사실을 기록한 것 • 제1대 태조부터 제25대 철종까지 472년간의 기록이 담겨 있음. • 방대하며 객관적이고 공정한 기록물로 평가받고 있음.

2 조선 시대의 기록에 대한 설명으로 알맞은 것을 두 가지 골라 ○표 하세요.

(1) 「승정원일기」는 왕의 비서실인 승정원에서 기록하였다.

(2) 「조선왕조실록」은 따로 원본이 없이 바로 기록하였다.

(3) 「실록」의 내용이 마음에 들지 않으면 왕이 직접 고치기도 했다.

(4) 「조선왕조실록」은 472년간의 사실을 연, 월, 일 순서대로 적었다.

3 조선 시대에는 왜 많은 기록을 남겼는지 자신의 생각을 써 보세요.

조선 시대 사람들이 기록을 많이 남긴 까닭은 ✎

주제 어휘	기품	기록	실록	공식적	사관

4 다음 뜻에 알맞은 주제 어휘에 ○표 하세요.

(1) 사실을 있는 그대로 적은 기록.   실록   수필

(2) 사람 됨됨이에서 드러나는 고상함.   기품   성격

(3) 역사의 편찬을 맡아 글을 기록하던 관리.   사관   서기

(4) 뒤에 남길 목적으로 어떤 사실을 적는 것.   기억   기록

5 다음 빈칸에 들어갈 낱말을 주제 어휘에서 찾아 쓰세요.

(1) 왕비는 함부로 가까이 갈 수 없는 (　　　　)이 느껴졌다.

(2) 많은 사람이 보는 (　　　　)인 인터뷰에서는 비속어를 사용하면 안 된다.

(3) 오늘날에는 블로그나 SNS(누리 소통망)에 일상을 (　　　　)하는 사람이 많다.

(4) 「조선왕조실록」은 (　　　　)들이 왕의 행동과 말을 전부 기록한 글과 자료들을 바탕으로 만들었다.

6 다음 문장의 밑줄 친 말과 바꿔 쓸 수 있는 낱말에 ○표 하세요.

(1) 사관은 미래의 후손들에게 남길 목적으로 사실을 <u>적었다</u>.

→ 기록했다   기억했다

(2) 표준어는 한 나라의 표준이 되는 <u>사회적으로 인정받는</u> 말이다.

→ 공식적인   공개적인

악플 바이러스

악플 바이러스

글 양미진
좋은꿈

악플*을 다시 보고 있자니 유리는 정말로 친구를 짓밟고 올라서려는 나쁜 아이고, **관종***이 된 것 같았다. 그래서 그들 말대로라면 꺼져야 하고 영영 춤을 추면 안 되는 사람이었다. 이런 글만 계속 본다면 채연이라도 사라지고 싶을 것 같았다. 채연이는 유리가 보고 있는 ㉠악플 더미를 휙 낚아챘다.

"안 되겠다. 그만 봐. 정신 건강에 해롭다."

"근데 이 사람들 다 신고해도 될까? 내가 유명한 사람도 아니고 초등학생인데 명예 훼손은 좀⋯⋯."

"무슨 소리야. 초딩은 이런 악플에 상처 안 받아?"

"그건 그렇지만."

"네 말대로 그냥 이유 없이 단 댓글일 수 있어. 그런데 그냥 단 댓글이 다른 사람한테 상처를 주잖아. 그런 게 바로 악플이라고 알려 줄 필요가 있어."

채연이는 **열변***을 토했다.

유리는 병원 엘리베이터를 타고 6층에서 내렸다. 유리는 망설이며 주위를 둘러보았다. 무심코 고개를 돌리다 벽보에 눈길이 갔다.

*분노를 없애려면 폭력적인 생각을 **발산*** 해야 한다.* - 심리학자 프로이트

입을 크게 벌린 사람이 소리를 지르며 물건을 발로 차는 그림이 그려 있었다. 유리는 그림 위에 쓰인 문구를 소리 내어 읽었다.

"분노를 효과적으로 해결하는 방법은 평온한 것처럼 행동함으로써 실제로 평온함을 느끼는 것이다. 심리학자 제임스. 둘 중 뭐가 맞는 거지?"

유리는 고개를 갸웃거렸다. 참으면 더 병이 되는 것 같고, 그렇다고 ㉡악플에 악플로 맞서면 더 심한 악플이 생길 것 같았다.

"둘 다 틀렸어."

지영 언니다. 언제 나타났는지 바로 옆에 와 있었다.

"내가 둘 다 해 봤는데, 둘 다 틀렸어."

"진짜?"

"그 상황에서는 절대 평온한 척이 안 돼. 저건 거짓말이야. 아무렇지 않은 척 가만히 있으면 바보 되는 거야. 발악하면 따귀가 날아오지. 그러다 보면 멍해져."

"그럼 어떻게 해."

어휘사전
＊**악플** 인터넷 게시판 등에 올라온 글에 다는 나쁜 내용의 댓글.
＊**관종** 일부러 특이한 행동을 하여 다른 사람의 관심을 받기를 즐기는 '관심 종자'를 줄여서 이르는 속된 말.
＊**열변**(熱 더울 열, 辯 말 잘할 변) 목소리를 높여 뜨겁게 주장하는 말이나 연설.
＊**발산**(發 펼칠 발, 散 흩뜨릴 산) 감정을 밖으로 드러내어 풀어서 없앰.

34

1 이 글의 내용으로 알맞지 <u>않은</u> 것은 무엇인가요? (   )

내용
이해

① 유리는 초등학생이다.

② 채연은 신고하려는 유리를 말리고 있다.

③ 유리는 악플을 많이 받고 힘들어하고 있다.

④ 지영 언니는 유리보다 먼저 비슷한 일을 겪었다.

⑤ 유리는 악플을 단 사람들을 신고할지 고민 중이다.

2 이 글의 내용을 통해 짐작할 수 있는 ㉠의 내용으로 알맞지 <u>않은</u> 것을 골라 기호를 쓰세요.

추론
하기

> ㉮ 저런 애가 무슨 춤을 추냐. 정말 보기 싫다!
>
> ㉯ 진짜 보기 싫어. 인기 많고 공부 잘한다고 잘난 척이나 하고.
>
> ㉰ 친구가 실수한 틈에 밟고 올라서려고 하다니. 유리 정말 별로네.

(   )

3 ㉡과 의미가 비슷한 속담은 무엇인가요?   (   )

어휘
이해

① 눈에는 눈, 이에는 이

② 입이 열 개라도 할 말이 없다

③ 가는 말이 고와야 오는 말이 곱다

④ 종로에서 뺨 맞고 한강에서 눈 흘긴다

⑤ 낮말은 새가 듣고 밤말은 쥐가 듣는다

악플을 다는 이유

우리는 유명한 연예인이나 스포츠 스타 누구누구가 악플에 시달린다거나, **악플러***들을 경찰에 고발했다는 뉴스를 심심치 않게 본다.

'악플'은 '악'과 '플'이 합쳐진 말이다. '악'은 한자 '惡(악할 악)'이며, '플'은 '대답하다, 응답하다'라는 뜻의 영어 '리플라이(reply)'에서 따온 것이다. 즉, 악플은 나쁜 댓글이다. 악플도 자신의 의견을 표현하는 한 가지 **의사소통*** 방법이라고 생각하는 사람들이 있다. 하지만 악플은 사실인지 아닌지, 옳은지 그른지도 따지지 않고 상대방에게 불쾌감과 상처를 주기 위해 쓰는 글에 불과하다. 따라서 진정한 의사소통이라고 할 수 없다.

사람들은 왜 인터넷에서 나쁜 댓글을 쓰는 것일까? 대부분의 악플은 순간적으로 떠오르는 감정을 뱉어 내기 위해 쓰는 것이다. 개인적으로 어떤 일이 잘 풀리지 않거나 화나는 일이 있을 때, 그 감정을 다른 곳에 푸는 것이다. 그리고 ㉠**우월감***을 느끼기 위해 '악플'을 쓰는 경우도 있다. 이런 사람들은 자신의 말 한마디에 누군가가 상처받고 기분이 나빠진다는 것에서 만족감을 얻는다. 악플의 대상이 유명할수록, 많은 사람이 칭송할수록 그 사람을 깎아내렸을 때 만족감이 크다고 한다. 이것이 유명인일수록 악플이 많이 달리는 이유이다.

인터넷 공간에서는 자신의 정체를 밝히지 않아도 되고, 자신이 쓴 악플을 읽고 상처받는 사람이 눈에 보이지 않기 때문에 누구나 쉽게 욕설이나 **허위*** 사실을 말하게 된다. 하지만 장난으로 한 말이나 생각 없이 단 표현에 당하는 사람은 큰 상처를 받을 수 있다. 그리고 이러한 행동은 처벌을 받을 수 있는 범죄라는 사실을 결코 잊어서는 안 된다. 인터넷 공간에서 만난 사람도 실제로 얼굴을 마주하는 사람을 대하듯이 존중해야 한다.

어휘사전

* **악플러** 악성 댓글을 다는 사람.

* **의사소통**(意 뜻 의, 思 생각 사, 疏 트일 소, 通 통할 통) 가지고 있는 생각이나 뜻이 서로 통함.

* **우월감**(優 넉넉할 우, 越 넘을 월, 感 느낄 감) 남보다 낫다고 여기는 생각이나 느낌.

* **허위**(虛 빌 허, 僞 거짓 위) 진실이 아닌 것을 진실인 것처럼 꾸민 것.

내용요약

글의 중심 내용을 생각하며 빈칸의 낱말을 써 보세요.

ㅇ ㅍ 은 인터넷에서 보이는 나쁜 댓글로, 상대방에게 상처를 주는 범죄 행위이다. 사람들이 악플을 다는 이유는 순간적으로 떠오르는 감정을 뱉어 내거나 우월 감을 느끼기 위해서이다.

1

중심 내용

다음 공익 광고에서 말하는 '못'에 해당하는 말을 이 글에서 찾아서 빈칸에 쓰세요.

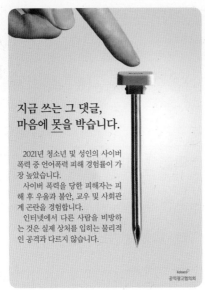

▲ 「마음의 못」 공익광고협의회

생각 없이 올리는 악플은 상대방에게 ☐☐를 주는 범죄 행위이다.

2

내용 이해

이 글을 통해 알 수 있는 정보가 <u>아닌</u> 것을 두 가지 고르세요. (　　　　)

① 악플의 영향　　　　② 악플의 역사

③ 악플의 의미　　　　④ 악플을 다는 이유

⑤ 악플과 선플의 차이점

3

적용 하기

이 글과 다음 내용을 보고, **보기**를 '악플'과 '선플'의 사례로 나누어 기호를 쓰세요.

> 선플은 악플의 반대되는 말로, 착한 마음으로 다는 댓글이다. 선플 달기 운동은 인터넷 악플로 고통받는 사람들에게 용기와 희망을 주는 댓글을 달아 주자는 인터넷 문화 운동이다. 선플의 영어 표기인 'sunfull'은 '햇살이 가득한 사이버 세상'이라는 뜻이다.

┤ 보기 ├

㉮ 연예인이 입은 옷과 성형한 외모를 조롱하는 댓글

㉯ 누리호 발사가 성공했다는 기사에 달린 '세금이 아깝지 않다'는 칭찬 댓글

㉰ 코로나로 힘든 시기를 보낼 때 의료진들을 응원하고 감사함을 표현한 댓글

㉱ 한국형 발사체 누리호 발사를 앞두고 '대실패로 끝날 것'이라고 악담한 댓글

(1) 악플 사례	(2) 선플 사례

주제 정리 **1** 생각주제와 관련된 앞의 두 글을 읽고 내용을 정리해 보세요.

○	ㅍ

인터넷에 올라온 글에 다는 나쁜 내용의 댓글

악플의 특성

사실인지 아닌지, 옳은지 그른지 따지지 않고, 상대방에게 불쾌감과 [ㅅ][ㅊ]를 주기 위해 쓰는 글임.

악플을 다는 까닭

• 순간적으로 떠오르는 감정을 뱉어 내기 위해 씀.
• 우월감을 느끼기 위해 씀.

악플의 문제점

• 악플은 읽는 사람에게 큰 상처를 줌.
• 처벌을 받을 수 있는 범죄 행위임.

2 다음 내용을 바탕으로 '악플'이 의사소통이 될 수 없는 까닭을 찾아 ○표 하세요.

의사소통은 서로의 생각과 감정을 말, 행동, 글 등을 통해 주고받는 것이고, 가지고 있는 생각이나 뜻이 서로 통하는 것입니다. 의사소통이 잘 된다는 것은 서로 전달하고자 하는 의미를 잘 이해하고 주고받는 것입니다. 사람들은 의사소통을 통해 서로를 이해하고 단합할 수 있습니다.

(1) 서로를 이해하지 않고 불쾌감과 상처만 주기 때문이다.

(2) 실제로 만나서 생각과 감정을 주고받는 것이 아니기 때문이다.

3 악플은 왜 문제가 되는지 자신의 생각을 써 보세요.

악플이 문제가 되는 까닭은 ✎

익힘
학습

주제 어휘	악플	발산	의사소통	우월감	허위

4 다음 주제 어휘와 뜻을 알맞게 연결하세요.

(1) 허위 •

(2) 발산 •

(3) 악플 •

(4) 우월감 •

• ㉠ 남보다 낮다고 여기는 생각이나 느낌.

• ㉡ 감정을 밖으로 드러내어 풀어서 없앰.

• ㉢ 진실이 아닌 것을 진실인 것처럼 꾸민 것.

• ㉣ 인터넷 게시판 등에 올라온 글에 다는 나쁜 내용의 댓글.

5 다음 빈칸에 들어갈 낱말을 주제 어휘에서 찾아 쓰세요.

(1) 신나는 노래를 따라 부르며 감정을 (   )했다.

(2) (   )은 상대방에게 상처를 주는 나쁜 댓글이다.

(3) 우리가 보는 뉴스 중에는 사실이 아닌 (   ) 정보도 많다.

(4) 다른 나라를 여행할 때 그 나라 언어를 알면 (   )을 쉽게 할 수 있다.

6 다음 밑줄 친 말과 뜻이 반대인 낱말을 주제 어휘에서 찾아 쓰세요.

친구들과 함께 악플로 고통받는 사람들에게 착한 마음으로 댓글을 다는 <u>선플</u> 달기 운동을 하기로 했다. 우리는 다음과 같은 선언문을 읽었다.

"우리는 선한 말과 선한 글과 선한 행동으로 아름답고 행복한 인터넷 세상을 이룩하는 데 앞장서 나갈 것을 다짐합니다."

(   )

2장

2개의 글을 연결해 재미있게 읽어요~

모모

모모
글 미하엘 엔데
비룡소

세상에는 아주 중요하지만 너무나 일상적인 비밀이 있다. 이 비밀은 바로 **시간***이다. 시간을 재기 위해서 달력과 시계가 있지만, 그것은 그다지 의미가 없다. 사실 누구나 잘 알고 있듯이 한 시간은 한없이 계속되는 **영겁***과 같을 수도 있고, 한순간의 **찰나***와 같을 수도 있기 때문이다. 그것은 이 한 시간 동안 우리가 무슨 일을 겪는가에 달려 있다. 시간은 삶이며, 삶은 우리 마음속에 있는 것이니까.

"지금 연세가 어떻게 되시죠, 푸지 씨?"

푸지 씨는 더듬거리며 대답했다.

"마흔둘입니다."

푸지 씨는 갑자기 남의 것을 횡령이라도 한 듯 강한 죄책감이 느껴졌다. 회색 신사는 계속해서 따지고 들었다.

"보통 하루에 몇 시간 주무시지요?"

푸지 씨는 솔직하게 말했다.

"대략 여덟 시간 정도 자죠."

영업 사원은 번개처럼 빠르게 계산을 했다. 연필이 거울에 닿을 때마다 끽끽 유리 긁히는 소리가 났다. 푸지 씨는 소름이 돋았다.

"42년에 하루 여덟 시간이라. 4억 4,150만 4,000초가 되는군요. 당연히 이 시간은 없어진 것으로 생각해야겠지요. 푸지 씨, 하루 몇 시간 일하십니까?"

푸지 씨는 기어들어 가는 목소리로 털어놓았다.

"역시 여덟 시간입니다. 대충입니다만."

영업 사원은 냉정하게 말을 이었다.

"그렇다면 그 시간도 마이너스로 기록해야겠군요. 계속해 봅시다! 늙으신 어머니와 사시는 걸로 알고 있는데요. 당신은 어머니에게 매일 온전히 한 시간을 바치고 계십니다. 어머니 곁에 앉아 이야기를 하는 거지요. 어머니가 귀가 어두워서 거의 듣지 못하는데도 말입니다. 그러니까 5,518만 8,000초의 시간을 내버리신 겁니다. 게다가 쓸데없이 앵무새를 한 마리 갖고 계십니다. 당신은 앵무새를 보살피느라 매일 15분을 **허비***합니다. 환산하면 1,379만 7,000초가 되는군요."

어휘사전

* **시간**(時 때 시, 間 사이 간) 어떤 시각에서 다른 시각까지의 사이.

* **영겁**(永 길 영, 劫 위협할 겁) 영원한 세월.

* **찰나**(刹 절 찰, 那 어찌 나) 어떤 일이나 현상이 일어나는 바로 그때. 매우 짧은 시간.

* **허비**(虛 빌 허, 費 쓸 비) 헛되이 씀. 또는 그렇게 쓰는 비용.

1 이 글의 중심 소재인 '아주 중요하지만 너무나 일상적인 비밀'이 무엇인지 이 글에서 찾아 쓰세요.

중심
내용

(   )

2 회색 신사와 푸지 씨의 대화에서 알 수 <u>없는</u> 것은 무엇인가요? (   )

내용
이해

① 푸지 씨는 하루 여덟 시간 정도 일을 하고 있다.

② 푸지 씨는 귀가 어두운 어머니와 함께 살고 있다.

③ 회색 신사는 앵무새를 보살피는 시간을 허비라고 생각한다.

④ 푸지 씨는 어머니 곁에 앉아 이야기하는 시간을 귀찮게 여긴다.

⑤ 회색 신사는 자는 시간과 일하는 시간을 없어진 것으로 계산하였다.

3 이 글을 통해 알 수 있는 시간의 특성 두 가지를 고르세요. (   )

추론
하기

① 시간을 저장할 수 있다.

② 시간을 재는 도구가 있다.

③ 시간은 실제로 멈추기도 한다.

④ 시간은 노력하기에 따라서 다시 되돌릴 수 있다.

⑤ 시간은 무슨 일을 겪는가에 따라 다르게 느껴진다.

시간을 잘 활용하는 법

시간이란 무엇일까? 시간은 제한된 **자원**＊이지만, 누구에게나 공평하게 하루 24시간이 주어진다. 시간은 같은 속도로 끊임없이 흘러가지만, 느끼는 속도는 매번 다르다. 그리고 한번 흘러간 시간은 다시 돌아오지 않는다. 이런 특성 때문에 시간 관리는 매우 중요하다. 시간 관리를 철저히 해서 성공한 사람들의 시간 관리법을 살펴보자.

미국의 정치가 벤저민 프랭클린은 학교를 제대로 다니지 못했지만, 학교와 소방서를 세우고 피뢰침을 발명하는 등 많은 업적을 남겼다. ㉠그의 성공 비결은 '3-5-7-9' 시간 관리 원칙이었다. 그는 24시간 중에 3시간은 독서를 포함해 자기 **계발**＊을 하고, 5시간은 **여가**＊를 즐기고, 7시간은 잠을 자고, 9시간은 일이나 공부하는 시간으로 정해 놓고 지켰다.

토머스 에디슨은 1,000건이 넘는 발명 특허를 내고, 사업도 한 발명가이자 사업가이다. 그가 남보다 많은 일을 해낼 수 있었던 것은 '하루에 한 가지 일만 집중해서 하기' 원칙을 지켰기 때문이다. 그는 하루의 목표를 세우고 하루 종일 그 일에만 몰두했다. 예를 들어 '전구를 발명한다'는 목표를 세웠다면 오전 7시에 일어나 밤 11시까지 16시간 동안 전구 발명에만 매달리는 것이다.

알렉산드르 류비셰프는 70여 권의 책과 1만 2,500여 장에 달하는 연구 자료를 남긴 러시아의 과학자이다. 그는 '㉡시간을 정복한 남자'라는 별명을 가질 정도로 많은 일을 해냈는데, 그 비법은 '**자투리**＊ 시간 활용'이었다. 그는 이동하는 시간, 강의하기 전 시간 등을 활용하여 그 많은 일을 하면서도 한 해에 9,000쪽에 달하는 책을 읽었다고 한다.

이렇게 시간 관리는 삶의 질에 많은 영향을 미친다. 앞에서 예로 든 세 사람의 시간 관리법을 참고하여 나에게 맞는 시간 관리법을 찾아 실천해 보자.

어휘사전

＊ **자원**(資 재물 자, 源 근원 원) 인간 생활 및 경제 생산에 이용되는 원료.

＊ **계발**(啓 열 계, 發 필 발) 슬기나 재능, 사상 등을 일깨워 발전시키는 것.

＊ **여가**(餘 남을 여, 暇 틈 가) 일이 없어 남는 시간.

＊ **자투리** 어떤 기준에 미치지 못할 정도로 작거나 적은 조각.

내용요약

글의 중심 내용을 생각하며 빈칸의 낱말을 써 보세요.

| ㅅ | ㄱ | 은 제한된 자원이고, 끊임없이 흘러가고, 한번 흘러가면 다시 돌아오지 않는다. 그러므로 시간 관리 방법을 배우고 나에게 맞는 것을 찾아 실천하자.

1 다음 중에서 이 글의 중심 내용을 찾아 기호를 쓰세요.

중심
내용

> ㉮ 시간 관련 명언   ㉯ 시간 관리 방법   ㉰ 시간이 부족한 이유

(   )

2 ㉠을 바탕으로, (1)과 (2)에 들어갈 알맞은 내용을 쓰세요.

내용
이해

24
시간

3 자기 계발 시간

5 (1)

7 (2)

9 일이나 공부 시간

(1) (   )
(2) (   )

3 다음 **보기**를 바탕으로 ㉡의 의미를 알맞게 짐작한 것은 무엇인가요? (   )

추론
하기

> ┤ **보기** ├
>
> 정복: 다루기 어렵거나 까다로운 대상을 뜻대로 다룰 수 있게 됨.

① 시간과 싸우는 남자

② 시간을 되돌리는 남자

③ 시간에 지배당한 남자

④ 시간을 뜻대로 다루는 남자

⑤ 시간을 보내기 어려워하는 남자

1 생각주제와 관련된 앞의 두 글을 읽고 내용을 정리해 보세요.

ㅅ ㄱ 을 관리하는 법

벤저민 프랭클린	토머스 에디슨	알렉산드르 류비셰프
3-5-7-9 시간 관리 원칙을 세워 철저히 지키기	하루에 한 가지 일만 정해 놓고 집중해서 하기	남는 ㅈ ㅌ ㄹ 시간 활용하기

시간 관리 방법을 배우고 나에게 맞는 시간 관리법을 찾아 실천하기

2 다음 중 시간의 특성으로 알맞은 것을 두 가지 찾아 ○표 하세요.

(1) 시간을 잴 수 있는 도구가 없다.

(2) 사람마다 주어진 시간이 다르다.

(3) 누구에게나 공평하게 24시간이 주어진다.

(4) 늘 똑같이 흘러가지만 느끼는 속도가 매번 다르다.

3 시간을 잘 쓰는 방법은 무엇인지 자신의 생각을 써 보세요.

시간을 잘 쓰는 방법은 ✎ _____

_____

_____

| 주제 어휘 | 시간 | 영겁 | 찰나 | 자원 | 계발 |

4 다음 뜻에 알맞은 주제 어휘에 ○표 하세요.

(1) 영원한 세월.　　　　　　　　　　　　　　　　영겁　｜　찰나

(2) 어떤 시각에서 다른 시각까지의 사이.　　　　　틈　｜　시간

(3) 슬기나 재능, 사상 등을 일깨워 발전시키는 것.　계발　｜　계획

(4) 어떤 일이나 현상이 일어나는 바로 그때. 매우 짧은 시간.　오늘　｜　찰나

5 다음 빈칸에 들어갈 낱말을 주제 어휘에서 찾아 쓰세요.

> (1) 철은 우리나라의 중요한 (　　　　　　)이다.
>
> (2) 외국어 공부는 매우 좋은 자기 (　　　　　　) 방법이다.
>
> (3) 그가 엘리베이터를 타려는 (　　　　　　)에 문이 닫혔다.
>
> (4) 합격자 발표를 기다리는 일주일이 (　　　　　　)의 시간처럼 길게 느껴졌다.

6 다음 대화의 밑줄 친 말과 바꿔 쓸 수 있는 낱말을 주제 어휘에서 찾아 쓰세요.

외국어를 잘하려면 어떻게 해야 할까?

우리 언니는 중국어 회화 능력을 개발하려고 꾸준히 학원에 다녀.

(　　　　　　　　　　)

비싼 햄버거의 인기

어휘사전

* **문전성시**(門 문 문, 前 앞 전, 成 이룰 성, 市 시장 시) 찾아오는 사람이 많아 집 문 앞이 시장을 이루다시피 함을 이르는 말.
* **소유**(所 바 소, 有 있을 유) 가지고 있음. 또는 그 물건.
* **과시**(誇 자랑할 과, 示 보일 시) 자랑하여 보임.

한 개에 14만 원짜리 햄버거는 왜 인기일까? 세계적인 유명 요리사 고든 램지가 2022년 한국에 햄버거 가게를 열었다.

그의 햄버거 가게는 비싼 가격에도 불구하고 큰 인기를 끌고 있다. 아시아 최초로 서울에 햄버거 매장을 열면서 주목받았고, 가게 문을 연 날에는 **문전성시***를 이루었다. 유명 연예인, 먹방 유튜버 들이 방문해서 맛을 보고는 '그냥 버거가 아닌 요리'라며 칭찬하기도 했다. 비싼 가격에 대한 논란도 있지만, 인기는 식지 않고 있다.

사람들은 왜 14만 원이라는 비싼 가격에도 고든 램지 버거에 열광하는 것일까? 현재 소비의 주체인 MZ세대들은 물건을 **소유***할 필요성을 느끼지 않고, 'ㄱ경험 소비'를 더 멋진 것이라고 여긴다. 영화나 음악도 예전에는 구매하여 소장하였다면, 최근에는 구독하고 실시간으로 재생하는 스트리밍이 대세다. 이와 같은 이유로 '특별한 음식을 내가 직접 먹어 봤다는 경험'을 하기 위해 MZ세대들이 비싼 값에도 주저하지 않고 매장을 찾는 것이다.

또 '나는 남들과 다르다'는 것을 온라인상에서 **과시***할 수 있기 때문이기도 하다. 황상민 전 연세대 심리학 교수는 "값싸고 평범한 햄버거를 먹는 것은 특별하지 않다. 가격이 비싸든, 특별한 점이 있든 남들과 다른 것을 소비한다는 느낌을 가지고 싶을 때 고든 램지 버거를 소비하는 것이다."라고 분석했다. 손님이 음식을 주방장에게 모두 맡기는 값비싼 오마카세 열풍이나, 형편에 비해 사치스러운 외제 차를 몰고 다니고, 고급 시계를 차는 풍조도 이와 같은 ㄴ과시 소비에 해당한다.

내용요약

글의 중심 내용을 생각하며 빈칸의 낱말을 써 보세요.

고든 램지 버거가 비싼 가격에도 불구하고 인기를 끄는 까닭은 요즘 젊은이들이 경험을 사는 'ㄱ ㅎ ㅅ ㅂ'를 중시하고, 다른 사람들과 다르다는 것을 ㄱ ㅅ 할 수 있기 때문이다.

1 이 글의 내용과 일치하지 <u>않는</u> 것은 무엇인가요? (   )

내용
이해

① 고든 램지 버거가 인기 있는 까닭은 경험 소비 때문이다.

② 고든 램지가 아시아 최초로 서울에 햄버거 매장을 열었다.

③ 현재 소비의 주체인 MZ세대는 소유보다 경험을 중시한다.

④ 고든 램지 버거는 높은 가격 논란 때문에 바로 인기가 식었다.

⑤ 황상민 교수는 고든 램지 버거에 열광하는 현상을 과시 욕구로 분석했다.

2 이 글을 바탕으로 고든 램지 버거를 먹는 사람들의 마음을 알맞게 설명한 것은 무엇인가요? (   )

추론
하기

① 접근성이 좋고 가격에 비해 질이 좋아서 먹는 거야.

② 환경을 생각하는 친환경 햄버거이기 때문에 선택하는 거야.

③ 합리적인 가격에 맛볼 수 있는 유명 요리사의 햄버거여서 먹는 거야.

④ 아무나 못하는 특별한 것을 경험한다는 느낌을 받고 싶어서 먹는 거야.

⑤ 비싼 가격만큼 고기의 질이 좋고 흠잡을 데 없이 맛있기 때문에 먹는 거야.

3 다음 중 ㉠과 ㉡의 사례를 하나씩 골라 각각 기호를 쓰세요.

적용
하기

㉮ K씨는 쉽게 살 수 없는 비싼 시계를 찬 자신의 사진을 SNS에 올렸다.

㉯ J씨는 동물의 권리를 생각하여 동물 실험을 하지 않는 회사 제품을 샀다.

㉰ L씨는 필요한 만큼만 용기에 담아서 살 수 있는 친환경 매장에서 샴푸와 화장품을 샀다.

㉱ A씨는 최고의 벚꽃을 경험하고 싶어서 벚꽃으로 유명한 특급 호텔에서 하루를 묵었다.

(1) ㉠에 해당하는 사례	(2) ㉡에 해당하는 사례

베블런 효과

안 팔리던 모피 코트 가격표에 실수로 0을 하나 더 붙였더니 몇 시간도 지나지 않아 다 팔렸다는 이야기가 있다. 이렇게 가격이 비싸거나 오르는데도 사려는 사람이 늘어나는 현상을 '베블런 효과'라고 한다.

'베블런 효과'는 미국 사회·경제학자인 베블런이 쓴 책에서 유래하였다. 베블런은 "어떤 물건은 가격이 높아도 사는 사람이 줄지 않는다."라고 주장했다. 그는 "**상류층*** 사람들은 자신의 부와 사회적 지위를 과시하기 위해 비싼 상품을 산다. 그 배경에는 **서민***들과 구별되고 싶은 상류층의 **욕구***가 있다."라고 했다. 부자들은 비싼 상품을 삼으로써 자신의 부와 지위를 과시하고 싶어 한다는 것이다. 가격이 비싼 상품일수록 서민들은 사기 어렵기 때문에 서민과 구별되려는 부자들의 욕구를 채워 준다.

일반적으로 제품의 가격이 올라가면 사려는 사람이 줄어든다. 하지만 사치품은 가격이 높을수록 과시욕을 자극해 판매량이 늘어나고, 가격이 낮아지면 판매량이 줄어든다. 누구나 살 수 있는 상품이 되어 버리면 사회적 지위를 과시하는 수단으로서의 매력이 떨어지기 때문이다. 베블런 효과가 특히 잘 나타나는 제품은 **명품***이다. 프랑스 명품인 샤넬은 한 해 동안 네 차례나 가격을 올렸는데도 물건이 없어서 못 팔 정도로 인기를 끌었다.

그런데 '있어 보이고 싶은 마음'은 부자나 상류층만의 것이 아니다. 베블런은 "부자들에게 서민과 구별되고 싶은 마음이 있다면 서민들에게는 부자처럼 보이고 싶은 마음이 있다."라고 했다. 그래서 서민들도 무리해서 명품을 사고, 그것을 뽐내는 것이다. 프랑스의 한 철학자는 이런 현상을 '파노폴리 효과'라고 했다. 이는 어떤 제품을 구입함으로써 그 제품을 사용하는 상류층 집단이나 계급에 속한다고 생각하고, 이를 과시하는 것을 말한다.

▲ 가격이 높아도 판매량이 늘어나는 베블런 효과

어휘사전

* **상류층**(上 위 상, 流 흐를 류, 層 층 층) 사회적인 위치나 생활 수준 등이 높은 사람들.

* **서민**(庶 여러 서, 民 백성 민) 보통 사람.

* **욕구**(欲 하고자 할 욕, 求 구할 구) 무엇을 얻거나 무슨 일을 하고자 바라는 일.

* **명품**(名 이름 명, 品 물건 품) 뛰어나거나 이름난 물건.

내용요약

글의 중심 내용을 생각하며 빈칸의 낱말을 써 보세요.

ㅂ ㅂ ㄹ ㅎ ㄱ 는 가격이 비싸거나 오르는데도 사려는 사람이 늘어나는 현상을 말한다. 이는 부와 사회적 지위를 과시하고자 하는 욕구에서 비롯된다.

1 ‘베블런 효과’에 대한 설명으로 알맞지 <u>않은</u> 것은 무엇인가요? (   )

내용
이해

① 베블런 효과는 명품 시장에서 많이 나타난다.

② 사람들의 과시 욕구로 인해 나타나는 현상이다.

③ 미국 사회학자 베블런이 쓴 책에서 유래되었다.

④ 물건 가격이 비싸거나 오르는데도 사려는 사람이 증가하는 현상이다.

⑤ 하나의 물건을 가지면 그와 어울리는 다른 물건을 계속 사는 현상이다.

2 다음 **보기**와 같은 광고를 하는 까닭을 설명한 내용을 보고, 빈칸에 들어갈 알맞은
말을 쓰세요.

추론
하기

┤ 보기 ├

"나는 모두가
올려다 보는 그곳에 산다"

　　고급 아파트나 고급 승용차를 구매하는 사
람들에게는 자신이 일반 대중과 다른 특별한
사람이라는 생각이 자리하고 있다. 그래서 아
파트 광고에서도 ‘다른 이들이 부러워하는 그
곳에 사는 특별한 사람’임을 강조한다. 이는
자신의 부와 지위를 드러내고 싶은 소비자의
□□□□ 욕구를 자극하는 광고이다.

(   )

3 ‘베블런 효과’의 예로 알맞은 것을 찾아 기호를 쓰세요.

적용
하기

㉠ 고무장화의 디자인과 색을 여러 가지로 만들고 이름을 ‘레인 부츠’라고 하자
인기를 끌었다.

㉡ 뉴질랜드는 영화 「반지의 제왕」 촬영지에 관광객이 몰려들어 엄청난 경제적
효과를 누렸다.

㉢ 보석 가게 주인이 잘 팔리지 않는 흑진주를 다이아몬드와 함께 전시하고 흑진
주 가격표를 비싸게 바꾸자 흑진주가 불티나게 팔렸다.

(   )

1 생각주제와 관련된 앞의 두 글을 읽고 내용을 정리해 보세요.

베블런 효과

ㄱㄱ 이 비싸거나 오르는데도 사려는 사람이 늘어나는 현상

베블런 효과가 나타나는 이유

- 사람들의 ㄱㅅ 욕구를 자극 하기 때문
- 다른 사람들과 ㄱㅂ 되고 싶 은 욕구를 채워 주기 때문

베블런 효과의 사례

- 프랑스 명품 샤넬이 가격을 네 차 례나 올려도 인기가 있는 것
- 14만 원짜리 고든 램지 버거가 인 기를 끄는 것

2 다음 그림에서 공통으로 설명하고 있는 현상으로 알맞은 것은 무엇인지 고르세요.

(1) 가격이 비쌀수록 더 잘 팔리는 현상이 나타나는 까닭에 대해 설 명하고 있어.

(2) 부자가 서민층에 속한다는 느낌 을 받기 위해 하는 소비를 설명 하고 있어.

3 명품이나 고급 자동차 등은 왜 비쌀수록 더 잘 팔리는지 자신의 생각을 써 보세요.

명품이나 고급 자동차 같은 물건이 비쌀수록 더 잘 팔리는 까닭은 ✎

_____

_____

| 주제
어휘 | 소유 | 과시 | 상류층 | 욕구 | 명품 |

4 다음 주제 어휘와 뜻을 알맞게 연결하세요.

(1) 욕구 •

(2) 과시 •

(3) 명품 •

(4) 소유 •

• ㉠ 자랑하여 보임.

• ㉡ 뛰어나거나 이름난 물건.

• ㉢ 가지고 있음. 또는 그 물건.

• ㉣ 무엇을 얻거나 무슨 일을 하고자 바라는 일.

5 다음 빈칸에 들어갈 낱말을 주제 어휘에서 찾아 쓰세요.

(1) 그는 자신의 힘을 (   )하듯 큰 돌을 들어 올렸다.

(2) 먹고, 입고, 잠자는 것은 모든 사람의 기본적인 (   )이다.

(3) 그는 높은 지위에 올라가기 위해 (   ) 사람들과 친하게 지냈다.

(4) 어떤 사람들은 유명한 상표의 다이아몬드 목걸이 같은 (   )을 통해 자신의 부를 뽐낸다.

6 다음 밑줄 친 말과 뜻이 비슷한 낱말을 주제 어휘에서 찾아 쓰세요.

'스놉 효과'는 어떤 물건을 많은 사람이 사면 오히려 그 물건의 수요가 줄어드는 것을 말하며, '속물 효과'라고도 한다. 이것은 남이 사는 것을 그대로 사는 것을 싫어하며, 자신은 남들과 다르다는 것을 <u>자랑하여 보이기</u> 위한 심리 때문에 발생한다. 다른 사람의 시선 때문에 소비가 이루어진다는 점이 '베블런 효과'와 비슷하다.

(   )하기

왜 구름 모양은 다 다를까?

과학관으로 온 엉뚱한 질문들
글 이정모
정은문고

구름*은 모양이 정말 많습니다. 과학자들은 그 구름에 일일이 이름을 다 붙여 놨어요. 『국제 구름 도감』에는 이름이 무려 162개나 들어 있죠.

구름을 **분류***하기 시작한 것은 1803년부터입니다. 생물 분류를 할 때 종-속-과-목-강-문-계로 분류하잖아요. '종'이 모여 '속'이 되고, '속'이 모여 '과'가 되는 식이죠. 구름도 비슷하게 나눕니다. 10개 속이 있어요. '권운', '고적운', '적운' 같은 게 그것입니다. 권운, 고적운, 적운을 쉬운 말로 새털구름, 양떼구름, 뭉게구름이라고 하지요.

그런데 왜 구름 모양은 다 다를까요? 구름이 생길 때 기상 조건이 제각각이기 때문입니다. 구름은 땅과 바다에서 데워진 공기가 높이 올라가면서 생깁니다. 이때 공기가 천천히 올라가면 층구름이 됩니다. 때마침 바람이 불어서 산을 따라 급히 올라가면 쌘구름이 만들어지고요. 하늘에 올라간 구름은 바람에 따라 흩어지기도 하고 또 구름 속 물방울이 퍼지는 성질 때문에 다양한 모양으로 바뀝니다.

털실이나 좁은 띠 모양으로 여기저기 흩어진 새털구름, 비늘이나 잔물결 모양의 작은 구름이 규칙적으로 **배열***된 비늘구름, 천처럼 엷고 넓게 펼쳐진 면사포구름은 아주 높은 곳에 있는 구름입니다. 양떼구름이나 회색차일구름은 중간 높이에 있습니다. 엷은 파이 롤처럼 말린 모양의 아주 흔한 층쌘구름과, 비 온 뒤에 안개처럼 산에 걸려 있는 안개구름은 낮은 높이에 있고요. 맑은 하늘에 수직으로 뭉게뭉게 솟아 있는 뭉게구름은 기온이 높고 습한 공기가 솟아올라서 생긴 구름입니다.

구름 모양이 다 다른 이유는 구름이 생기는 높이와 생길 때의 공기 조건이 다르기 때문입니다.

어휘사전

* **구름** 공기 중 수증기가 높은 하늘에서 뭉쳐서 작은 물방울이나 얼음 알갱이가 되어 떠 있는 것.
* **분류**(分 나눌 분, 類 무리 류) 종류에 따라서 가름.
* **배열**(配 나눌 배, 列 벌일 열) 일정한 차례나 간격에 따라 벌여 놓음.

내용요약

글의 중심 내용을 생각하며 빈칸의 낱말을 쓰세요.

구름의 모양이 다 다른 까닭은 구름이 생길 때 [ㄱ ㅅ] 조건이 제각각이기 때문이다.

1 다음에서 이 글의 중심 내용을 찾아 기호를 쓰세요.

중심
내용

⑦ 구름 모양이 다른 까닭   ④ 구름의 역사   ④ 『국제 구름 도감』의 내용

(   )

2 이 글의 내용과 일치하지 <u>않는</u> 것은 무엇인가요? (   )

내용
이해

① 구름은 10개의 속으로 분류할 수 있다.

② 구름은 1803년부터 분류하기 시작하였다

③ 『국제 구름 도감』에는 162개의 구름 이름이 들어 있다.

④ 뭉게구름은 기온이 높고 습한 공기가 솟아올라 생긴다.

⑤ 구름 모양은 구름이 생기는 계절과 나라에 따라 다르다.

3 다음 중 구름의 모양을 만드는 데 영향을 주는 것이 <u>아닌</u> 것은 무엇인가요?

추론
하기

(   )

① 땅   ② 바람   ③ 공기

④ 기온   ⑤ 습도

4 다음 사진에 알맞은 구름의 이름을 **보기**에서 찾아 각각 쓰세요.

적용
하기

| 보기 |

뭉게구름   새털구름   안개구름

(1)

(   )

(2)

(   )

구름과
비와 눈

어휘사전

* **지표면**(地 땅 지, 表 겉 표, 面 낯 면) 땅의 겉면.

* **부피** 물체나 물질이 공간에서 차지하는 크기.

* **응결**(凝 엉길 응, 結 맺을 결) 기체인 수증기가 액체인 물이나 물방울이 되는 현상.

* **온대**(溫 따뜻할 온, 帶 띠 대) 따뜻하고 강수량도 적합한 지역.

* **한대**(寒 찰 한, 帶 띠 대) 일 년 내내 추운 지역의 기후.

* **열대**(熱 더울 열, 帶 띠 대) 일 년 내내 월평균 기온이 18도 씨 이상인 매우 따뜻한 지역.

비나 눈이 오는 날 하늘을 올려다보면 구름이 가득한 것을 볼 수 있다. 왜 비와 눈이 오면 하늘에 구름이 떠 있는 것일까? 구름, 그리고 비와 눈은 어떻게 만들어지고, 서로 어떤 관련이 있는지 알아보자.

구름은 작은 물방울이나 얼음 알갱이가 뭉쳐져서 높은 하늘에 떠 있는 것을 말한다. 공기 덩어리가 **지표면***에서 높이 올라가면 **부피***가 커지게 된다. 이때 공기 덩어리가 주변 공기를 밀어내는 데 열을 쓰기 때문에 온도는 낮아진다. 그래서 공기 중 수증기가 **응결***해 작은 물방울이 되거나 얼음 알갱이로 변한다. 수증기가 기온이 0℃ 이상일 때는 물방울이 되고, 0℃ 이하일 때는 얼음 알갱이가 되는 것이다. 이러한 물방울과 얼음 알갱이가 모여 큰 무리를 이루어 구름이 만들어진다.

그렇다면 비와 눈은 어떻게 만들어질까? **온대***나 **한대*** 지방의 구름 속에는 작은 물방울과 얼음 알갱이가 같이 들어 있다. 물방울이 많아지면 작은 얼음 알갱이에 물방울이 계속 달라붙어 얼음 알갱이가 점점 커진다. 이렇게 커진 얼음 알갱이는 무게를 이기지 못하고 아래로 떨어진다. 아래로 떨어진 얼음 알갱이들은 지상의 기온이 따뜻하면 녹아서 비가 되고, 추우면 눈이 되는 것이다. 한편 날씨가 일 년 내내 더운 **열대*** 지방이나 온대 지방의 여름철 구름 속에는 얼음 알갱이가 없다. 따라서 물방울 입자가 얼지 않고 그대로 합쳐져서 커진다. 그렇게 커진 물방울들이 무거워져서 땅으로 떨어지면 비가 된다.

이처럼 구름 속 작은 물방울과 얼음 알갱이가 떨어지는 것이 바로 비와 눈이다. 이렇게 구름 속에서 비와 눈이 만들어지기 때문에, 비나 눈이 오는 날 하늘에 구름이 떠 있는 것이다.

내용요약

글의 중심 내용을 생각하며 빈칸의 낱말을 써 보세요.

ㄱ ㄹ 속 작은 물방울과 얼음 알갱이가 떨어지는 것이 ㅂ 와 ㄴ 이다. 그래서 비나 눈이 오는 날 하늘에 구름이 떠 있다.

1

내용
이해

이 글을 통해 알 수 있는 내용이 <u>아닌</u> 것은 무엇인가요? (   )

① 비가 만들어지는 과정   ② 구름을 구성하는 물질

③ 눈이 만들어지는 과정   ④ 구름이 만들어지는 과정

⑤ 구름이 없을 때의 하늘 모습

2

내용
이해

㉠과 ㉡에 알맞은 말을 넣어 구름이 만들어지는 과정을 완성하세요.

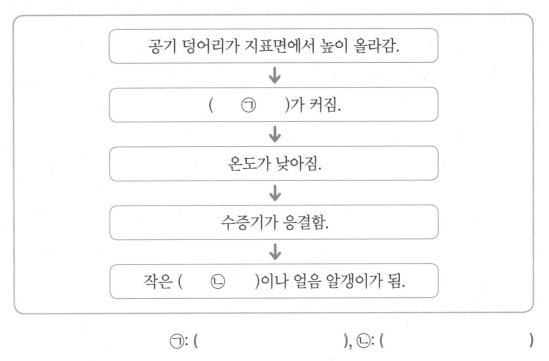

공기 덩어리가 지표면에서 높이 올라감.

↓

(㉠   )가 커짐.

↓

온도가 낮아짐.

↓

수증기가 응결함.

↓

작은 (㉡   )이나 얼음 알갱이가 됨.

㉠: (   ), ㉡: (   )

3

적용
하기

다음 중 열대 지방의 구름으로 알맞은 것을 찾아 기호를 쓰세요.

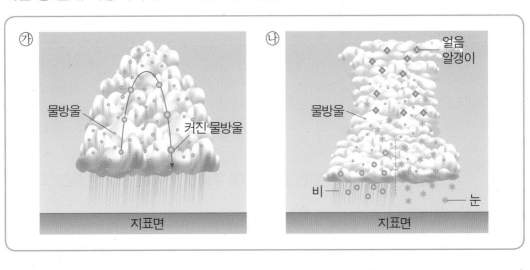

㉮ 물방울 / 커진 물방울 / 지표면

㉯ 얼음 알갱이 / 물방울 / 비 / 눈 / 지표면

(   )

1 생각주제와 관련된 앞의 두 글을 읽고 내용을 정리해 보세요.

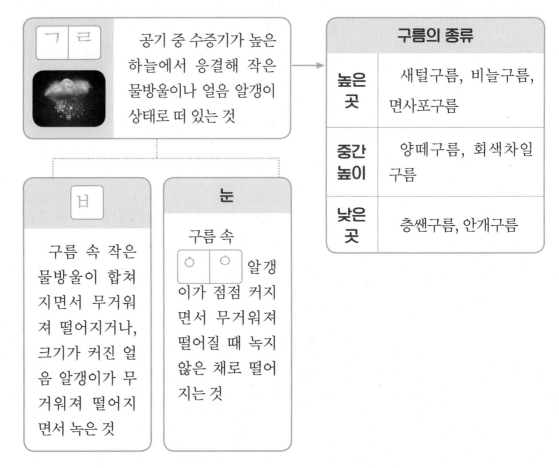

구름의 종류	
높은 곳	새털구름, 비늘구름, 면사포구름
중간 높이	양떼구름, 회색차일 구름
낮은 곳	층쌘구름, 안개구름

ㄱㄹ
공기 중 수증기가 높은 하늘에서 응결해 작은 물방울이나 얼음 알갱이 상태로 떠 있는 것

ㅂ
구름 속 작은 물방울이 합쳐지면서 무거워져 떨어지거나, 크기가 커진 얼음 알갱이가 무거워져 떨어지면서 녹은 것

눈
구름 속 ○ ○ 알갱이가 점점 커지면서 무거워져 떨어질 때 녹지 않은 채로 떨어지는 것

2 구름과 비와 눈에 대해 알맞게 설명한 것을 두 가지 찾아 ○표 하세요.

(1) 구름 속에서 비나 눈이 만들어진다.

(2) 구름 속 얼음 알갱이가 녹아서 눈이 된다.

(3) 열대 지방의 구름은 눈은 못 만들고 비만 만든다.

(4) 구름이 어느 높이에 생기는지에 따라 비가 되거나 눈이 된다.

3 비나 눈이 오는 날 하늘에 구름이 가득한 까닭에 대해 자신의 생각을 써 보세요.

비나 눈이 오는 날 ✎

4 다음 뜻에 알맞은 주제 어휘에 ○표 하세요.

(1) 종류에 따라서 가름.

| 분류 | 종류 |

(2) 일정한 차례나 간격에 따라 벌여 놓음.

| 배열 | 분열 |

(3) 물체나 물질이 공간에서 차지하는 크기.

| 부피 | 높이 |

(4) 기체인 수증기가 액체인 물이나 물방울로 변하는 현상.

| 응원 | 응결 |

5 다음 빈칸에 들어갈 낱말을 주제 어휘에서 찾아 쓰세요.

(1) 간격을 맞춰 화분을 보기 좋게 (   )했다.

(2) 쓰레기를 종류에 따라 (   )해서 버려야 한다.

(3) 오늘 하늘에는 솜털 같은 (   )이 기분 좋게 떠 있다.

(4) 여행 가는 데 꼭 필요한 것만 챙겨 짐의 (   )를 줄였다.

6 다음 문장의 밑줄 친 말과 바꿔 쓸 수 있는 낱말에 ○표 하세요.

(1) 공기 중의 <u>수증기가 액체로 변하여</u> 물방울이 맺혔다.

→ | 응결하여 | 해결하여 |

(2) 화산은 땅속 깊은 곳의 마그마가 <u>땅의 표면</u>으로 뿜어져 나온 것이다.

→ | 지표면 | 해수면 |

간디의 소금 행진

아래 사진은 '간디의 소금 **행진**＊' 모습을 동상으로 만든 것이다. '소금 행진'이란 무엇일까? 소금 행진은 인도가 영국의 지배를 받던 1930년에 간디가 인도인들과 함께 소금세 폐지를 주장하며 행진한 사건이다.

'소금세'는 인도를 지배하던 영국이 인도 사람들에게 소금을 살 때 내도록 한 세금이다. 영국 통치자들은 인도인들이 소금을 만들거나 팔지 못하게 했고, 비싼 세금을 내고 소금을 사 먹게 만들었다. 인도에는 소금을 만드는 염전이 많았는데도 인도인들은 비싼 세금을 내고 소금을 사 먹어야만 했다.

간디는 소금세를 ㉠'인간이 만들 수 있는 가장 **비인간적**＊인 세금'이라고 비판했다. 소금은 사람이 살아가는 데 꼭 필요한 것인데, 세금을 내지 않으면 먹을 수 없게 했기 때문이다. 간디는 이 비인간적인 세금에 **저항**＊하기 위해 뜻을 같이하는 70여 명과 함께 길을 떠났다. 그리고 자신이 사는 인도 델리 아마다바드에서 단디 해변까지 24일간 390여 킬로미터를 행진하며 '소금세'라는 잘못된 세금 제도를 세계에 널리 알렸다. 행진을 시작할 때는 70여 명이었던 사람들이 단디 해변에 도착했을 때는 무려 6만여 명이 되어 있었다. 단디 해변에 다다르자 간디는 옷을 여미고 몸을 숙였다. 그리고 조심스럽게 소금 알갱이를 집어들었다. 거기에 있던 사람들은 숨을 죽이고 간디를 바라보았다.

소금 행진을 한 간디와 그 무리는 감옥에 갇혔지만, 인도인들은 평화의 행진을 계속했다. 소금 행진으로 시작한 **비폭력**＊ 저항 운동은 인도 전 국민이 참여하는 시민 운동으로 번졌고, 이것이 성공하면서 인도 시민들 마음에 독립을 향한 희망이 자라났다. 시민들은 비폭력 운동을 계속해 나갔고 1947년 8월 15일, 마침내 인도는 간디가 원하는 평화로운 방법으로 독립을 이루었다.

어휘사전

＊ **행진**(行 갈 행, 進 나아갈 진) 줄을 지어 앞으로 나아감.

＊ **비인간적**(非 아닐 비, 人 사람 인, 間 사이 간, 的 과녁 적) 사람답지 아니하거나 사람으로서는 할 수 없는 것.

＊ **저항**(抵 거스를 저, 抗 겨룰 항) 어떤 힘이나 조건에 굽히지 아니하고 거역하거나 버팀.

＊ **비폭력**(非 아닐 비, 暴 사나울 폭, 力 힘 력) 폭력을 사용하지 아니함.

간디의 소금 행진 기념 동상 ▶

1 이 글에서 일이 일어난 순서대로 기호를 쓰세요.

글의
구조

> ㉮ 인도가 독립을 이루었다.
> ㉯ 영국이 인도인들에게 소금세를 내도록 했다.
> ㉰ 비폭력 저항 운동이 전국적 시민 운동이 되었다.
> ㉱ 간디와 인도 시민들이 소금세에 저항하며 '소금 행진'을 했다.

(   ) → (   ) → (   ) → (   )

2 이 글의 특징으로 알맞은 것은 무엇인가요? (   )

글의
구조

① 함께 지켜야 할 점을 안내하는 글이다.

② 역사적 사건을 사실에 근거해서 기록한 글이다.

③ 하루 동안 자신이 겪은 일이나 생각 등을 쓴 글이다.

④ 어떤 주제에 관하여 자신의 주장과 그 근거를 쓴 글이다.

⑤ 작품을 감상한 후에 자신이 느낀 점이나 생각을 쓴 글이다.

3 간디가 ㉠과 같이 말한 까닭으로 알맞은 것은 무엇인가요? (   )

추론
하기

① 싼 소금에 비싼 세금을 매겨서

② 폭력적인 방법으로 세금을 걷어서

③ 세금으로 소금의 가치를 떨어뜨려서

④ 소금 만드는 일을 하는 사람들의 일자리를 빼앗아서

⑤ 생존에 꼭 필요한 것을 돈이 없으면 먹을 수 없게 만들어서

4 다음 **보기**의 빈칸에 공통으로 들어갈 알맞은 말은 무엇인가요? (   )

적용
하기

> ┤ **보기** ├
> • 국제 [   ]의 날
> • 인도의 민족 지도자 간디의 생일인 10월 2일
> • 2007년 국제 연합이 마하트마 간디의 [   ] 운동의 뜻을 기리기 위해서 만든 날

① 비폭력   ② 차별 금지   ③ 세금 폐지

④ 소금 행진   ⑤ 우리 물건 쓰기

비폭력 운동

'비폭력 운동'이란 무엇일까? 그것은 말 그대로 폭력을 사용하지 않고 옳지 않은 일에 저항하는 것이다. 서로 의견이 다르거나 갈등이 일어났을 때 폭력을 사용하지 않고 대화와 협력으로 평화롭게 문제를 해결하려는 태도를 말한다. 대표적인 비폭력 운동으로는 우리나라의 3·1 운동과 마틴 루서 킹의 흑인 **인권*** 운동을 들 수 있다.

㉠ 3·1 운동은 어떤 운동일까? 일제 강점기인 1919년 3월 1일, 민족 대표 33인이 태화관에서 독립 **선언***식을 가졌다. 이때 탑골 공원에서는 학생들이 중심이 되어 독립 선언문 낭독을 했고, 수많은 사람이 태극기를 흔들며 '대한 독립 만세'를 외쳤다. 서울 종로에서 시작된 만세 운동은 전국으로 퍼져 지식인과 학생, 농민 등 각계각층의 200만 명이 참여하였다. 3·1 운동은 일본이 휘두르는 총과 칼의 공포 속에서도 폭력을 쓰지 않고 '만세'를 부르며 저항한 비폭력 운동이었다. 이 운동으로 우리 민족이 자유와 독립을 원한다는 것과, 일본에 대한 강한 저항 의지를 전 세계에 알렸다.

마틴 루서 킹은 어떻게 흑인 인권 운동을 했을까? 그는 어릴 때부터 흑인들이 피부색이 다르다는 이유로 **차별***받는 것에 의문을 가졌고, 그런 문제에 대해 말하기 위해 목사가 되었다. 그러던 어느 날, 한 흑인 여성이 버스 안에서 백인을 위한 좌석에 앉아 자리를 양보하지 않았다는 이유로 **체포***되는 사건이 일어난다. 이 사건을 계기로 마틴 루서 킹은 '㉡ 버스 안 타기 운동'에 앞장섰고, 1년 넘게 운동을 이어 가 결국 '피부색에 따라 버스 좌석을 나누는 것은 불법'이라는 판결을 받았다. 그는 폭력이 아닌 평화로운 방법으로 문제를 해결할 수 있다는 것을 보여 주었다. 또한 흑인뿐 아니라 백인들의 마음까지 움직였다. 이후 마틴 루서 킹은 흑인들의 평등한 투표권을 위한 평화 행진을 했고, 그 결과 흑인도 투표할 수 있는 권리를 얻는 데 성공했다.

어휘사전

* **인권**(人 사람 인, 權 권리 권) 인간으로서 당연히 가지는 기본적 권리.

* **선언**(宣 베풀 선, 言 말씀 언) 국가나 집단이 자기의 방침이나 주장 등을 외부에 정식으로 밝힘.

* **차별**(差 어긋날 차, 別 다를 별) 둘 이상의 대상을 등급이나 수준으로 나누어 구별함.

* **체포**(逮 잡을 체, 捕 사로잡을 포) 죄를 지었다고 의심되는 사람을 잡아서 가두는 것.

내용요약

글의 중심 내용을 생각하며 빈칸의 낱말을 써 보세요.

| 비 | 폭 | 력 | 운 | 동 | 은 폭력을 사용하지 않고 옳지 않은 일에 대해 저항하는 것이다. 대표적인 비폭력 운동에는 우리나라의 3·1운동과, 마틴 루서 킹이 흑인 인권을 위해서 했던 비폭력 평화 시위 등이 있다.

1 이 글을 읽고 알 수 <u>없는</u> 것은 무엇인가요? (   )

내용
이해

① 마틴 루서 킹은 '버스 안 타기 운동'을 주도했다.

② 3·1 운동은 각계각층의 사람이 참여한 운동이었다.

③ 비폭력 운동은 폭력을 사용하지 않고 저항하는 것이다.

④ 3·1 운동은 간디의 비폭력 저항에 영향을 받아서 일어났다.

⑤ 마틴 루서 킹은 평화로운 방법으로 흑인 인권을 위해 애썼다.

2 ㉠과 ㉡을 모두 포함할 수 있는 말을 **보기**에서 찾아 쓰세요.

내용
이해

┤ **보기** ├

평화 행진   비폭력 운동   흑인 인권 운동

(   )

3 이 글과 **보기**를 읽고 든 생각으로 알맞지 <u>않은</u> 것은 무엇인가요? (   )

감상
하기

┤ **보기** ├

남아프리가 공화국에서 태어난 넬슨 만델라는 대학에 다닐 때 흑인 친구가 백인에게 모욕당하는 것을 보고 인종 차별의 부당함을 깨달았다. 만델라는 인종 차별 정책에 반대하는 활동을 하다 감옥에 들어갔다. 27년이 넘는 감옥 생활에서 만델라는 '백인에 대한 보복은 또 다른 폭력을 낳을 뿐이야. 대화와 협상만이 이 뿌리 깊은 차별을 없앨 수 있어.'라고 생각했다. 그는 감옥 안에서 편지를 써서 인종 차별 정책의 문제를 전 세계에 알렸다.

① 3·1 운동과 넬슨 만델라의 편지는 비폭력 운동의 사례야.

② 버스 안 타기 운동과 넬슨 만델라의 편지는 비폭력 운동이야.

③ 마틴 루서 킹과 넬슨 만델라 모두 국가 독립을 위해 노력했어.

④ 넬슨 만델라는 감옥에서 인종 차별 정책에 반대하는 편지를 썼어.

⑤ 3·1 운동 참여자들과 넬슨 만델라는 옳은 일을 하는 데 폭력을 사용하지 않았어.

주제 정리

1 생각주제와 관련된 앞의 두 글을 읽고 내용을 정리해 보세요.

| ㅂ | ㅍ | ㄹ | 운동 |

폭력을 사용하지 않고 옳지 않은 일에 저항하는 것

사례

간디의 [ㅅ][ㄱ] 행진	3·1 운동	[ㅂ][ㅅ] 안 타기 운동
간디와 뜻을 같이 하는 인도 사람들이 영국이 만든 소금세에 반대하며 벌인 운동	일제 강점기 때 일본에 저항하여 전국적으로 일어난 비폭력 만세 운동	백인들의 흑인 차별에 저항하여 마틴 루서 킹이 주도한 비폭력 저항 운동

2 다음 그림에서 공통으로 설명하고 있는 것으로 알맞은 것에 ○표 하세요.

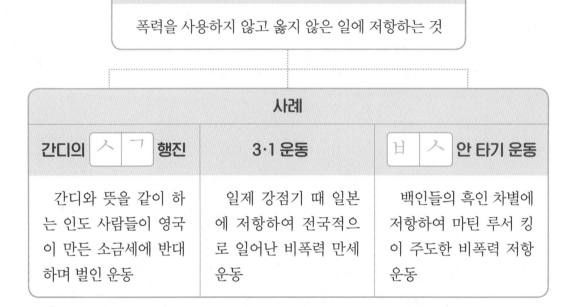

(1) 옳지 않은 것에 대해 폭력과 무기를 사용해 적극적으로 저항하고 있어.

(2) 옳지 않은 것에 대해 폭력을 사용하지 않고 의견을 펼치며 저항하고 있어.

3 비폭력 운동의 힘은 무엇인지 자신의 생각을 써 보세요.

비폭력 운동의 힘은 ✎ _____

_____

_____

주제 어휘	저항	비폭력	인권	선언	차별

4 다음 주제 어휘와 뜻을 알맞게 연결하세요.

(1) 저항 •

(2) 인권 •

(3) 비폭력 •

(4) 선언 •

• ㉠ 폭력을 사용하지 아니함.

• ㉡ 인간으로서 당연히 가지는 기본적 권리.

• ㉢ 어떤 힘이나 조건에 굽히지 아니하고 거역하거나 버팀.

• ㉣ 국가나 집단이 방침이나 주장 등을 외부에 정식으로 밝힘.

5 다음 빈칸에 들어갈 낱말을 주제 어휘에서 찾아 쓰세요.

(1) 시인 이육사는 시를 통해 일제에 (   )하였다.

(2) 세계 여러 나라가 핵무기를 만들지 않겠다고 (   )했다.

(3) 초등학생에게도 인간으로서 존중받을 권리인 (   )이 있다.

(4) 외모, 재산, 피부색 등 어떤 것으로도 사람을 (   )해서는 안 된다.

6 다음 빈칸에 공통으로 들어갈 낱말을 주제 어휘에서 찾아 쓰세요.

헌법 제11조 1항

　모든 국민은 법 앞에 평등하다. 누구든지 성별, 종교 또는 사회적 신분에 의하여 정치적, 경제적, 사회적, 문화적 생활의 모든 영역에 있어서 [   ]을 받지 아니한다.

교육기본법 제4조 1항

　모든 국민은 성별, 종교, 신념, 인종, 사회적 신분, 경제적 지위 또는 신체적 조건 등을 이유로 교육에서 [   ]받지 아니한다.

(   )

표절과 패러디

L.H.O.O.Q.

▲ 마르셀 뒤샹, 「L.H.O.O.Q.」

어휘사전

＊**표절**(剽 표독할 표, 竊 훔칠 절) 시나 글, 노래 등을 지을 때 남의 작품 일부를 몰래 따다 씀.

＊**복제품** 본디의 것과 똑같이 본떠 만든 물품.

＊**풍자**(諷 풍자할 풍, 刺 찌를 자) 직접 말하지 않고 슬며시 돌려서 인물의 부족한 점이나 잘못한 점을 드러내는 것.

＊**패러디** 잘 알려진 원작을 비틀어 새로운 의미를 만들어 내는 예술 표현 방식.

＊**모방**(模 본뜰 모, 倣 본뜰 방) 다른 것을 본뜨거나 본받음.

＊**원작자**(原 근원 원, 作 지을 작, 者 사람 자) 처음에 지은 사람.

다른 사람이 찍은 사진이 마음에 들어서 그 사진 속 모습과 같은 모양으로 조각을 만든다면 그것은 창작일까, **표절**＊일까?

표절은 다른 사람이 만든 작품을 몰래 따다 쓰는 행위이다. 대표적인 사례로는 미국의 현대 미술가 제프 쿤스의 표절 사건이 있다. 제프 쿤스는 1988년 뉴욕에서 개인전을 열었다. 작품 중에는 나무로 만들어 채색한 조각품인 「끈처럼 이어진 강아지」가 있었다. 이 조각의 **복제품**＊들은 총 36만 7천 달러(한화로 약 4억 9천만 원)어치나 팔렸다. 그런데 몇 달 뒤 아트 로저스라는 사진가가 「끈처럼 이어진 강아지」가 자신이 1980년에 찍은 사진과 비슷하다며 제프 쿤스를 고발했다. 쿤스 측은 로저스의 사진이 매우 흔한 소재이며 자기 작품은 이 사진을 참고해 사회를 **풍자**＊한 '**패러디**＊'라고 주장했다. 그러나 미국 법원은 두 작품의 이미지가 닮았다는 사실에 주목해 아트 로저스의 저작권을 인정했고, 제프 쿤스에게 유죄 판결을 내렸다.

제프 쿤스가 주장했던 패러디(parody)는 잘 알려진 원작을 비틀어 새로운 의미를 만들어 내는 예술 표현 방식이다. 패러디를 한 작품은 원래 작품의 단순한 **모방**＊이 아니라, 다른 새로운 의미를 더한다는 점에서 표절과 다르다. 레오나르도 다빈치의 「모나리자」는 모르는 사람이 없을 정도로 유명한 그림이다. 짙은 색 옷과 머리카락에 둘러싸인 여인이 신비롭고 고상한 미소를 짓고 있다. 그런데 현대 미술가 마르셀 뒤샹이 모나리자 모습에 콧수염을 그려 넣은 패러디 작품을 발표했다. 뒤샹은 이 작품에 '「모나리자」처럼 점잖은 미술만이 가치 있는 것이 아니라 가볍고 유쾌한 미술도 가치 있다.'는 뜻을 담았다.

창작물은 만든 이의 노력과 아이디어, 시간이 담긴 소중한 것이므로 **원작자**＊의 허락 없이 함부로 사용하거나 훼손하면 안 된다. 패러디라고 하더라도 반드시 원작자의 허락을 받아야 하고 원작이 있음을 밝혀야 한다.

내용요약

글의 중심 내용을 생각하며 빈칸의 낱말을 써 보세요.

| 표 | 절 | 은 다른 사람이 만든 작품의 일부를 몰래 따다 쓰는 것이고,

| 패 | 러 | 디 |는 원작을 비틀어 새로운 의미를 만들어 내는 것이다.

1 이 글에서 글쓴이가 말하고자 하는 바를 골라 기호를 쓰세요.

중심
내용

> ㉮ 표절도 새로운 예술 방식이다.
>
> ㉯ 다른 사람의 작품을 함부로 사용하거나 훼손하면 안 된다.
>
> ㉰ 예술가는 유명한 작품을 모방하여 새로운 작품을 창작해야 한다.

(   )

2 미국 법원이 제프 쿤스에게 유죄 판결을 내린 까닭은 무엇인가요? (   )

내용
이해

① 저작권자의 허락 없이 전시해서

② 복제품을 너무 비싼 가격에 판매해서

③ 비슷한 사진을 못 봤다고 거짓말해서

④ 아트 로저스의 사진이 흔한 소재를 찍은 것이어서

⑤ 아트 로저스의 사진과 이미지가 비슷한 조각품을 만들어서

3 예술 창작에 대해 글쓴이와 같은 생각을 가진 친구의 이름을 쓰세요.

비판
하기

> 지식과 정보를 자유롭게 이용할 수 있어야 문화가 발전해. 그러니까 사람들이 자유롭게 저작물을 쓸 수 있도록 허락해 줘야 해.

달심

> 만든 이의 노력과 시간이 담긴 창작물을 함부로 베끼거나 사용료를 내지 않고 사용하면 창작자는 의욕이 꺾여 창작을 하지 못할 거야.

동주

(   )

저작권

다음 중 **저작권*** **침해***가 아닌 것은 무엇일까?

> (1) 내 **블로그***에 아이돌 가수 노래를 올렸다.
>
> (2) 친구의 블로그 글을 베껴서 수행 평가 과제를 냈다.
>
> (3) 포켓몬스터 캐릭터를 그려서 친구들한테 1,000원씩 받고 팔았다.

정답은 '없다'이다. 세 사례 모두 저작권 침해에 해당한다. (1)은 저작권이 있는 노래를 함부로 여러 사람이 볼 수 있는 블로그에 올렸기 때문이다. (2)는 블로그에 쓴 글도 저작권을 보호받는데, 허락 없이 베꼈기 때문이다. (3)은 원작자가 있는 캐릭터를 그려서 허락받지 않은 채 돈을 받고 팔았기 때문에 침해이다.

정말,
당신 것이 맞습니까?

영화, 음악은 물론 인터넷상의 다양한
프로그램을 저작권자의 허락 없이 무단으로
사용하고 있진 않으세요?
지금, 나부터 그들의 권리를 지켜봅시다.
그들의 수고와 노력을 인정해 주지 않는다면
더 이상의 창작물을 기대할 수 없을지도 모릅니다.

kobaco 한국방송광고진흥공사
공익광고협의회

▲ 「저작권 보호」, 공익 광고 협의회

그렇다면 저작권이란 무엇일까? ㉠저작권이란 생각이나 감정을 표현한 창작물에 대한 권리를 말한다. 글, 음악 등 그러한 표현의 결과물을 '㉡저작물'이라고 하고, 저작물을 만든 사람은 '㉢저작자'라고 한다.

저작물은 표현 방식에 따라 몇 가지 종류로 나뉜다. 시나 연설같이 말과 글로 표현된 **어문*** 저작물, 연극이나 무용·뮤지컬과 같은 연극 저작물, 회화·조각같이 선과 모양, 색채로 표현된 미술 저작물, 건축물 또는 건축 모형이나 설계도 같은 건축 저작물 등이다. 만약 스스로 창작한 것이라면 어린이의 글이나 그림도 저작물로 보호받는다.

저작권은 저작물을 만드는 순간부터 생기고, 저작자가 죽은 후 70년 동안 보호된다. 이 기간이 지난 이후에는 누구나 자유롭게 쓸 수 있다. 저작권으로 보호받는 창작물은 값을 내거나 저작권자의 허락을 받고 사용해야 한다. 이렇게 저작권을 보호하면 저작자의 창작 의욕을 북돋아 더 좋은 작품이 많이 만들어진다.

어휘사전

* **저작권**(著 나타날 저, 作 지을 작, 權 권세 권) 생각이나 감정을 표현한 창작물에 대한 권리.

* **침해**(侵 침범할 침, 害 해할 해) 침범하여 해를 끼침.

* **블로그**(blog) 자신의 관심사를 자유롭게 올릴 수 있는 인터넷 공간.

* **어문**(語 말씀 어, 文 글 문) 말과 글을 아울러 이르는 말.

1

내용
이해

⑤~ⓒ에 대한 설명으로 알맞은 것은 무엇인가요? (   )

① ⑤은 생각이나 감정을 표현한 결과물이다.

② ⑤은 보호 기간이 지나도 사라지지 않는다.

③ ⓒ은 표현 방식에 따라 몇 가지 종류로 나뉜다.

④ ⓒ은 만드는 순간부터 생기고 저작자가 죽은 후 70년간 지켜진다.

⑤ ⓒ은 생각이나 감정을 표현한 창작물을 만든 사람에게 주는 권리이다.

2

적용
하기

다음 **보기**의 ㉮와 ㉯는 각각 어떤 종류의 저작물에 해당하는지 이 글에서 찾아 쓰세요.

┤ 보기 ├

㉮    ㉯

㉮: (   )

㉯: (   )

3

추론
하기

이 글과 **보기** 내용을 읽고 짐작한 내용으로 알맞지 <u>않은</u> 것은 무엇인가요?

(   )

┤ 보기 ├

　웹툰 작가 Q가 그린 웹툰은 큰 인기를 얻었다. 하지만 Q는 돈을 벌지 못했다. 왜냐하면 누군가 Q의 웹툰 전체를 인터넷에 올렸고, 순식간에 많은 사람이 그것을 내려받아 공짜로 보아서 Q의 웹툰을 돈 내고 보지 않았기 때문이다. Q는 의욕을 잃어버려 웹툰 일을 그만두었다. 사람들은 더 이상 Q의 웹툰을 읽을 수 없게 되었고, 우리나라는 좋은 웹툰 작가 한 명을 잃었다.

① 인터넷에 올린 저작물은 순식간에 퍼질 수 있다.

② 저작권 보호는 우리나라의 문화 발전을 위해서도 필요하다.

③ 저작권 보호는 창작자뿐만 아니라 독자를 위해서도 필요하다.

④ 저작권을 보호하지 않으면 창작자는 창작물로 돈을 벌기 어렵다.

⑤ 누구나 자유롭게 창작물을 사용할 수 있어야 더 많은 창작물이 나온다.

주제 정리 **1** 생각주제와 관련된 앞의 두 글을 읽고 내용을 정리해 보세요.

ㅈ ㅈ ㄱ

| 의미 | 글, 음악 등 생각이나 감정을 표현한 ㅊ ㅈ ㅁ 에 대한 권리 |

| 보호 기간 | 저작물을 만드는 순간부터 생기고, 사후 70년 동안 보호됨. |

| 지켜져야 하는 이유 | • 저작권이 보호받을 수 있음.
• 저작자의 창작 의욕을 북돋아 더 좋은 작품이 많이 만들어짐. |

2 다음 두 친구가 공통으로 설명하고 있는 것으로 알맞은 것에 ◯표 하세요.

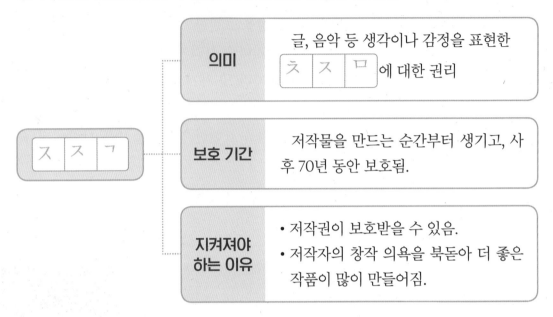

내가 환경 그림 대회에서 상 받은 그림을 친구가 베껴서 수행 과제로 냈어.

유명 영화감독이 원작을 밝히지 않고, 잘 알려지지 않은 작가의 단편 소설로 영화를 만들었어.

(1) 저작권을 침해한 사례   (2) 저작권을 보호한 사례

3 저작권은 왜 지켜져야 하는지 자신의 생각을 써 보세요.

저작권이 지켜져야 하는 까닭은 ✎ ＿＿＿＿＿＿＿＿＿＿＿＿＿＿＿

＿＿＿＿＿＿＿＿＿＿＿＿＿＿＿＿＿＿＿＿＿＿＿＿＿＿＿＿＿＿＿

＿＿＿＿＿＿＿＿＿＿＿＿＿＿＿＿＿＿＿＿＿＿＿＿＿＿＿＿＿＿＿

주제 어휘	표절	모방	원작자	저작권	침해

4 다음 뜻에 알맞은 주제 어휘에 ○표 하세요.

(1) 처음에 지은 사람.
원작자	저자

(2) 다른 것을 본뜨거나 본받음.
개방	모방

(3) 생각이나 감정을 표현한 창작물에 대한 권리.
독점권	저작권

(4) 시나 글, 노래 등을 지을 때 남의 작품 일부를 몰래 따다 씀.
침해	표절

5 다음 빈칸에 들어갈 낱말을 주제 어휘에서 찾아 쓰세요.

(1) 키가 작다고 친구를 놀리는 것도 인권 (   )이다.

(2) 우리가 쓰는 물건 중에는 자연을 (   )한 것이 많다.

(3) 인터넷에 유명한 가수의 음악을 올리는 것은 (   ) 침해이다.

(4) 영화가 너무 감동적이어서 시나리오의 (   )가 누구인지 궁금했다.

6 다음 밑줄 친 말과 바꿔 쓸 수 있는 낱말을 주제 어휘에서 찾아 쓰세요.

숙제할 때 인터넷에 있는 글을 <u>몰래 그대로 따다 쓰는</u> 것은 절대 하면 안 된다. 인터넷에 있는 저작물을 사용할 때는 그것이 법적으로 보호받는 것인지 확인하고, 저작권자에게 먼저 사용 허락을 받은 뒤에 사용해야 한다.

(   )

3장

2개의 글을 연결해
재미있게 읽어요~

사자와 마녀와 옷장

사자와 마녀와
옷장

글 C.S. 루이스
시공주니어

루시는 '이 옷장은 엄청나게 큰가 봐!' 하고 생각하면서, 들어갈 자리를 마련하려고 부드러운 코트 자락을 옆으로 밀며 안으로 쭉쭉 들어갔다. 그때 발 밑에서 뭔가가 뽀드득 소리를 냈다. 루시는 '좀약*인가?' 하고는 이내 허리를 굽혀 발아래를 만져 보았다. 그런데 딱딱하고 매끄러운 옷장 나무 바닥이 아니라, 부드러우면서도 아주 차갑고 푸석푸석한 것이 만져졌다.

"정말 이상한데."

다음 순간, 루시는 부드러운 털이 아니라 딱딱하고 거칠고 따끔거리기까지 하는 어떤 것이 얼굴과 손을 스치고 있는 걸 알아차렸다. 루시는 놀라서 소리쳤다.

그때 루시 쪽으로 타닥타닥 다가오는 발소리가 들렸다. 곧이어 괴상망측한 사람이 나무들 사이에서 가로등 불빛 아래로 걸어 나왔다. 그 사람은 **고작***해야 루시보다 키가 조금 더 컸고, 하얀 눈이 소복이 쌓인 우산을 펴 들고 있었다. 허리 위쪽은 사람 같았지만 아래쪽은 발굽이 달린(반질반질한 까만 털에 싸인) 염소 다리 같았다. 꼬리도 하나 달려 있었는데 눈 위에 끌릴까 봐 우산을 든 팔에 걸쳐 놓아, 처음에는 루시도 보지 못했다.

"아, 정말 만나서 반갑습니다. 내 소개를 해도 될까요? 나는 툼누스입니다."

"만나서 반가워요, 툼누스 씨."

"이브의 딸 루시 양, 뭐 좀 물어봐도 될까요? 어떻게 나니아에 왔죠?"

"나니아요? 그게 뭔데요?"

"여기가 나니아입니다. 지금 우리가 있는 곳이죠. 저 가로등이 있는 곳에서부터 동쪽 바다의 거대한 케어 패러벨 성까지가 모두 나니아 땅이죠. 그런데 당신은 서쪽 깊은 숲에서 왔나요?"

"난…… 난 빈방의 옷장을 통해 들어왔어요."

"머나먼 '빔방' 나라, 영원한 여름이 계속되는 화창한 도시 '옷짱'에서 오신 이브의 딸, 우리 같이 차나 한잔할까요?"

루시는 이 이상한 **창조물***과 평소에 잘 알고 지내던 사이처럼 팔짱을 끼고 숲속을 걸어갔다.

어휘사전

* **좀약** 옷이나 종이를 파먹는 해충인 좀이 생기는 것을 막기 위하여 쓰는 약.

* **고작** 아무리 좋고 크게 평가하려 해도 별것 아님.

* **창조물**(創 처음 창, 造 지을 조, 物 만물 물) 전에는 없던 것을 처음으로 만든 것.

1 다음 중 이 글의 중심 사건을 골라 기호를 쓰세요.

중심
내용

> ㉮ 툼누스가 이브를 발견한 일
> ㉯ 루시가 나니아로 들어가게 된 일
> ㉰ 루시와 툼누스가 함께 차를 마시는 일

( )

2 툼누스에 대한 설명으로 알맞지 <u>않은</u> 것은 무엇인가요? ( )

내용
이해

① 나니아에 살고 있다.　　　　② 허리 위쪽은 사람 같다.

③ 꼬리가 하나 달려 있다.　　　④ 루시보다 키가 조금 작다.

⑤ 허리 아래는 염소 다리 같다.

3 이 글과 **보기**에서 소개하는 이야기의 공통점은 무엇인가요? ( )

적용
하기

┤ 보기 ├

　이모 가족의 구박을 받으며 지내던 해리 포터는 호그와트 마법 학교로부터 입학 초대장을 받고 자신이 마법사임을 깨닫는다. 해리 포터는 이모 가족의 반대를 무릅쓰고 마법 학교 입학 준비를 한다. 그리고 런던 킹스크로스역 9와 4분의 3 승강장에서 호그와트 급행열차를 타고 마법 학교로 간다. 해리 포터는 열차에서 론과 헤르미온느를 사귀고 그들과 모험 가득한 학교생활을 시작한다.

① 판타지 세계로 통하는 관문이 나온다.

② 판타지 세계에 가면 주인공이 변신한다.

③ 판타지 세계로 데려다주는 사람이 나온다.

④ 판타지 세계에서 빠져나오는 주문이 나온다.

⑤ 판타지 세계를 다녀왔다는 증거물이 등장한다.

소설을 재미있게 만드는 것

「사자와 마녀와 옷장」에서 루시는 옷장을 통해 환상의 세계인 나니아로 가게 된다. 이처럼 ㉠<u>소설</u>*이란 있을 법한 일을 상상을 바탕으로 꾸며 낸 이야기이다. 그렇다면 소설을 재미있게 하는 요소는 무엇일까?

첫째는 **허구***성이다. 우리는 소설을 통해 현실에서 가 볼 수 없는 세계에 갈 수 있고 신비한 능력을 가진 인물도 만나며, 일어날 수 없는 일도 경험할 수 있다. 「오즈의 마법사」를 보면 '오즈'라는 환상의 나라가 나오고, 말하는 허수아비와 겁쟁이 사자, 마녀가 나오고, 오즈의 마법사를 만나 소원을 이루는 일이 일어난다. 이런 허구적인 **배경***, **인물***, **사건***은 모두 실제로 존재하지 않지만, 작가의 상상력을 통해 간접 경험할 수 있다.

둘째는 진실성이다. 소설은 비록 꾸며 낸 이야기이지만, 그 안에 우리가 알아야 할 삶의 진실과 인간의 모습이 담겨 있다. 「오즈의 마법사」에서 도로시는 마법사 오즈를 만나러 가는 길에 지혜가 필요한 허수아비, 마음을 원하는 양철 나무꾼, 용기가 필요한 사자를 만난다. 도로시가 만난 세 친구가 간절히 원하는 '지혜', '마음', '용기'는 우리가 살아가는 데 꼭 필요한 것임을 일깨워 준다. 그리고 저마다 부족함을 안고 있던 인물들이 모험하며 성장하는 모습을 통해 자기 안에 있는 힘의 중요성을 보여 준다.

셋째는 **의외성***이다. 소설은 전혀 예상하지 못한 뜻밖의 결말로 충격과 재미를 준다. 행복하던 인물이 갑자기 불행해지거나, 아주 가난하고 힘 없던 사람이 행운을 얻는 결말 등을 통해 놀라움과 재미를 안겨 준다. 「오즈의 마법사」에서도 마법사인 줄 알았던 오즈가 사실은 사기꾼이었다는 것이 밝혀지는 반전이 이야기를 더욱 재미있게 만든다. 그리고 이 결말은 우리가 가진 고민이나 문제는 다른 사람이 아니라, 내 안에 있는 힘으로 해결해야 한다는 깨달음도 준다.

어휘사전

* **소설**(小 작을 소, 說 말씀 설) 현실에서 일어날 만한 일을 작가가 상상하여 꾸며 낸 이야기.

* **허구**(虛 빌 허, 構 얽을 구) 사실에 없는 일을 사실처럼 꾸며 만듦.

* **배경**(背 등 배, 景 경치 경) 어떤 사건, 소설 등에서 이야기의 바탕을 이루는 시대나 장소.

* **인물**(人 사람 인, 物 만물 물) 일정한 상황에서 어떤 역할을 하는 사람.

* **사건**(事 일 사, 件 사건 건) 사람들의 관심을 끄는 어떤 일.

* **의외성** 전혀 생각이나 예상하지 못한 성질.

내용요약

글의 중심 내용을 생각하며 빈칸의 낱말을 써 보세요.

⟨ㅅ ㅅ⟩은 있을 법한 일을 상상을 바탕으로 꾸며 쓴 글로, 이것을 재미있게 하는 요소는 ⟨ㅎ ㄱ ㅅ⟩, 진실성, 의외성이다.

1

내용
이해

㉠에 대한 설명으로 알맞지 <u>않은</u> 것은 무엇인가요? (   )

① 작가의 상상력으로 꾸며 쓴 글이다.

② 사람들이 예상하는 결말만 그려진다.

③ 삶의 진실과 인간의 모습이 담겨 있다.

④ 현실에 존재하지 않는 시간과 공간을 그려 낼 수 있다.

⑤ 현실에서 경험할 수 없는 것을 간접 경험하게 해 준다.

2

글의
구조

이 글의 설명 방법으로 알맞은 것은 무엇인가요? (   )

① 믿을 만한 전문가의 의견을 쓰고 있다.

② 설명할 내용을 차례대로 나열하고 있다.

③ 대상이 완성되어 가는 과정을 순서대로 설명하고 있다.

④ 대상을 그와 유사한 다른 대상에 빗대어 설명하고 있다.

⑤ 문제가 일어난 원인을 밝히고 그에 대한 결과를 제시하고 있다.

3

적용
하기

다음 **보기**의 소설이 재미있는 까닭을 나타내기에 알맞은 말에 ○표 하세요.

┤ 보기 ├

아름답고 매력적이지만 가난한 마틸드는 친구에게 다이아몬드 목걸이를 빌려 파티에 참석한다. 그런데 파티에서 돌아오는 길에 목걸이를 잃어버리고 만다. 마틸드와 남편은 친구에게 빌린 목걸이와 비슷한 것을 사기 위해 4만 프랑의 빚을 진다. 그리고 두 사람은 빚을 갚기 위해 10년간 온갖 고생을 한다. 그러던 어느 날, 마틸드는 우연히 친구를 만나 그녀가 빌려준 목걸이를 잃어버린 일과 그간의 고생담을 털어놓는다. 그러자 친구는 깜짝 놀라며 그때 빌려준 목걸이가 몇백 프랑도 되지 않는 가짜였다는 충격적인 사실을 알려 준다.

- 모파상의 「목걸이」 줄거리

(1) 의외성 (   )　　(2) 사실성 (   )　　(3) 위험성 (   )

1 생각주제와 관련된 앞의 두 글을 읽고 내용을 정리해 보세요.

ㅅ	ㅅ

있을 법한 일을 상상을 바탕으로 꾸며 쓴 글

소설을 재미있게 하는 요소		
ㅎ | ㄱ | ㅅ	진실성	의외성
현실에서는 절대로 경험할 수 없는 것을 경험하게 해 줌.	우리가 알아야 할 삶의 진실과 인간의 모습을 보여 줌.	예상하지 못한 뜻밖의 결말로 충격과 재미를 줌.

2 소설이 재미있는 까닭을 알맞게 말한 두 친구를 찾아 ○표 하세요.

「사자와 마녀와 옷장」 처럼 실제로 경험할 수 없는 것을 경험하게 해 주어서 재미있는 거야.

「오즈의 마법사」처럼 삶의 진실과 인간의 진짜 모습을 마주하게 해 주기 때문에 재미있는 거야.

「오즈의 마법사」처럼 누구나 짐작할 수 있는 결말에 이르기 때문에 재미있는 거야.

희진   지아   선호

(   )   (   )   (   )

3 소설이 재미있는 까닭은 무엇인지 자신의 생각을 써 보세요.

소설이 재미있는 까닭은 ✎ _____

_____

_____

주제 어휘	창조물	소설	허구	배경	인물

4 다음 주제 어휘와 뜻을 알맞게 연결하세요.

(1) 창조물 •   • ㉠ 전에는 없던 것을 처음으로 만든 것.

(2) 배경 •   • ㉡ 일정한 상황에서 어떤 역할을 하는 사람.

(3) 허구 •   • ㉢ 사실에 없는 일을 사실처럼 꾸며서 만듦.

(4) 인물 •   • ㉣ 어떤 사건, 소설 등에서 이야기의 바탕을 이루는 시대나 장소.

5 다음 빈칸에 들어갈 낱말을 주제 어휘에서 찾아 쓰세요.

(1) 그 작가는 오랜만에 새로운 (   )을 썼다.

(2) 컴퓨터는 인간이 만든 매우 쓸모 있는 (   )이다.

(3) 마녀나 마법사는 현실에는 존재하지 않는 (   )의 인물이다.

(4) 판타지 소설에 나오는 (   )은 실제로는 존재하지 않는 곳이 많다.

6 다음 문장의 밑줄 친 말과 바꿔 쓸 수 있는 낱말에 ○표 하세요.

(1) 그 이야기는 없는 일을 사실처럼 꾸며 만든 것이다. → 허구 | 허영

(2) 「홍길동전」의 홍길동은 지혜롭고 무술에 뛰어난 사람이다. → 인물 | 사물

코피 아난 아저씨네 푸드 트럭

코피 아난
아저씨네
푸드 트럭
글 예영
주니어김영사

"여긴 1945년, 제2차 세계 대전이 끝난 후 유럽의 거리란다."

맙소사! 너무 놀라서 심장이 밖으로 튀어나올 뻔했다. 그러나 놀라움도 잠시, 우리는 거리의 모습에 더 경악했다. 눈에 보이는 광경은 한마디로 폐허였다.

"1939년에 일어난 제2차 세계 대전은 6년 동안 수천만 명의 사망자가 생길 정도로 참혹했어. 이 전쟁 때문에 모든 산업 시설이 파괴되고 엄청난 경제적 손실을 입었어."

코피 아난 아저씨의 목소리가 무거웠다.

"전쟁이 일어나는 원인은 무수히 많지만 결국 인간의 어리석은 욕심 때문에 일어나는 거란다."

나는 아저씨의 말이 알 듯 말 듯 이해가 가지 않았다.

"하지만 모두가 전쟁을 일으키고 싶어 하진 않잖아요. **평화***를 원하는 사람들이 훨씬 많을 텐데 전쟁이 일어나지 않게 노력했어야죠."

코피 아난 아저씨가 상자를 하나 더 포개며 자리에 앉았다.

"노력이 없지는 않았어. ㉠제1차 세계 대전을 겪으면서 많은 나라들이 전쟁을 막고 평화를 지킬 국제기구가 필요하다고 느꼈거든. 그래서 탄생한 게……."

샐러드 통을 정리하던 세나가 냉큼 알은척했다.

"세계 최초의 평화 기구인 국제 연맹이죠?"

"그래, 1920년 영국과 프랑스 등 제1차 세계 대전의 **승전국***들이 주도해서 만들었단다. 세계 평화가 위협받는 상황을 대비하기 위해 모였지."

"그런데도 전쟁이 일어나는 걸 막지 못했네요."

코피 아난 아저씨는 무거운 표정으로 고개를 끄덕였다.

"국제 연맹은 각국에 **권고***만 할 수 있기 때문에 회원국들이 약속을 어겨도 어찌하지 못했어. 결국 제2차 세계 대전이 일어나는 것을 막지 못해 이런 참혹한 비극을 낳았지."

그리고는 한숨을 한 번 크게 내쉬고 말을 이었다.

"㉡사람들은 그제야 반성을 했어. 자신들이 얼마나 어리석은 짓을 했는지, 욕심을 버리지 못한 대가가 얼마나 무서운지, 평화가 얼마나 소중한지. 그리고 그 어리석음에 대한 책임을 지기 위해 새로운 국제기구인 유엔을 **창설***했단다."

어휘사전

* **평화**(平 평평할 평, 和 화목할 화) 전쟁 같은 갈등 없이 평온함.

* **승전국**(勝 이길 승, 戰 싸울 전, 國 나라 국) 전쟁에서 이긴 나라.

* **권고**(勸 권할 권, 告 알릴 고) 어떤 일을 하도록 권함.

* **창설**(創 시작할 창, 設 설립할 설) 기관이나 단체를 처음으로 세움.

1 내용 이해

이 글을 통해 알 수 있는 내용이 <u>아닌</u> 것은 무엇인가요?　(　　)

① 유엔이 창설된 배경

② 제2차 세계 대전에서 승리한 나라

③ 세계 최초의 국제기구가 탄생한 시기

④ 사람들이 전쟁을 일으키는 근본적인 원인

⑤ 국제 연맹이 제2차 세계 대전을 막지 못한 이유

2 추론 하기

이 글에 나타난 사건의 원인과 결과가 알맞게 짝 지어진 것 두 가지를 고르세요.
(　　　　)

	원인	결과
①	인간의 어리석은 욕심	전쟁
②	국제 연맹 탄생	제2차 세계 대전
③	국제 연맹 탄생	제1차 세계 대전
④	제1차 세계 대전	국제기구 유엔 창설
⑤	제2차 세계 대전	국제기구 유엔 창설

3 비판 하기

㉠과 ㉡을 모두 비판하는 말로 알맞은 것을 **보기**에서 골라 기호를 쓰세요.

┤ 보기 ├

㉮ '가는 날이 장날'이라더니! 전쟁이 일어나니까 국제기구가 생기네.

㉯ '천 리 길도 한 걸음부터'라더니 그제서야 국제기구의 필요성을 알았네.

㉰ '아닌 밤중에 홍두깨'도 이만저만이 아니네. 왜 갑자기 국제기구를 만들지?

㉱ '소 잃고 외양간 고친다'는 말이 딱 맞네. 전쟁이 일어난 뒤에야 해결 방법을
　찾고.

(　　　　)

국제기구의 역할

우리는 신문이나 방송에서 '유엔* 안보리*가 회의를 열었다.', '국경 없는 의사회가 난민촌에 병원을 세웠다.' 같은 뉴스를 종종 본다. 이런 뉴스 속 '유엔 안보리', '국경 없는 의사회'는 무엇일까? 이들은 모두 어떤 목적을 위해 만든 국제기구이다. 그

▲ 유엔 공식 깃발

러면 중요한 국제기구에는 무엇이 있고 어떤 역할을 할까?

유엔은 제2차 세계 대전이 끝난 뒤인 1945년 10월 24일에 만들어진 국제기구로, '국제 연합'이라고도 불린다. 제2차 세계 대전으로 피해를 본 나라들이 세계 평화를 유지하기 위해서 만들었다. 오늘까지 유엔 회원국은 193개국이고, 우리나라는 1991년 북한과 함께 유엔에 가입했다. 유엔은 지구촌의 평화 유지, 전쟁 예방, 빈곤 국가 지원 등의 활동을 한다. 대표적인 산하 기관으로는 국제 평화와 안전 유지를 위한 '유엔 안보리(안전 보장 이사회)', 전 세계 사람들의 건강을 지키는 '세계 보건 기구', 세계적으로 보호할 가치가 있는 문화유산을 관리하는 '유네스코' 등이 있다.

엔지오(NGO)*는 영어 표현 'Non-Governmental Organization'의 약자로, '비정부 기구' 또는 '국제 비정부 기구'라고 불린다. 일하는 주체가 국가나 정부가 아니라 일반 시민들이기 때문에 붙여진 이름이다. 엔지오는 이익을 꾀하지 않는 '비영리* 활동'을 하는 시민 단체이다. 엔지오 단체들은 주로 환경, 빈곤, 의료, 인권 문제 등을 해결하기 위해 일한다. 지구촌에서 어떤 문제가 생기거나 갈등이 생기면 해당 분야의 엔지오들이 나서서 해결한다. 전 세계 엔지오는 4만 개가 넘는데, 질병으로 고통받는 사람들을 위한 '국경 없는 의사회', 환경 파괴를 막고 생태계를 보호하는 '그린피스', 전 세계인의 인권을 보호하는 '국제 엠네스티' 등이 있다.

어휘사전

* **유엔(UN)** 제2차 세계 대전 후 국제 평화와 국제 협력을 위하여 창설한 국제 평화 기구.

* **안보리** 유엔 안의 조직인 '안전 보장 이사회'의 줄임말.

* **엔지오(NGO)** 공공의 이익을 위해 조직된 비영리 시민 단체.

* **비영리**(非 아닐 비, 營 경영할 영, 利 이로울 리) 재산상의 이익을 꾀하지 않음.

내용요약

글의 중심 내용을 생각하며 빈칸의 낱말을 써 보세요.

ㅇ ㅇ 은 세계 평화를 유지하기 위해 만든 국제기구이고, ㅇ ㅈ ㅇ 는 비영리 활동을 하는 시민 단체이다.

1 이 글의 중심 내용으로 알맞은 것은 무엇인가요? (   )

중심
내용

① 유엔의 산하 기관

② 국제기구의 한계점

③ 엔지오의 단체 종류

④ 유엔과 엔지오의 문제점

⑤ 국제기구의 종류와 역할

2 이 글의 내용과 일치하지 <u>않는</u> 것은 무엇인가요? (   )

내용
이해

① 유엔은 제2차 세계 대전 이후에 생겼다.

② 유엔에는 여러 개의 산하 기관들이 있다.

③ 우리나라는 북한과 함께 유엔에 가입했다.

④ 엔지오는 환경, 빈곤, 의료, 인권 문제 등을 위해 일한다.

⑤ 엔지오는 여러 나라의 시민들이 모여 이익을 꾀하는 일을 한다.

3 다음 **보기**의 ㉮~㉱와 관계있는 단체의 이름을 이 글에서 찾아 각각 쓰세요.

적용
하기

┤ 보기 ├

㉮ □□□□는 10월 27일 원자력 발전소 앞에서 원전을 없애고 친환경 에너지를
이용하자는 기후 에너지 캠페인을 벌이고 있다.

㉯ 국제 □□□□는 12일 오후 서울 세종로에서 인권 보호를 위해 "모든 국가는
사형 제도를 폐지해야 한다."라고 외쳤다.

㉰ 우리나라의 창덕궁은 역사적 가치를 □□□□로부터 인정받아 세계 문화유
산이 되었다.

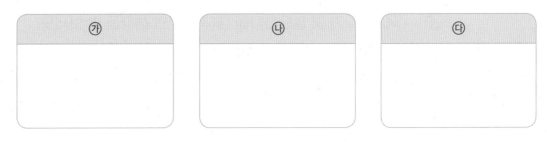

㉮	㉯	㉰

1 생각주제와 관련된 앞의 두 글을 읽고 내용을 정리해 보세요.

국제기구

국제 사회에서 일어나는 여러 가지 문제를 해결하기 위해 여러 나라 사람이 모여 만든 모임

- 정의: 세계 평화를 유지하기 위해 만들어진 국제기구
- 하는 일: 지구촌의 평화 유지, 전쟁 예방, 빈곤 국가 지원 등
- 산하 기관: 유엔 안전 보장 이사회, 세계 보건 기구, 유네스코 등

엔지오(NGO)

- 정의: 공공의 이익을 위해 조직된 [ㅂ][ㅇ][ㄹ] 시민 단체
- 하는 일: 환경, 빈곤, 의료, 인권 문제 등을 해결하기 위해 일함.
- 엔지오 단체: 국경 없는 의사회, 그린피스, 국제 엠네스티 등

2 다음 두 친구가 공통으로 설명하고 있는 것으로 알맞은 것에 ○표 하세요.

이것은 제2차 세계 대전 이후 전쟁을 막고 평화를 유지하기 위해 만들어졌어.

세계적으로 보호할 가치가 있는 문화유산을 지키는 일을 하는 유네스코도 이것에 속한 기관이야.

(1) 엔지오(비정부 기구)

(2) 유엔(국제 연합)

3 국제기구가 왜 필요한지에 대해 자신의 생각을 써 보세요.

국제기구가 필요한 까닭은 ✎ _____

_____

_____

주제 어휘	평화	권고	창설	엔지오	비영리

4 다음 뜻에 알맞은 **주제 어휘**에 ○표를 하세요.

(1) 어떤 일을 하도록 권함.

설명	권고

(2) 재산상의 이익을 꾀하지 않음.

비영리	불이익

(3) 기관이나 단체를 처음으로 세움.

창조	창설

(4) 공공의 이익을 위해 조직된 비영리 시민 단체.

유엔	엔지오

5 다음 빈칸에 들어갈 낱말을 **주제 어휘**에서 찾아 쓰세요.

(1) 내 친구는 의사의 (　　　　　　)로 운동을 시작하였다.

(2) 그는 우리나라의 독립을 위해서 독립운동 단체를 (　　　　　　)했다.

(3) 나는 환경 보호를 위한 (　　　　　　)인 그린피스에서 활동하고 있다.

(4) 국제기구 유엔은 세계가 협력하여 (　　　　　　)를 지키기 위해 만들어졌다.

6 다음 밑줄 친 말과 뜻이 반대되는 낱말을 **주제 어휘**에서 찾아 쓰세요.

　　기업은 <u>영리</u>를 얻기 위하여 물건이나 서비스를 만들고 판매하는 곳이다. 하지만 최근에는 기업의 이익뿐만 아니라 사회와 국가 또는 인류의 이익을 생각하는 기업이 많아지고 있다. 동물 복지를 위해 동물 실험을 안 하고 화장품을 만드는 회사, 환경을 위해 포장을 줄이고 친환경 에너지로 생산하는 식품 회사 등이 그 예이다.

(　　　　　　)

의사 가운 색의 비밀

과학관으로
온 엉뚱한
질문들

글 이정모
정은문고

페스트*가 만연하던 14세기 그림을 보면 **중세*** 시대 의사들은 검은 옷을 입었더군요. 검은색 긴 가운에 까마귀 같은 가면을 쓴 그림 많이 보셨죠? 중세 시대 의사들이 검은색 가운을 입은 이유는 간단합니다. 당시에는 성직자가 의사를 겸하곤 했거든요. 성직자 가운이 검은색이었어요. 검은색은 지식의 색, 성취의 색이었죠. 까마귀 같은 가면에도 이유가 있습니다. 당시에는 세균이나 박테리아 따윈 몰랐거든요. 전염병은 나쁜 공기라고 여겼어요. 그러면 마

▲ 중세 시대 의사 모습

스크를 써야 하잖아요. 그냥 마스크가 아니라 나쁜 공기를 걸러 주는 필터 마스크가 필요했죠. 까마귀 마스크 부리 부분에 짚을 채워서 환자의 **비말***이 얼굴에 묻지 않도록 의사의 얼굴을 다 가렸답니다.

<u> ㉠ </u> 19세기가 되자 세균을 알게 되었잖아요. 덕분에 20세기에는 항생제도 개발되었고요. 성직자가 하던 의학이 과학의 영역으로 바뀐 겁니다. 의사들이 과학자 가운을 입게 된 거죠. 과학자 가운이 흰색이었어요. 20세기 중반부터는 모든 의사가 흰색 가운을 입었어요.

흰색 가운은 장점이 많아요. 일단 뭐가 묻으면 눈에 잘 띄잖아요. 세균을 모르던 중세 시대에는 의사의 검은 가운에 피가 덕지덕지 붙어 있으면 더 **관록*** 있는 훌륭한 의사라고 여겼어요. 이젠 아니죠. 흰색 가운에 뭐가 묻어 있으면 안 돼요. 얼른 갈아입어야 합니다. 우리는 세균을 알거든요.

의사가 하얀 가운을 입으니까 간호사도 자연스레 하얀 가운을 입게 되었죠. 위생의 상징이니까요. 하얀 옷을 입은 간호사를 보면 벌써 병이 낫는 기분도 들었을 거예요.

어휘사전

* **페스트**(pest) 페스트균이 일으키는 급성 전염병. 오한, 고열, 두통 증세가 있음.

* **중세**(中 가운데 중, 世 세대 세) 역사의 시대 구분의 하나로, 우리나라에서는 고려 건국부터 조선이 시작되기까지 시기를, 서양에서는 5세기부터 15세기까지를 가리킴.

* **비말**(飛 날 비, 沫 물거품 말) 날아 흩어지거나 튀어 오르는 물방울.

* **관록**(貫 꿸 관, 祿 녹 록) 어떤 일에 대한 상당한 경력이 있어서 생긴 권위.

내용요약

글의 중심 내용을 생각하며 빈칸의 낱말을 써 보세요.

중세 시대에는 성직자가 의사를 겸해 의사 가운이 성직자 가운과 같은 [ㄱ][ㅇ][ㅅ]이었다. 그런데 세균을 알게 되고 위생 관념이 생긴 20세기 중반부터 의사 가운이 [ㅎ][ㅅ]으로 바뀌었다.

1 이 글의 내용과 일치하지 <u>않는</u> 것은 무엇인가요? (   )

내용
이해

① 중세 시대에는 성직자가 의사를 겸했다.

② 세균을 알게 된 이후에 항생제가 개발되었다.

③ 중세 시대에는 의사가 검은색 가운을 입었다.

④ 중세 시대에는 전염병이 나쁜 공기라고 여겼다.

⑤ 세균을 알게 된 19세기에 의사의 가운 색도 바뀌었다.

2 ㉠에 들어갈 알맞은 이어 주는 말은 무엇인가요? (   )

어휘
이해

① 또   ② 그래서   ③ 따라서   ④ 그런데   ⑤ 그러므로

3 이 글을 읽고 짐작한 내용으로 알맞은 것 두 가지를 찾아 ○표 하세요.

추론
하기

(1) 항생제는 세균을 번식시키는 데 필요한 약인 것 같다.   (   )

(2) 사람들은 세균을 알게 되면서 위생에 관심이 커진 것 같다.   (   )

(3) 중세 시대에는 비말을 통해 병이 옮는다고 생각했던 것 같다.   (   )

(4) 중세 시대에는 의학이 종교와 완전히 분리되어 있었던 것 같다.   (   )

4 이 글과 **보기**의 내용을 바탕으로 알맞게 떠올린 생각을 찾아 ○표 하세요.

적용
하기

┤ 보기 ├

　　의사들은 20세기 중반부터 희고 긴 가운을 입었고, 그것이 의사의 상징이 되었다. 그런데 최근 통계에 따르면 현재 미국 의사들 중에 8분 1가량만 긴 가운을 입고, 영국에서는 의사들에게 긴 가운을 입지 않도록 권하고 있다. 그 까닭은 기장이 긴 가운과 긴 소매 등이 세균이나 바이러스 감염의 원인이 되기 때문이다.

(1) 의사 가운은 상징성보다 위생이 더 중요하기 때문에 그에 따라 색이나 형태가 달라진다.   (   )

(2) 의사 가운은 위생뿐만 아니라 상징성도 커서 무엇을 상징하느냐에 따라 색과 형태가 달라진다.   (   )

전염병과 이를 극복한 의학

▲ 페스트 기간 동안의 런던 거리

2019년 코로나19가 발생했을 때, 각 나라의 의료진들과 제약 회사들은 치료제와 **백신*** 개발을 위해 애썼다. 그 결과 신종 **전염병***인 코로나19를 어느 정도 극복할 수 있었다. 그렇다면 지금처럼 의학이 발달하지 않았던 과거에는 어떻게 전염병을 치료하고 **예방***했을까?

14세기에 유럽을 휩쓴 페스트(흑사병)는 가장 무서운 전염병이었다. 그때 의사들은 기존의 의학 서적에 따라 약간 엉터리 같은 방법으로 치료했다. 달군 쇠로 상처 부위를 찌르거나 정맥을 째서 피를 뽑는 것, 오줌으로 목욕을 시키는 것 등이었다. 이런 엉터리 치료법은 약해진 환자를 더 빨리 죽게 만들었다. 그리고 공기 중의 나쁜 냄새를 없애면 질병이 예방된다고 생각하여 오물을 치우기도 했다. 당시에는 위생 상태가 나빠 오물을 치우는 것만으로도 효과가 있었다.

17~18세기에는 **천연두***가 유행해 많은 사람을 죽음에 이르게 했다. 17세기 천연두 예방법으로 건강한 사람의 팔에 상처를 내고 천연두를 앓는 사람의 고름을 넣는 '인두법'이 있었다. 그 후 18세기 영국의 의학자 에드워드 제너가 우두(소 천연두)에 걸린 소에게서 바이러스를 얻어 인간에게 접종하는 '우두법'을 발견했다. 이것이 최초의 '백신'이다.

우두법으로 천연두는 대부분 예방이 되었는데, 18~19세기에 닭 **콜레라***가 유행해 많은 사람이 죽었다. 이때 프랑스 의학자 파스퇴르가 천연두 외에 다른 질병에도 쓸 수 있는 '백신'을 개발했다. 파스퇴르는 실험을 통해 약한 균을 몸속에 가지고 있으면 강한 균이 침입했을 때 맞서 싸울 수 있다는 점을 발견했다. 이를 콜레라, 탄저병, 광견병 등 여러 질병에 적용했다. 파스퇴르는 '㉠균을 이용해서 치료하는 방법'으로 전염병을 막은 것이다.

이처럼 전염병은 많은 사람을 죽음에 이르게 했지만, 이를 극복하려는 사람들의 노력으로 인해 의학이 발전하기도 했다.

어휘사전

* **백신**(vaccine) 전염병을 퍼뜨리는 바이러스와 세균을 매우 약하게 만들어 몸속에 넣는 것.

* **전염병**(傳 전할 전, 染 물들 염, 病 병 병) 사람의 접촉이나 물 또는 공기를 통해 다른 사람에게 옮을 수 있는 병.

* **예방**(豫 미리 예, 防 막을 방) 질병이나 재해 등이 일어나기 전에 미리 막는 일.

* **천연두**(天 하늘 천, 然 그럴 연, 痘 마마 두) 천연두 바이러스로 전염되는 급성 감염병. 열이 나고 발진이 생겼음.

* **콜레라**(cholera) 콜레라균에 의해 일어나는 소화기 전염병.

1 글쓴이가 이 글을 쓴 목적은 무엇인가요? ( )

중심
내용

① 각 시대별 전염병의 원인을 설명하려고
② 동서양 전염병의 차이를 비교하여 설명하려고
③ 전염병이 의학 발달에 미친 영향을 설명하려고
④ 최근 유행하는 전염병의 해결 방안을 알려 주려고
⑤ 의학 발달이 인류의 사망률에 미친 영향을 설명하려고

2 이 글에 나타난 의학 발전 과정을 시간 순서에 맞게 기호로 쓰세요.

내용
이해

㉮ 천연두 외에 다른 질병에도 쓸 수 있는 '백신'을 개발하였다.
㉯ 우두에 걸린 소의 바이러스를 인간에게 접종하는 '우두법'을 발견했다.
㉰ 달군 쇠로 상처 부위를 찌르거나 정맥을 째서 피를 뽑거나 오줌으로 목욕시키는 방법으로 치료했다.

( ) → ( ) → ( )

3 이 글과 보기의 내용을 바탕으로 ㉠이 효과가 있는 까닭을 알맞게 설명한 친구의 이름을 쓰세요.

적용
하기

| 보기 |

우리 몸은 기억력이 좋다. 그래서 한번 싸운 세균이나 바이러스를 기억하여 다음에 같은 것이 몸에 들어오면, 재빨리 더 잘 싸울 수 있는 물질을 만들어 낸다. 그래서 병에 걸리기 전에 연습용 세균이나 바이러스를 넣으면, 진짜 세균이나 바이러스가 들어왔을 때 그것과 싸울 물질을 만들어 내기가 쉬워진다. 이렇게 연습용으로 우리 몸에 넣는 약한 세균이나 바이러스가 바로 '백신'이다.

우리 몸이 기억력이 좋아서 한번 싸운 세균이나 바이러스를 기억하여 같은 것이 들어오면 재빨리 더 잘 싸울 수 있는 물질을 만들어 내기 때문이야.

지아

우리 몸은 깨끗한 환경에서 건강한 상태를 유지하기 때문이야. 그래서 우리는 항상 주변 환경의 위생 상태를 청결히 관리해야 해.

진하

( )

주제 정리

1 생각주제와 관련된 앞의 두 글을 읽고 내용을 정리해 보세요.

질병과 의학의 발달 과정

14세기 페스트	엉터리 방법으로 치료하거나, 공기 중의 나쁜 냄새를 없애 질병을 예방함.

↓

17세기 천연두	건강한 사람의 팔에 상처를 내고 그곳에 천연두를 앓는 사람의 고름을 넣는 'ㅇ ㄷ ㅂ'으로 천연두를 예방함.

↓

18세기 천연두	제너가 우두에 걸린 소의 바이러스를 인간에게 접종하는 최초의 백신 'ㅇ ㄷ ㅂ'을 발견함.

↓

19세기 콜레라, 탄저병, 광견병	파스퇴르가 천연두 외에 콜레라, 탄저병, 광견병 등 다른 질병에도 쓸 수 있는 'ㅂ ㅅ'을 개발함.

2 의학의 발전에 대한 설명으로 알맞은 것을 두 가지 찾아 ○표 하세요.

(1) 19세기 중반에 의사 가운을 흰색으로 바꾸었다.

(2) 제너가 천연두를 예방하는 최초의 백신을 개발하였다.

(3) 20세기에 세균을 없애거나 줄이는 항생제가 개발되었다.

(4) 18세기에 여러 질병에 사용할 수 있는 백신이 개발되었다.

3 전염병과 의학의 발전은 어떤 관계가 있는지 자신의 생각을 써 보세요.

전염병과 의학의 발전은 ✎ _____

_____

_____

| 주제
어휘 | 페스트 | 비말 | 백신 | 예방 | 전염병 |

4 다음 주제 어휘와 그 뜻을 알맞게 연결하세요.

(1) 비말 •

(2) 백신 •

(3) 전염병 •

(4) 페스트 •

• ㉠ 페스트균이 일으키는 급성 전염병.

• ㉡ 날아 흩어지거나 튀어 오르는 물방울.

• ㉢ 사람의 접촉이나 물 또는 공기를 통해 다른 사람에게 옮을 수 있는 병.

• ㉣ 전염병을 퍼뜨리는 바이러스와 세균을 매우 약하게 만들어 몸속에 넣는 것.

5 다음 빈칸에 공통으로 들어갈 낱말을 주제 어휘에서 찾아 쓰세요.

(1)
• 병은 치료보다 [   ]이 중요하다.
• 바이러스를 [   ] 하는 가장 쉬운 방법은 손 씻기이다.

→ [   ]

(2)
• 바이러스는 침 같은 [   ]에 의해 감염되기도 한다.
• 마스크를 쓰면 기침이나 재채기를 할 때 튀는 [   ]을 막을 수 있다.

→ [   ]

6 다음 밑줄 친 말과 바꿔 쓸 수 있는 낱말을 주제 어휘에서 찾아 쓰세요.

오늘 재해 방지를 위한 훈련을 했어.

그래, 재해는 일어나기 전에, 병은 걸리기 전에 미리 막는 것이 최고야!

(   )

아일랜드의 대기근

▲ 감자

이 세상에 존재하는 감자는 몇 종류나 될까? 우리가 알고 있는 감자의 종류는 많지 않지만, 감자의 고향인 페루에는 4,000 종류 이상의 감자가 있다고 한다.

감자가 처음 유럽에 전해진 것은 콜럼버스가 남아메리카 대륙을 탐험한 16세기 중반이다. 초기에는 가축 사료로 쓰거나 가난한 사람들이 먹는 음식으로 여겼다. 그러다가 18세기 후반부터 점차 감자를 식품으로 받아들이기 시작했다. 이때 감자에 붙여진 별명은 '㉠신이 내린 음식'이다. 영양소가 풍부하고 거친 땅에서도 잘 자랐기 때문에 감자는 빠르게 전파되었다.

영국의 서쪽에 위치한 섬나라인 아일랜드는 비가 자주 내리고 습한 기후를 가지고 있다. 그래서 땅이 거칠고 농사가 잘 되지 않아 사람들은 늘 굶주림에 시달려야 했다. 그런데 잘 자라는 감자가 전파되어 아일랜드의 **주식***이 되었고, 전 국토가 감자밭으로 변하였다. 감자 재배는 아일랜드의 역사상 가장 풍족한 먹을거리를 가져다주었다.

그런데 한 작물에만 의존하다 보니 큰 비극이 닥쳤다. 바로 1845년에 유럽에서 발생한 '감자잎마름병'이다. 감자잎마름병은 따뜻하고 습한 환경에서 잘 퍼졌다. 이는 아일랜드의 기후와 딱 맞아떨어졌다. 게다가 아일랜드에서 한 품종의 감자만을 재배한 것도 문제였다. 1년이 채 되지 않아 아일랜드 전체의 감자밭이 모두 썩어 버렸다. 1846년에 아일랜드의 감자 수확량은 70퍼센트 이상 감소하였다.

아일랜드 사람들 대부분이 감자 농사를 지었기 때문에 이는 크나큰 타격을 가져왔다. 그들에게 감자 생산이 줄어든다는 것은 곧 식량이 없어진다는 것과 같은 의미였다. 1847년에는 800여만 명의 아일랜드 사람 중 200여만 명이 굶어 죽는 사태가 벌어졌다. 이것이 바로 ㉡생물 **다양성***을 **간과***하여 생긴 비극, '아일랜드 **대기근***'이다.

어휘사전

* **주식**(主 주인 주, 食 먹을 식) 쌀, 보리, 밀 등과 같이 식생활에서 주가 되는 음식물.

* **다양성**(多 많을 다, 樣 모양 양, 性 성품 성) 모양, 빛깔, 형태, 양식 등이 여러 가지로 많은 특성.

* **간과**(看 볼 간, 過 지날 과) 큰 관심 없이 대충 보아 넘김.

* **대기근**(大 큰 대, 飢 주릴 기, 饉 흉년들 근) 큰 흉년으로 먹을 것이 모자라 많은 사람이 심하게 굶주림.

내용요약

글의 중심 내용을 생각하며 빈칸의 낱말을 써 보세요.

아일랜드 대기근은 생물의 ⬜ㄷ⬜ ⬜ㅇ⬜ ⬜ㅅ⬜ 을 간과하고, 한 품종의 ⬜ㄱ⬜ ⬜ㅈ⬜ 만을 심어서 생긴 비극이다.

1 글쓴이가 이 글을 쓴 목적으로 알맞은 것을 찾아 기호를 쓰세요.

중심내용

> ㉮ 감자가 유럽에 전파된 까닭을 설명하기 위해
> ㉯ 유럽에서 발생한 감자잎마름병을 설명하기 위해
> ㉰ 감자 한 작물에만 의존했던 아일랜드의 비극을 설명하기 위해

(   )

2 빈칸에 알맞은 말을 넣어 감자에 ㉠과 같은 별명이 붙은 까닭을 정리하세요.

내용이해

> 감자는 [   ][   ]가 풍부하고, 거친 [   ]에서도 잘 자라는 작물이기 때문이다.

3 ㉡의 의미로 알맞은 것은 무엇인가요? (   )

추론하기

① 여러 가지 작물을 재배하여 생긴 비극이다.

② 감자가 너무 빠르게 퍼져서 생긴 비극이다.

③ 기후에 맞지 않는 작물을 재배해서 생긴 비극이다.

④ 감자 농사를 짓는 사람이 줄어들어서 생긴 비극이다.

⑤ 여러 작물을 재배하지 않고 한 작물에만 의존해서 벌어진 비극이다.

생물 다양성

'생물 다양성'이란 지구 생태계에서 어울려 살아가는 생물종의 다양성을 말한다. 과학자들은 인간이 발견하지 못한 생물종까지 포함하여 지구상에 1,000만~3,000만 종의 생물이 살고 있다고 짐작한다. 이렇게 종류가 다양해야 어떤 생물에 문제가 일어나더라도 전체 생태계가 안정적으로 유지될 수 있다.

그런데 오늘날 생물 다양성이 빠르게 줄어들고 있다. 한 단체가 조사한 통계에 따르면 매년 27,000종의 생물이 사라지고 있는데, 이는 매일 75종이 사라진다는 의미라고 한다.

생물 다양성이 줄어드는 까닭으로는 크게 네 가지가 있다. 첫째는 사람들이 농사를 짓고 가축을 키우기 위해, 또 집을 짓고 도로를 만들기 위해 숲을 파괴해 동식물의 **서식지***가 줄어들었기 때문이다. 둘째는 폐수, 배기가스, 공장에서 뿜어져 나오는 매연 등으로 환경이 오염되어 생물이 **멸종***되고, 서식지가 파괴되기 때문이다. 셋째는 고기와 가죽 등을 얻기 위해 동물을 마구 죽이고, 농약 같은 화학 물질을 지나치게 많이 사용해 식물을 없애기 때문이다. 넷째는 농업이 산업화되면서 한 가지 **품종***만 대량 생산하기 때문이다. 예를 들어 사과의 종류는 수천 종이나 있지만, 오늘날 우리가 먹는 것은 맛이 좋아 잘 팔리는 3~4종뿐이다. 이렇게 몇 가지 품종만 대규모로 재배하면, 어떤 질병이 발생해 해당 품종에 문제가 생겼을 때 그 종 자체가 멸종할 수 있다.

이렇게 생물 다양성이 급속하게 줄어드는 것을 막기 위해 많은 노력을 기울이고 있다. 1992년 브라질 리우데자네이루에서 열린 세계 환경 회의에는 전 세계 142개국이 참가해 생물 다양성 협약에 서명했다. 이 협약 내용은 ㉠첫째, 생물 다양성을 보존하고, ㉡둘째, 생물 자원을 후손들도 이용할 수 있게 하며, ㉢셋째, 생물 다양성을 이용한 자원에서 얻은 이익을 공정하고 공평하게 나눈다는 것이다.

어휘사전
* **서식지**(棲 깃들일 서, 息 숨 쉴 식, 地 땅 지) 생물이 일정한 곳에 자리를 잡고 사는 곳.
* **멸종**(滅 멸할 멸, 種 씨 종) 생물의 한 종류가 아주 없어짐.
* **품종**(品 물건 품, 種 씨 종) 같은 종류의 생물을 특징에 따라 나눈 것.

1 생물 다양성에 대한 설명으로 알맞은 것 두 가지를 골라 기호를 쓰세요.

내용
이해

㉮ 지구에 사는 생물의 다양한 정도를 뜻한다.

㉯ 서식지 파괴는 생물 다양성과 관계가 없다.

㉰ 오늘날 생물종의 다양성은 점점 늘어나고 있다.

㉱ 생물 다양성이 급속하게 줄어드는 것을 막기 위해 생물 다양성 협약을 맺는 등의 노력을 하고 있다.

(   )

2 다음 중 생물 다양성이 줄어드는 까닭이 <u>아닌</u> 것에 ○표 하세요.

내용
이해

(1) 다양한 식물 재배	(2) 농약	(3) 환경 오염	(4) 숲 파괴

3 다음 **보기**는 '생물 다양성 협약' ㉠~㉢ 중 무엇을 어긴 사례인지 기호를 쓰세요.

추론
하기

┤ 보기 ├

스위스의 한 제약 회사는 중국에서 나는 식물의 열매인 팔각회향을 이용해 독감 치료제인 타미플루를 만들어 3조 원을 벌었지만, 팔각회향을 제공한 중국에는 아무 보상도 하지 않았다.

(   )

4 이 글을 바탕으로 생물 다양성을 지키는 방법을 알맞게 말하지 <u>못한</u> 친구는 누구인가요? (   )

적용
하기

① 현우: 생물 자원 정보를 기록해서 관리해야 해.

② 이안: 멸종 위기에 놓인 생물의 서식지를 보호해야 돼.

③ 준서: 멸종 위험이 높은 생물의 정보를 널리 알려야 해.

④ 동구: 멸종 위험 동물을 발견하면 집에 데려와 키워야 해.

⑤ 민주: 과일을 재배할 때 여러 가지 품종을 재배하도록 해야 돼.

주제 정리 1 생각주제와 관련된 앞의 두 글을 읽고 내용을 정리해 보세요.

> 생물 [ㄷ] [ㅇ] [ㅅ]
>
> 지구 생태계 안에서 어울려 살아가고 있는 생물종의 다양성

생물 다양성의 중요성

생물이 다양해야 어떤 생물에 문제가 일어나도 전체 생태계를 안정되게 유지할 수 있음.

생물 다양성이 줄어드는 까닭

- 숲을 파괴해 동물 서식지가 줄어듦.
- [ㅎ] [ㄱ] [ㅇ] [ㅇ] 으로 생물이 멸종되고 서식지가 파괴됨.
- 인간의 필요를 위해 동물을 죽이고, 농약 같은 화학 약품으로 식물을 없앰.
- 농업의 산업화로 한 가지 [ㅍ] [ㅈ] 만 대량 생산함.

2 다음 두 친구가 공통으로 이야기하는 내용으로 알맞은 것에 ○표 하세요.

> 한 과일이어도 다양한 품종으로 심어야 해. 사과라고 해도 여러 종류의 사과를 심어야 하는 거지.

> 산에 나무를 심을 때 다양한 종류를 심어야 해. 그래야 다양한 동물들이 찾아올 수 있어.

(1) 다양한 품종의 식물을 재배하여 생물 다양성을 추구해야 한다.

(2) 질병에 강한 품종으로 유전자를 변형해서 그 품종만 심어야 한다.

3 생물 다양성이 왜 중요한지 자신의 생각을 써 보세요.

생물 다양성이 중요한 까닭은 ✎

| 주제 어휘 | 주식 | 다양성 | 대기근 | 서식지 | 멸종 | 품종 |

4 다음 뜻에 알맞은 주제 어휘에 ○표 하세요.

(1) 생물의 한 종류가 아주 없어짐. | 멸종 | 개종 |

(2) 생물이 일정한 곳에 자리를 잡고 사는 곳. | 서식지 | 유배지 |

(3) 같은 종류의 생물을 특징에 따라 나눈 것. | 품종 | 변종 |

(4) 큰 흉년으로 먹을 것이 모자라 많은 사람이 심하게 굶주림. | 대공항 | 대기근 |

5 다음 빈칸에 들어갈 낱말을 주제 어휘에서 찾아 쓰세요.

(1) 생물은 (   )에 따라 생김새나 사는 방식이 다르다.

(2) 공룡은 옛날에 살았지만 (   )되어 지금은 볼 수 없다.

(3) 사람마다 개성과 가치관이 다르므로 서로 (   )을 인정해 주어야 한다.

(4) 아시아 지역은 벼를 주로 재배하여, 쌀을 (   )으로 하는 문화가 발달하였다.

6 다음 문장의 밑줄 친 말과 바꾸어 쓸 수 있는 낱말에 ○표 하세요.

(1) 도도새처럼 지구상에서 <u>완전히 사라져 버린</u> 동물이 있다.

→ | 멸종된 | 실종된 |

(2) 환경 오염이 심해져 동물들이 <u>자리를 잡고 사는 곳</u>이 파괴되었다.

→ | 공유지 | 서식지 |

천하제일 박 의원

칠 대 독자 동넷개
글 천효정
창비

명한 표정의 아이와 아빠가 마당으로 걸어 나온다.

아빠가 박 의원 앞으로 가서 꾸벅 인사하고, 아이를 환자 의자에 앉힌다.

명한 아이 아빠: (하소연 하듯) 이 녀석이 허구한 날 이렇게 멍을 때린다니까요. 이게 대체 무슨 병이죠?

박 의원, 심각한 표정으로 청진기를 귀에 끼고 아이의 이마와 머리꼭지, 뒤통수 등을 청진한다.

박 의원: ㉠(청진기를 빼며) 음, 다행이네요.

명한 아이 아빠: 다행이라니요?

박 의원: ㉡멍 바이러스에 감염되었습니다.

명한 아이 아빠: 멍 바이러스요? 그게 뭔데요?

박 의원: 뇌세포의 **시냅스***에 **과부하***를 일으키는 바이러스입니다. 멍 바이러스에 감염되면 뇌세포의 정보 처리 속도가 **현저***하게 느려져서 자꾸 이렇게……. (아이를 가리킨다.)

명한 아이: (명한 표정으로) 멍…….

박 의원: 명한 상태가 되는 겁니다.

명한 아이 아빠: (깜짝 놀라며) 뇌세포에 문제가 생겼다고요? (화를 내며) 아니, 그렇다면 큰 병이잖아요? 그게 왜 다행이에요?

박 의원: 멍 바이러스는 감기 바이러스랑 비슷하다고 생각하시면 됩니다. 몇 가지 주의 사항만 지키면 저절로 낫는 병이지요. 멍 바이러스와 아주 비슷한 증세를 보이는 다른 병이 있는데, 저는 그 병이 아니라서 다행이라고 말씀드린 겁니다.

명한 아이 아빠: 그건 무슨 병인데요?

박 의원: 아마 들어 보셨을 겁니다. (잠시 쉬었다가) 좀비병이라고…….

명한 아이 아빠: (펄쩍 놀라며) 조, 좀비병요? 한번 걸리면 절대로 못 고친다는 그 좀비병요?

명한 아이: (덩달아 놀란 표정으로) 멍?

박 의원: (고개를 끄덕이며) 좀비병의 초기 증세가 바로 멍때리기거든요. 다행히 이 환자는 단순 멍 바이러스 감염이 확실합니다.

명한 아이 아빠: (안도*의 한숨을 쉬며) 그렇다면 정말 다행이네요!

어휘사전
* **시냅스**(synapse) 신경 세포의 신경 돌기 끝이 다른 신경 세포와 만나는 부위.
* **과부하**(過 지날 과, 負 떠맡을 부, 荷 멜 하) 일이 너무 많은 상태.
* **현저**(顯 나타날 현, 著 나타날 저) 뚜렷이 드러나 있는 것.
* **안도**(安 편안할 안, 堵 담 도) 어떤 일이 잘 진행되어 마음을 놓는 것.

1

중심
내용

이 글을 쓴 목적으로 알맞은 것은 무엇인가요? (   )

① 연극 공연을 하기 위해서

② 다른 사람을 설득하기 위해서

③ 하루를 돌아보고 반성하기 위해서

④ 어떤 현상에 대해 설명하기 위해서

⑤ 책에 대한 생각을 정리하기 위해서

2

글의
구조

연극에서 ㉠의 역할에 대한 설명으로 알맞은 것을 골라 기호를 쓰세요.

㉮ '박 의원'이 해야 할 동작이다.

㉯ '박 의원'이 혼잣말로 작게 하는 말이다.

㉰ 무대 밖에 있는 사람이 목소리만으로 설명해 주는 말이다.

(   )

3

감상
하기

이 글을 연극으로 만든다면 이 장면에서 총 몇 명이 등장할까요? (   )

① 1명   ② 2명   ③ 3명

④ 4명   ⑤ 5명

4

내용
이해

㉡에 대한 설명으로 알맞지 <u>않은</u> 것은 무엇인가요? (   )

① 절대로 못 고치는 병이다.

② 감기 바이러스와 비슷하다.

③ 주의 사항만 지키면 저절로 낫는다.

④ 뇌세포의 시냅스에 과부하를 일으키는 바이러스이다.

⑤ 감염되면 뇌세포의 정보 처리 속도가 현저하게 느려진다.

연극의 4요소

연극[*]은 언제 시작되었을까? 기록으로 남겨진 가장 오래된 연극은 고대 그리스에서 열린 디오니소스 축제이다. 여기서 어떤 사람이 **무대**[*]로 나와 대사와 함께 간단한 몸짓을 하며 디오니소스에 대해 이야기했는데, 이를 서양 최초의 연극으로 보고 있다.

연극은 배우가 대본에 따라 어떤 **사건**[*]이나 인물을 말과 동작으로 관객에게 보여 주는 무대 예술이다. 연극을 만들려면 배우, 무대, **관객**[*], **희곡**[*] 이렇게 4요소가 필요하다.

배우는 주어진 역할을 연기하는 사람이다. 대사와 몸의 움직임, 표정 등을 통해 인물을 표현한다. 배우는 사람 역할뿐만 아니라 동물이나 사물 역할을 하기도 한다.

무대는 연극이 펼쳐지는 공간이다. 무대에는 배경, 소품, 조명, 음향 등의 요소들도 포함된다. 배경과 소품은 연극을 시각적으로 풍부하게 표현한다. 조명과 음향은 연극의 분위기를 만드는 역할을 한다.

관객은 연극을 보는 사람을 의미한다. 영화나 드라마와 달리 연극은 관객과 배우가 한 공간에서 직접 만난다. 배우들은 관객의 반응이 좋으면 신이 나지만, 관객의 반응이 나쁘면 그 영향을 받아 연극을 망칠 수도 있다. 이렇게 배우와 관객은 서로 영향을 주고받는다.

희곡은 연극을 위해서 쓰인 대본이다. 희곡은 '해설', '지문', '대사'로 구성된다. 해설은 무대 장치, 등장인물, 배경을 설명하는 내용이고, 지문은 배우의 행동, 표정, 심리 등을 지시하고 설명하는 내용이다. 대사는 무대 위에서 배우들이 하는 말이다. 희곡은 공연을 목적으로 쓴 글이기 때문에 시나 소설에 비해 제약이 많다. 정해진 시간과 장소에서 공연하므로 작품의 길이나 장면의 수, 등장인물의 수가 제한적이다.

어휘사전

* **연극**(演 펼칠 연, 劇 연극 극) 배우가 대본에 따라 어떤 사건이나 인물을 말과 동작으로 관객에게 보여 주는 무대 예술.

* **무대**(舞 춤출 무, 臺 대 대) 노래, 춤, 연극 등을 하기 위해 만들어 놓은 단.

* **사건**(事 일 사, 件 사건 건) 이야기에서 일어나는 일.

* **관객**(觀 볼 관, 客 손님 객) 운동 경기, 공연, 영화 등을 보거나 듣는 사람.

* **희곡** 연극을 하기 위하여 무대에서 배우가 할 말이나 동작, 표정, 배경 등을 쓴 글.

내용요약

글의 중심 내용을 생각하며 빈칸의 낱말을 쓰세요.

연극을 만들려면 주어진 역할을 연기하는 ㅂ ㅇ , 연극이 펼쳐지는 공간인 무대, 연극을 보는 사람인 ㄱ ㄱ , 연극을 위해 쓰인 글인 희곡이 있어야 한다.

1 빈칸에 들어갈 알맞은 말을 이 글에서 찾아 쓰세요.

내용
이해

> ☐☐☐☐는 무대 위에서 배우가 하는 말이다. 다른 배우와 주고받는 대화와 혼잣말이 있다. ☐☐☐를 통해 인물의 성격을 알 수 있고, 인물 간의 대화를 통해 사건의 내용을 알 수 있다.

(   )

2 이 글의 내용으로 알맞은 것은 무엇인가요? (   )

내용
이해

① 배우는 사람 역할만 한다.

② 연극의 등장인물은 많을수록 좋다.

③ 배우는 관객의 영향을 받지 않는다.

④ 연극에는 춤과 노래가 반드시 들어간다.

⑤ 관객은 배우의 연기를 눈앞에서 직접 볼 수 있다.

3 이 글을 바탕으로 **보기**에 대해 설명한 것으로 알맞지 <u>않은</u> 것을 고르세요.

적용
하기

(   )

> ┤ **보기** ├
>
> 주말 아침. 하은이 강아지 토토를 안고 거실로 걸어온다.
> 거실에는 텔레비전과 소파가 놓여 있다. 엄마가 소파에 앉아서 텔레비전을 보고 있다.
>
> 하은: (걱정하는 목소리로) 엄마, 토토가 아픈가 봐요.
> 엄마: (놀란 목소리로) 토토가? (토토에게 다가가며) 어디 보자.
> 토토: (힘없는 소리로) 끼잉…….

① 연극의 대본이다.

② 무대의 배경은 거실이다.

③ 작품의 길이에 제한이 없다.

④ 해설, 지문, 대사로 구성된다.

⑤ 지문을 통해 인물의 행동과 표정을 지시한다.

주제 정리 **1** 생각주제와 관련된 앞의 두 글을 읽고 내용을 정리해 보세요.

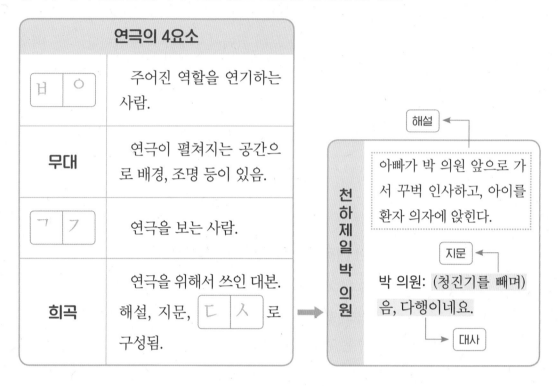

연극의 4요소	
ㅂ ㅇ	주어진 역할을 연기하는 사람.
무대	연극이 펼쳐지는 공간으로 배경, 조명 등이 있음.
ㄱ ㄱ	연극을 보는 사람.
희곡	연극을 위해서 쓰인 대본. 해설, 지문, ㄷ ㅅ 로 구성됨.

천하제일 박 의원

해설
아빠가 박 의원 앞으로 가서 꾸벅 인사하고, 아이를 환자 의자에 앉힌다.

지문
박 의원: (청진기를 빼며) 음, 다행이네요.
대사

2 연극에 대한 설명으로 알맞은 것을 두 가지 찾아 ○표 하세요.

(1) 연극은 옛날에는 없었고 현대에 만들어졌다.

(2) 연극은 시간과 공간의 제약을 받지 않는다.

(3) 연극은 관객과 배우가 한 공간에서 직접 만난다.

(4) 연극을 만들려면 배우, 무대, 관객, 희곡이 필요하다.

3 연극을 만들기 위해 꼭 필요한 것은 무엇인지 자신의 생각을 써 보세요.

연극을 만들기 위해서는 ✎ _____

_____

_____

| 주제
어휘 | 연극 | 무대 | 배우 | 사건 | 관객 | 희곡 |

4 다음 주제 어휘와 뜻을 알맞게 연결하세요.

(1) [사건] •　　　　　　　　　　• ㉠ 이야기에서 일어나는 일.

(2) [관객] •　　　　　　　　　　• ㉡ 노래, 춤, 연극 등을 하기 위해 만들어 놓은 단.

(3) [무대] •　　　　　　　　　　• ㉢ 운동 경기, 공연, 영화 등을 보거나 듣는 사람.

(4) [희곡] •　　　　　　　　　　• ㉣ 연극을 하기 위하여 무대에서 배우가 할 말이나 동작, 표정, 배경 등을 쓴 글.

5 다음 빈칸에 들어갈 낱말을 주제 어휘에서 찾아 쓰세요.

(1) 우리 엄마는 (　　　　　)을 쓰는 극작가이다.

(2) (　　　　　)에 조명이 켜지면서 연극이 시작되었다.

(3) 연극이 끝난 뒤에도 연극을 보던 (　　　　　)들은 자리를 떠날 줄 몰랐다.

(4) 무대에서 펼쳐지는 멋진 (　　　　　)을 보니 배우가 되고 싶다는 생각이 들었다.

6 다음 문장의 밑줄 친 말과 바꿔 쓸 수 있는 낱말에 ○표 하세요.

(1) 나의 꿈은 멋진 <u>연기자</u>가 되는 것이다.　　→　[배우]　[성우]

(2) 유명한 연극을 보기 위해 많은 <u>관중</u>이 모였다.　　→　[관객]　[승객]

2개의 글을 연결해 재미있게 읽어요~

뻥이오, 뻥

뻥이오, 뻥
글 김리리
문학동네

순덕: 할무니~ (순덕이가 할머니에게로 달려간다.)

할머니: 소꼬리는 왜 잡아당겨서 차이는겨? 우리 귀한 손녀 배 속이 다 뒤집어진 거 아녀? (할머니가 순덕이를 달래는 것을 보고 엄마는 부엌으로 들어간다.)

순덕: 너무 아파유 할무니…….

할머니: 그럼 꿀 한 숟가락 먹을까? (할머니는 방으로 들어간다.)

순덕: 어, 그건 저 심부름 잘할 때만 주시는 거잖아유.

(할머니가 꿀단지를 들고 나온다.)

할머니: 자, 어서 꿀떡혀. (순덕이는 할머니가 주는 꿀을 받아먹는다.)

할머니: 순덕아, 장롱에 내가 숨겨 놓은 꿀단지 알지?

순덕: 그럼유! 지금 들고 나오셨잖아유.

할머니: 이 할미가 없는 동안 순미가 꿀단지 못 꺼내 먹게 잘 지켜야 한다.

순덕: 참, 할무니는 걱정도 **팔자***네유. 딱딱한 꿀단지를 순미가 어떻게 먹어유? 단지를 먹으면 큰일 나지유!

할머니: 이 할미 말은 꿀단지 말고, 꿀을 못 먹게 하라는 뜻이여.

순덕: 아! 꿀단지 안의 꿀이유? 할무니는 **진작*** 그렇게 말씀하시지유.

할머니: 이제야 네가 내 말을 알아듣는구나. 순미가 절대로 장롱 안에 있는 꿀을 꺼내 먹지 못하게 해야 헌다. 알겠지?

순덕: 알겠구먼유! 그런디유…… 순미가 장롱 안에 들어가서 꿀을 먹겠다고 하면 어뜩해유? 장롱에서 꿀을 꺼내 먹는 건 아니니깐, 그냥 내비 둬야 하나유?

할머니: 아니, 그 소리가 아니라……. 아이고, 내가 ㉠**말귀***도 못 알아듣는 너한테 무슨 부탁을 하겠냐, (혼잣말처럼) ㉡앓느니 죽지.

순덕: 할무니, 그게 무슨 말씀이세유? 지가 앞으로 잘할게유. 절대로 죽으면 안 돼유!

(순덕이가 할머니 다리를 부여잡고 울기 시작한다.)

할머니: 내가 죽기는 왜 죽겠냐? (길게 한숨을 내쉰 후) 그게 아니라 아플 때는 죽을 먹어야 한다는 말이었다.

순덕: (갑자기 표정 밝아지며) 죽이유? 그럼 제가 죽 **쒀*** 올까유?

할머니: 아니여. 지금은 안 아픈께 할무니랑 같이 꽃놀이 갈까?

어휘사전

* **팔자**(八 여덟 팔, 字 글자 자) 사람의 한평생의 운수.

* **진작** 좀 더 일찍이.

* **말귀** 남이 하는 말의 뜻을 알아듣는 총명한 기운.

* **쒀다** 곡식의 알이나 가루를 불에 끓여 익혀서 죽이나 메주 따위를 만들다.

1
글의
구조

이 글은 다음 **보기** 중 어디에 속하는지 골라 기호로 쓰세요.

┤ **보기** ├

㉠ 희곡: 연극을 하기 위한 대본.

㉡ 시: 리듬이 느껴지는 말로 표현한 짧은 글.

㉢ 일기: 그날그날 겪은 일이나 생각, 느낌 등을 솔직하게 쓴 글.

(   )

2
내용
이해

이 글에 등장하는 인물에 대한 설명으로 알맞지 <u>않은</u> 것은 무엇인가요?

(   )

① 할머니는 꿀을 소중하게 여긴다.

② 할머니는 장롱 안에 꿀단지를 보관한다.

③ 할머니와 순덕이는 서로 아끼고 사랑한다.

④ 순덕이는 할머니 말씀을 귀담아듣고 잘 이해한다.

⑤ 순덕이는 소꼬리를 잡아당겨서 소에게 차여 배가 아프게 되었다.

3
적용
하기

할머니가 말한 ㉠의 뜻을 알맞게 말한 친구의 이름을 쓰세요.

사투리가 심해서 말을 잘 알아듣지 못한다는 뜻이야.

민주

앞뒤 내용과 상황에 따라 말의 의미가 달라지는데, 낱말 뜻 그대로 해석해서 의미를 잘못 이해한다는 뜻이야.

진하

할머니가 말할 때 집중하지 않고 딴짓이나 딴생각을 해서 할머니 말을 기억하지 못한다는 뜻이야.

윤하

(   )

4
추론
하기

할머니가 ㉡과 같이 말한 까닭으로 알맞은 것은 무엇인가요? (   )

① 꽃놀이에 늦을 것 같아서

② 순덕이가 심부름을 잘못해서

③ 순덕이가 배 아픈 것이 속상해서

④ 순미가 꿀단지의 꿀을 다 먹을 것 같아서

⑤ 아무리 설명해도 순덕이가 부탁대로 하지 못할 것 같아서

문해력의 힘

문해력*은 읽은 글을 이해하고 활용하는 능력이다. 즉, 글을 읽고 이해한 다음 그 내용을 말이나 글로 표현할 수 있어야 한다는 뜻이다.

문해력이 중요한 까닭은 여러 가지가 있다. 첫째, **의사소통***이나 인간관계에 영향을 미친다. 문해력이 떨어지면 상대방의 말이나 글의 의미를 정확하게 이해하지 못해 오해나 갈등이 생길 수 있다. 얼마 전 인터넷에서 사과문에 쓴 '심심한 사과'라는 표현의 '심심한'을 '매우 깊고 간절한 마음.'이 아닌 '하는 일이 없어 지루하고 재미가 없는.'이라는 뜻으로 이해해서 오해가 생긴 것처럼 말이다.

둘째, 문해력은 모든 과목의 학습 능력에 영향을 미친다. 교과서나 시험 문제를 읽고 그 내용을 정확히 이해해야 하는데, 문해력이 없으면 내용을 이해하지 못해 문제를 잘 풀지 못하고 성적도 나빠지는 것이다.

셋째, 문해력이 없으면 일상생활에서 피해를 보거나 손해를 입을 수 있다. 설명서를 이해하지 못해서 약을 잘못 먹으면 건강에 문제가 생기고, 부동산 계약서나 아르바이트 계약서를 잘 이해하지 못하면 나쁜 조건으로 계약할 수 있다.

이렇게 중요한 문해력을 높이려면 우선 **어휘력***을 키워야 한다. 요리에 비유해 보면 어휘는 '식재료'와 같다. 냉장고에 고기, 채소, 과일 등 식재료가 가득한 사람은 다양한 요리를 만들 수 있지만, 냉장고에 식재료가 없다면 다양한 요리를 하기 힘들다. 이처럼 머릿속에 저장된 어휘가 많아야 글을 잘 이해하고, 표현도 다양하게 할 수 있다. 그러면 어휘력은 어떻게 키울 수 있을까? 가장 좋은 방법은 **독서***이다. 책을 읽으면 문장 속에서 그 어휘가 어떻게 사용되는지 자연스럽게 알 수 있고, 새로운 어휘도 많이 접하게 되기 때문이다. 그리고 독서량이 많아지면 아는 지식이 늘어나 말하고 글 쓰는 능력도 저절로 좋아진다.

어휘사전

* **문해력**(文 글월 문, 解 풀 해, 力 힘 력) 읽은 글을 이해하고 활용하는 능력.

* **의사소통**(意 뜻 의, 思 생각 사, 疏 소통할 소, 通 통할 통) 가지고 있는 생각이나 뜻이 서로 통함.

* **어휘력**(語 말씀 어, 彙 무리 휘, 力 힘 력) 어휘를 마음대로 쓸 수 있는 능력.

* **독서**(讀 읽을 독, 書 글 서) 책을 읽음.

내용요약

글의 중심 내용을 생각하며 빈칸의 낱말을 써 보세요.

[문 | 해 | 력]은 읽은 글을 이해하고 활용하는 능력으로, 의사소통, 학습 능력, 일상생활 등에 영향을 미친다.

1 이 글의 중심 내용으로 알맞은 것은 무엇인가요?　(　　　　)

중심
내용

① 문해력의 종류
② 문해력의 문제점
③ 문해력이 필요한 까닭
④ 문해력과 성장의 관계
⑤ 문해력이 필요한 사람들

2 이 글의 내용과 일치하지 <u>않는</u> 것은 무엇인가요?　(　　　　)

내용
이해

① 문해력이 높으면 의사소통에 도움을 준다.
② 문해력을 키우려면 글쓰기 연습을 많이 해야 한다.
③ 문해력은 읽은 글을 이해하고 활용하는 능력을 뜻한다.
④ 문해력을 높이려면 어휘력을 키우고 독서를 많이 해야 한다.
⑤ 문해력은 국어뿐 아니라 다른 과목 학습 능력에도 영향을 준다.

3 이 글과 **보기**를 바탕으로, 문해력을 키우기 위해 해야 할 일로 알맞은 것을 찾아 기
호를 쓰세요.

추론
하기

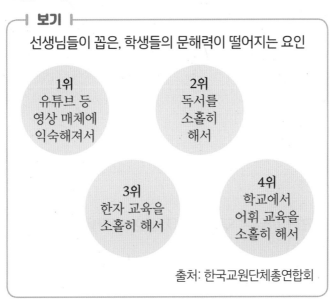

┤ 보기 ├

선생님들이 꼽은, 학생들의 문해력이 떨어지는 요인

1위
유튜브 등
영상 매체에
익숙해져서

2위
독서를
소홀히
해서

3위
한자 교육을
소홀히 해서

4위
학교에서
어휘 교육을
소홀히 해서

출처: 한국교원단체총연합회

㉠ 영상 매체 사용 시간
을 줄이고 독서 시간
을 늘린다.
㉡ 하루에 한 장씩 국어
사전을 외우는 시간
을 갖는다.
㉢ 영상 매체 사용 시간
을 늘려 다양한 정보
를 이해하는 능력을
키워 준다.

(　　　　)

주제 정리 **1** 생각주제와 관련된 앞의 두 글을 읽고 내용을 정리해 보세요.

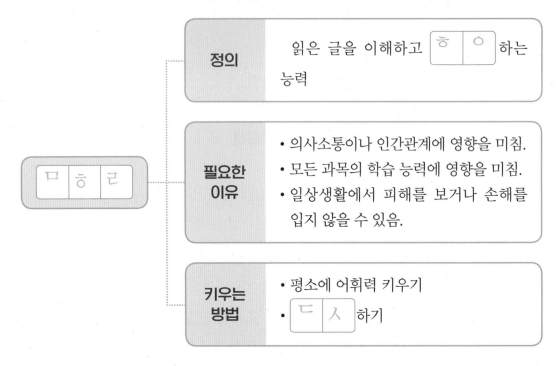

2 문해력에 대한 설명으로 알맞지 <u>않은</u> 것에 ○표 하세요.

(1) 문해력의 기본이 되는 것은 어휘력이다.	(2) 문해력은 학습 능력과 크게 상관이 없다.
(3) 문해력을 키우려면 독서를 많이 해야 한다.	(4) 문해력은 읽은 글을 이해하고 활용하는 능력이다.

3 문해력이 중요한 까닭은 무엇인지 자신의 생각을 써 보세요.

문해력이 중요한 까닭은 ✎ _____

_____

_____

주제 어휘	말귀	문해력	의사소통	어휘력	독서

4 다음 뜻에 알맞은 **주제 어휘**에 ○표 하세요.

(1) 어휘를 마음대로 쓸 수 있는 능력.   문해력   어휘력

(2) 읽은 글을 이해하고 활용하는 능력.   문해력   어휘력

(3) 가지고 있는 생각이나 뜻이 서로 통함.   만장일치   의사소통

(4) 남이 하는 말의 뜻을 알아듣는 총명한 기운.   말귀   청력

5 다음 빈칸에 들어갈 낱말을 **주제 어휘**에서 찾아 쓰세요.

(1) 그는 자꾸 (　　　　　)를 못 알아듣고 딴소리를 한다.

(2) 상상력을 키우는 가장 좋은 방법은 (　　　　　)를 하는 것이다.

(3) 영어 공부를 열심히 해서 외국인과 막힘 없이 (　　　　　)하고 싶다.

(4) 단지 글을 읽는 것뿐만 아니라 글을 정확하게 이해하고 활용할 수 있는
　　(　　　　　)을 지녀야 한다.

6 다음 빈칸에 공통으로 들어갈 낱말을 **주제 어휘**에서 찾아 쓰세요.

　　　　　　　　　은 글의 내용을 이해하고 이를 활용하여 글을 쓸 수 있는 능력이다.
　　　　　　　　　이 낮으면 수업 내용을 잘 이해하지 못하고, 시험 문제를 읽어도 무엇을 묻는 것인지 잘 파악하지 못한다.

(　　　　　　　　　)

어린이의
탄생

옛날에는 '**어린이***'라는 말이 없었다면 믿어지는가? 그런데 사실이다. 불과 500년 전만 해도 어른과 구별되는 '어린이'라는 개념이 없었다.

중세 유럽의 미술 작품을 보면 아이들이 어른과 몸집 크기만 다른 '작은 어른'으로 표현되었다. ⓐ그림 속에서 아이들도 어른과 똑같이 주름진 얼굴과 근육이 있는 몸으로 그려지고, 뻣뻣한 옷깃이 달리거나 꽉 끼는 불편한 옷을 입고 있는 것을 볼 수 있다. 의복뿐만 아니라 일상생활도 어른과 다르지 않았다. 아이들을 위한 놀이 문화가 거의 존재하지 않아 어른들과 어울려 어른들이 하는 놀이를 함께했다. 그리고 아이들만을 위한 이야기나 읽을 책이 따로 없어서, 어른과 같이 잔인하고 무서운 이야기를 즐겼다. 어린이가 일하는 것도 자연스러웠다. 7세 정도가 되면 여자아이는 바느질, 요리 등의 집안일을 하고, 남자아이는 어른들을 따라다니며 일을 배웠다.

그러다 17세기경 유럽에 학교가 처음 등장했고 학교에 다니는 아이들을 구분 지을 수 있게 '어린이'라는 개념이 생겼다. 어린이는 교육받아야 하고, 그 나이에 맞게 보살핌을 받으며 성장해야 하는 고유한 **특성***을 가진 존재라는 생각이 싹튼 것이다. 그러면서 옷에도 변화가 일어났다. 어른의 옷을 크기만 작게 줄인 옷이 아닌, 아이들의 몸과 움직임에 맞는 편하고 예쁜 아동복이 만들어진 것이다. 아이들이 듣거나 읽는 이야기의 내용도 달라졌다. 잔인하고 무서운 이야기는 정서에 좋지 않다고 생각하여 재미있고 교훈적인 내용으로 바뀌었다.

우리나라도 1900년대 초까지 어린아이는 신체가 약하고 생활에 도움이 되지 않는 덜 자란 사람으로만 여겨졌다. 그러다 1920년 방정환이 어린아이를 '**인격***'을 가진 존재로 대해야 한다.'는 의미를 담아 '어린이'라고 처음 부르면서 개념이 생겼다. 이렇듯 어린이는 귀엽고 천진난만하며 돌봐 주어야 하는 존재라는 생각도 시대의 흐름에 따라 탄생한 것임을 알 수 있다.

▲ 윌리엄 호가스,
「그레이엄 집안의 아이들」

어휘사전

* **어린이** 어린아이를 높여서 부르는 말. 보통 4, 5세부터 초등학생까지의 아이를 이름.

* **특성**(特 특별할 특, 性 성품 성) 일정한 사물에만 있는 특별한 성질.

* **인격**(人 사람 인, 格 격식 격) 사람으로서의 됨됨이.

1 이 글을 통해 알 수 있는 내용이 <u>아닌</u> 것은 무엇인가요? ( )

내용
이해

① 어린이들이 좋아하는 놀이

② 유럽에 학교가 등장한 시기

③ '어린이'라는 개념이 생긴 이후의 변화

④ 우리나라에 '어린이'라는 개념이 생긴 시기

⑤ 중세 유럽의 미술 작품에 나타난 아이들 옷의 특징

2 '어린이'라는 개념이 생기기 전의 모습으로 알맞은 것을 **보기**에서 두 가지 골라 기호를 쓰세요.

추론
하기

┤ **보기** ├

㉮ 어린아이가 어른들과 똑같은 옷을 크기만 줄여서 입었다.

㉯ 어린아이가 재미있는 내용과 교훈이 있는 동화책을 읽었다.

㉰ 어린아이가 어른들의 보살핌을 받으며 천진난만하게 생활했다.

㉱ 어린아이가 어른들이 하는 카드놀이나 주사위 놀이를 함께했다.

( )

3 ㉠이 잘 나타난 그림을 찾아 기호를 쓰세요.

적용
하기

▲ 조지 G 킬번,
「엄마와 딸」

▲ 라비니아 폰타나,
「비앙카 데글리 우틸리
마셀리와 여섯 아이」

▲ 오귀스트 르누아르,
「샤르팡티에 부인과
아이들의 초상」

( )

어린이의 인권

‘어린이’라는 개념이 생기면서 어린이도 마땅히 존중받아야 할 인권이 있는 존재라는 생각을 하게 되었다. 이에 1989년 유엔에서 전 세계 아동들의 **권리**[*]를 지키기 위해 ㉠「유엔 아동 권리 **협약**[*]」을 만들어 발표하였다.

「유엔 아동 권리 협약」은 전체 54개 조항으로 이루어져 있으며, 어린이라면 누구나 마땅히 누려야 할 생존·보호·발달·참여의 권리를 담고 있다. 우리나라는 1991년에 이 협약에 서명하였다. 이 협약에 나타난 어린이의 권리를 일부 조항을 통해 살펴보자.

유엔 아동 권리 협약

2조   차별[*]받지 않을 권리

아동은 성별, 종교, 언어, 장애 등으로 인해 절대 차별받아서는 안 된다.

19조   학대받지 않을 권리

부모나 보호자가 정신적, 신체적으로 폭력을 쓰고 학대하거나, 돌보지 않고 방치하는 일이 없도록 정부는 노력해야 한다.

24조   건강하게 자랄 권리

아동은 영양가 있는 음식을 충분히 섭취하고, 깨끗한 물을 먹을 수 있어야 하며 병원이나 보건소 등에서 치료받을 수 있어야 한다.

28조   교육받을 권리

아동은 초등 교육을 무료로 받을 수 있어야 하며, 능력에 맞게 더 높은 교육도 받을 수 있어야 한다.

32조   노동하지 않을 권리

아동은 위험하거나 교육에 방해가 되거나 몸과 마음에 해가 되는 노동을 해서는 안 된다.

어휘사전

* **권리**(權 권세 권, 利 이로울 리) 어떤 일을 하거나 누릴 수 있는 힘이나 자격.
* **협약**(協 도울 협, 約 맺을 약) 문서를 교환하고 계약을 맺어서 지키기로 한 약속.
* **차별**(差 다를 차, 別 나눌 별) 둘 이상의 대상을 차이를 두어서 구별하는 것.

내용요약

글의 중심 내용을 생각하며 빈칸의 낱말을 써 보세요.

유엔 ⭘ ⅾ ㄱ ㄹ ㅎ ㅇ 은 전 세계 아동들의 권리를 보호하기 위해 만들어졌고, 어린이라면 누구나 마땅히 누려야 할 권리가 담겨 있다.

1
중심
내용

이 글의 중심 내용은 무엇인가요? (   )

① 어린이의 개념

② 아동 권리 협약의 문제점

③ 아동의 생존과 참여의 권리

④ 유엔 인권 협약의 발표 시기

⑤ 유엔 아동 권리 협약의 의미와 내용

2
내용
이해

㉠에 대한 설명으로 알맞은 것을 찾아 ○표 하세요.

(1) 1957년에 만들어 발표하였다. (   )

(2) 우리나라는 1989년에 서명하였다. (   )

(3) 아동들의 권리를 지키기 위해 만들어졌다. (   )

3
적용
하기

「유엔 아동 권리 협약」의 조항 중 보기의 어린이가 보호받지 못한 권리는 무엇인가요? (   )

┤ 보기 ├

　아프리카 대륙에 있는 나라인 우간다 무코노주의 한 마을에 사는 어린이는 오염된 물을 먹고 생기는 질병인 장티푸스에 걸려 열이 나고 배가 아팠다. 하지만 그 마을에서 사용할 수 있는 깨끗한 물이 없어서 병이 나도 더러워진 호수의 물과 지하수를 마실 수밖에 없었다.

① 2조 차별받지 않을 권리

② 19조 학대받지 않을 권리

③ 24조 건강하게 자랄 권리

④ 28조 교육받을 권리

⑤ 32조 노동하지 않을 권리

주제 정리

1 생각주제와 관련된 앞의 두 글을 읽고 내용을 정리해 보세요.

어린이

교육받아야 하고, 그 나이에 맞게 보살핌을 받으며 성장해야 하는 고유한 특성을 가진 존재

어린이의 탄생

중세에는 어린이의 개념이 없이 어른과 비슷한 사람으로 인식되었는데, 학교의 등장과 시대의 흐름에 따라 '｜ㅇ｜ㄹ｜ㅇ｜'라는 개념이 탄생함.

유엔 아동 권리 협약

유엔이 전 세계 어린이들의 권리를 지키기 위해 1989년에 만들어 발표함. 어린이의 생존·보호·발달·참여에 대한 권리가 전체 54개 조항에 담겨 있음.

2 '어린이'에 대한 설명으로 알맞은 것을 두 가지 찾아 ○표 하세요.

(1) 원시 시대부터 '어린이'라는 개념이 있었다.

(2) 유엔에서는 「유엔 아동 권리 협약」을 만들었다.

(3) 아동복의 등장으로 어린이라는 개념이 생겼다.

(4) 우리나라에서는 1920년에 방정환이 처음 '어린이'라고 불렀다.

3 옛날에는 왜 어린이라는 말이 없었는지 자신의 생각을 써 보세요.

옛날에 어린이라는 말이 없었던 까닭은 ✎

_____

_____

4 다음 주제 어휘와 뜻을 알맞게 연결하세요.

(1) 차별 •   • ㉠ 사람으로서의 됨됨이.

(2) 특성 •   • ㉡ 일정한 사물에만 있는 특별한 성질.

(3) 권리 •   • ㉢ 둘 이상의 대상을 차이를 두어서 구별하는 것.

(4) 인격 •   • ㉣ 어떤 일을 하거나 누릴 수 있는 힘이나 자격.

5 다음 빈칸에 공통으로 들어갈 낱말을 주제 어휘에서 찾아 쓰세요.

(1)
> • 선인장은 건조한 기후에도 잘 견디는 ⬚ 이 있다.
> • 가축도 품종에 따라 각기 다른 ⬚ 을 지니고 있다.

→ ⬚⬚

(2)
> • 모든 ⬚ 에게는 차별받지 않고 건강하게 살 권리가 있다.
> • 어린이날은 ⬚ 가 씩씩하게 자라날 수 있도록 하기 위해 만든 기념일이다.

→ ⬚⬚⬚

6 다음 밑줄 친 말과 뜻이 반대되는 낱말을 주제 어휘에서 찾아 쓰세요.

> 인간은 모두 평등하게 대우받아야 하고 존중받아야 하는 존재입니다. 그러므로 어린이도 어른과 마찬가지로 성별, 국적, 인종, 재산, 종교 등에 관계없이 인간으로서 보호받고 존중받아야 합니다.

(   )

세계 10대 불량 식품

세계 보건 기구(WHO)와 미국의 시사 잡지인 「타임」지가 '세계 10대 불량 식품'을 정하여 안내하였습니다. 어떤 음식이 우리 몸에 안 좋고, 어떤 음식을 피해야 할까요?

1. 기름에 튀긴 식품은 비타민을 파괴하고 암이 생기게 하는 물질이 들어 있어 몸에 해롭습니다.

2. 소금에 **절인*** 식품을 많이 섭취하면 신장에 부담을 주고 염증이나 고혈압이 발생할 수 있습니다. 많이 먹으면 암의 원인이 되기도 합니다.

3. 햄과 소시지같이 가공한 고기는 암이 생기게 하는 물질과 **방부제***가 많이 들어 있어 간에 부담을 줍니다.

4. 콜라 같은 탄산음료는 달고 영양은 부족한 식품입니다. 탄산은 몸속의 철분이나 칼슘같이 좋은 성분을 몸 밖으로 내보내 건강을 해칩니다.

5. 과자는 열량이 높은 반면에 영양은 부족합니다. 과자에 들어 있는 식용 색소나 향료도 몸에 해롭습니다.

6. 컵라면 같은 인스턴트식품은 **염분***이 높고 방부제가 많이 들어 있어 건강에 해롭습니다.

7. 각종 통조림은 과자와 마찬가지로 열량은 높지만 영양은 부족한 식품입니다. 또한 통조림을 만드는 과정에서 비타민도 파괴됩니다.

8. 설탕에 절인 과일은 달고, 암이 생기게 하는 물질인 아질산염이 들어 있어 몸에 해롭습니다.

9. 아이스크림 같은 냉동식품은 지나치게 달아서 비만을 일으킬 수 있습니다.

10. 불에 직접 구운 식품은 간이나 심장에 해롭습니다.

어휘사전
* **절이다** 소금기나 식초, 설탕 등에 담가 간이 배어들게 하다.
* **방부제**(防 막을 방, 腐 썩을 부, 劑 약제 제) 썩지 않게 하는 약.
* **염분**(鹽 소금 염, 分 나눌 분) 바닷물 등에 들어 있는 소금기. 짠맛이 나는 성분.

내용요약

글의 중심 내용을 생각하며 빈칸의 낱말을 써 보세요.

세계 보건 기구가 선정한 10대 [ㅂ][ㄹ] [ㅅ][ㅍ]에는 기름에 튀긴 식품, 소금에 절인 식품, 가공 고기, 탄산음료, 과자, 인스턴트식품 등이 있다.

1 '세계 10대 불량 식품'을 정한 까닭은 무엇인지 빈칸에 들어갈 알맞은 말을 쓰세요.

중심
내용

> 우리 몸에 안 좋은 대표적인 불량 식품을 기억해 두고 평소에 [   ]하게 먹는 습관을 갖게 하기 위해서 정한 것이다.

( )

2 이 글에서 말하는 불량 식품에 속하지 <u>않는</u> 것은 무엇인가요? ( )

내용
이해

①
▲ 소시지

②
▲ 탄산음료

③
▲ 통조림

④
▲ 아이스크림

⑤
▲ 과일

3 이 글을 바르게 이해하지 <u>못한</u> 것은 무엇인가요? ( )

추론
하기

① 방부제는 간에 부담을 준다.
② 식용 색소나 향료는 건강에 해롭다.
③ 아질산염은 비만을 일으키는 성분이다.
④ 염분과 당도가 높은 식품은 건강에 해롭다.
⑤ 열량만 높고 영양이 부족한 식품은 건강에 좋지 않다.

4 이 글을 바탕으로 건강한 식습관을 잘 실천하고 있는 친구의 이름을 쓰세요.

적용
하기

무더운 여름철에 더위를 식히려고 아이스크림을 자주 먹어.

탄산음료인 콜라는 몸에 좋지 않다고 해서 사이다를 마셨어.

우리 집에서는 꽁치 통조림보다는 꽁치를 직접 요리해서 먹어.

몸에 좋은 단백질이 든 고기를 숯불에 바싹 익혀서 먹고 있어.

유진   민주   영애   현준

( )

단맛과 짠맛의 습격

'단짠'이라는 말이 있다. '단맛과 짠맛'을 줄인 말로, 단 음식과 짠 음식을 함께 먹으면 맛있다는 뜻으로 주로 쓰인다. 어린이나 청소년, MZ세대 사이에서 특히 인기다. 언제부터 이렇게 강렬한 단맛과 짠맛이 우리의 식탁을 지배하게 되었을까?

사실 단맛과 짠맛을 내는 성분인 당과 나트륨은 우리 몸에 꼭 필요한 **영양소***이다. 탄수화물에 속하는 당은 우리 몸의 에너지를 만드는 중요한 역할을 한다. 나트륨은 우리 몸이 영양소를 흡수하거나 소화를 시키는 데 도움을 준다. 또 혈액과 수분을 건강하게 유지하는 역할도 한다.

하지만 당과 나트륨을 지나치게 섭취하면 오히려 건강을 해칠 수 있다. 당을 많이 섭취하면 당뇨병이나, 고혈압에 걸릴 수 있고, 살이 쪄서 건강을 해칠 수 있다. 탄산음료나 과자에도 생각보다 많은 **당분***이 들어 있으니 주의해야 한다. 그리고 나트륨을 많이 섭취하면 몸이 붓는 증상이 나타나고 **혈압***이 높아진다. 한식 요리인 국이나 찌개, 김치, 젓갈 등에는 나트륨이 많이 들어 있다. 편리하게 먹을 수 있는 햄버거나 편의점 도시락 같은 인스턴트식품도 마찬가지이다.

인간의 미각에는 단맛, 짠맛, 쓴맛, 신맛 등이 있다. 그중 단맛은 설탕이나 꿀 같은 달콤한 맛을 말한다. 단맛을 느끼면 뇌의 쾌감을 담당하는 부분이 자극되어 세로토닌이라는 물질이 분비된다. 실제로 달콤한 음식을 먹고 있는 사람의 뇌를 관찰해 보면 편안한 상태를 나타낸다. 그래서 사람들은 일시적으로 즐거움을 주는 단맛에 중독되기 쉽다.

'과유불급'은 너무 지나친 것은 오히려 좋지 않다는 의미의 사자성어이다. 단맛과 짠맛이 강한 음식은 당장 입에서 느끼는 맛은 좋지만 중독되기 쉽다. 또 **식욕***을 자극해 평소보다 많은 양을 섭취하게 되므로 비만을 비롯한 각종 질병을 일으킬 수 있으니 주의해야 한다.

어휘사전

* **영양소**(營 경영할 영, 養 기를 양, 素 성질 소) 생물체가 살아가는 데 필요한 에너지를 공급하는 영양분이 있는 물질.

* **당분**(糖 엿 당, 分 나눌 분) 탄수화물에 들어 있는 단맛이 나는 성분.

* **혈압**(血 피 혈, 壓 누를 압) 심장에서 혈액을 밀어낼 때, 혈관에 생기는 압력.

* **식욕**(食 밥 식, 慾 욕심 욕) 음식을 먹고 싶어 하는 욕망.

내용요약

글의 중심 내용을 생각하며 빈칸의 낱말을 써 보세요.

최근 인기를 끌고 있는 ⬚ᄃ ⬚ᄆ 과 ᄍ ᄆ 이 나는 자극적인 음식을 너무 많이 섭취하면 몸에 나쁜 영향을 줄 수 있다.

1 이 글의 내용과 일치하지 <u>않는</u> 것은 무엇인가요? (   )

내용
이해

① 나트륨은 혈액을 건강하게 유지해 준다.

② 당은 우리 몸의 에너지를 만드는 역할을 한다.

③ 단맛을 느끼면 세로토닌이라는 물질이 분비된다.

④ 나트륨을 지나치게 섭취하면 몸이 붓고 혈압이 올라간다.

⑤ 당을 꾸준하게 먹으면 불안한 증상을 완전히 낫게 해 준다.

2 당과 나트륨의 특징을 알맞게 정리한 것을 골라 기호를 쓰세요. (   )

내용
이해

	당	나트륨
㉮	• 단맛이 나는 성분이다. • 많이 섭취하면 몸이 붓는다.	• 혈액과 수분을 건강하게 유지해 준다. • 탄산음료, 과자에 많이 들어 있다.
㉯	• 우리 몸의 에너지를 만든다. • 많이 섭취하면 당뇨병, 고혈압을 일으킬 위험이 있다.	• 짠맛이 나는 성분이다. • 많이 섭취하면 혈압이 올라가기 쉽다.

3 사람들이 단맛에 중독되기 쉬운 까닭은 무엇인가요? (   )

추론
하기

① 적게 먹을 수 있기 때문에

② 소화를 시키는 데 도움을 주기 때문에

③ 영양가가 풍부하여 건강에 좋기 때문에

④ 도파민이 분비되어 들뜬 기분을 느끼게 하기 때문에

⑤ 세로토닌이 분비되어 일시적으로 즐거움을 주기 때문에

 1 생각주제와 관련된 앞의 두 글을 읽고 내용을 정리해 보세요.

세계 10대 불량 식품

기름에 튀긴 식품	소금에 절인 식품　가공 고기
탄산음료　과자	인스턴트식품　각종 통조림
설탕에 절인 과일	냉동식품　불에 직접 구운 식품

단맛	• 탄수화물의 ⬜(ㄷ) 성분이 단맛을 낸다. • 우리 몸의 ⬜⬜⬜(ㅇㄴㅈ)를 만든다. • 과자, 음료수 등에 많이 들어 있다. • 많이 섭취하면 당뇨병, 비만, 고혈압 등의 위험이 있다.
짠맛	• ⬜⬜⬜(ㄴㅌㄹ) 성분이 짠맛을 낸다. • 우리 몸의 혈액과 수분을 건강하게 유지해 준다. • 국, 찌개, 햄버거 등에 많이 들어 있다. • 많이 섭취하면 몸이 붓고 혈압이 높아질 수 있다.

2 이번 생각주제에서 알게 된 내용을 바탕으로 **보기** 중 건강한 반찬 두 가지를 골라 ○표 하세요.

┤ 보기 ├

▲ 소시지볶음　　▲ 시금치무침　　▲ 채소샐러드　　▲ 숯불 치킨　　▲ 고구마 맛탕

3 단맛과 짠맛에 길들여진 습관을 고치는 방법에 대해 자신의 생각을 써 보세요.

단맛과 짠맛에 길들여진 습관을 고치려면 ✎ _____

_____

| 주제 어휘 | 방부제 | 염분 | 영양소 | 당분 | 식욕 |

4 다음 뜻에 알맞은 주제 어휘에 ○표 하세요.

(1) 음식을 먹고 싶어 하는 욕망.

| 식욕 | 의욕 |

(2) 바닷물 등에 들어 있는 소금기.

| 염분 | 당분 |

(3) 탄수화물에 들어 있는 단맛이 나는 성분.

| 설탕 | 당분 |

(4) 생물체가 살아가는 데 필요한 에너지를 공급하는 영양분이 있는 물질.

| 영양제 | 영양소 |

5 다음 빈칸에 들어갈 낱말을 주제 어휘에서 찾아 쓰세요.

(1) 한창 커야 할 어린이들은 (   )를 골고루 섭취해야 한다.

(2) 날씨가 선선해지는 가을에는 (   )이 좋아져서 밥을 많이 먹게 된다.

(3) 어린이들이 좋아하는 탄산음료에는 단맛을 내는 (   )이 많이 들어 있다.

(4) 건강을 생각하는 사람들이 늘면서 식품 회사들도 앞다투어 썩지 않게 하는 (   )를 넣지 않은 식품을 개발하고 있다.

6 다음 문장의 밑줄 친 말과 바꿔 쓸 수 있는 낱말에 ○표 하세요.

(1) 마카롱이나 케이크처럼 <u>당</u>이 많은 간식이 인기가 많다. → 당분 염분

(2) 나는 원래 <u>음식을 먹고 싶은 욕망</u>이 별로 없는 사람이야. → 허기 식욕

안네의 일기

안네의 일기

글 안네 프랑크
효리원

1942년 6월 20일 토요일

나 같은 아이가 **일기***를 쓴다는 것이 괜찮은 일인가 하는 생각도 들었습니다. 일기를 써 본 적이 없어서가 아니라, 열세 살짜리 여자아이의 **고백*** 같은 건 그다지 재미있지 않을 것 같아서입니다. 하지만 그런 건 상관없습니다. 난 일기를 쓰고 싶어요. 내 가슴속에 있는 걸 모두 털어놓고 싶습니다.

난 다른 사람들처럼 단순히 사건만을 늘어놓지는 않을 거예요. 내가 원하는 것은 일기를 친구로 삼는 것이니까 당신을 '키티'라고 부르겠습니다. 하지만 갑자기 당신한테 편지를 쓰면 내가 무슨 말을 하는지 이해하기 힘들 테니까, 내키지는 않지만 나에 대해 간단히 이야기하겠습니다. 아빠는 서른여섯 살 때 엄마와 결혼을 했는데, 그때 엄마는 스물다섯 살이었습니다. 언니 마르고트는 1926년 독일의 프랑크푸르트 암마인이란 곳에서 태어났고, 나는 1929년 6월 12일 세상에 나왔습니다.

우리는 **유대인***이어서 1933년에 독일에서 네덜란드로 이사 왔습니다. 1940년 5월 이후로는 나쁜 일들만 일어났습니다. 전쟁이 일어났고, 독일군이 네덜란드로 쳐들어왔습니다. 그리고 우리 유대인에 대한 **박해***가 시작되었습니다. 유대인을 **탄압***하는 명령들이 차례로 내려졌습니다. 모든 유대인은 가슴에 노란 별을 달아야 했고, 가지고 있던 자전거도 모두 독일군에게 바쳐야만 했습니다. 열차는 물론 자동차도 탈 수가 없었어요. 물건은 3시에서 5시 사이에만 살 수가 있는데, 그것도 '유대인 상점'이라고 표시된 곳에서 사야만 합니다.

할머니는 1942년 1월에 돌아가셨습니다. 내가 할머니를 얼마나 많이 사랑했으며, 지금도 얼마나 많이 사랑하는지 아무도 모를 거예요.

아직까지 우리 네 식구는 무사합니다. 이제부턴 지금의 일을 이야기해 줄게요.

어휘사전

* **일기**(日 날 일, 記 기록할 기) 그 날그날 겪은 일이나 느낌 등을 적는 기록.

* **고백**(告 고할 고, 白 아뢸 백) 마음속의 생각이나 감추어 둔 것을 사실대로 숨김없이 말함.

* **유대인** 히브리어를 사용하고 유대교를 믿는 민족.

* **박해**(迫 핍박할 박, 害 해할 해) 못살게 굴어서 해롭게 함.

* **탄압**(彈 탄알 탄, 壓 누를 압) 힘이나 권력으로 억지로 눌러 꼼짝 못 하게 함.

▲ 안네 프랑크가 실제로 쓴 일기장

1 글쓴이가 자신의 이야기를 털어놓은 대상은 누구인가요? (   )

중심
내용

① 친구   ② 언니   ③ 부모님

④ 일기장   ⑤ 남자 친구

2 이 글의 내용으로 알맞지 <u>않은</u> 것은 무엇인가요? (   )

내용
이해

① 할머니는 이미 돌아가셨다.

② 이 글을 쓴 여자아이는 유대인이다.

③ 이 글을 쓴 여자아이의 나이는 열세 살이다.

④ 1940년 이후 모든 독일군은 가슴에 노란 별을 달아야 했다.

⑤ 유대인은 '유대인 상점'이라고 표시된 곳에서만 물건을 사야 했다.

3 다음 보기를 바탕으로 「안네의 일기」를 알맞게 해석한 친구의 이름을 쓰세요.

적용
하기

┤ 보기 ├

　1933년 독일에는 나치 정부가 들어섰다. 나치 정부는 유대인을 차별하는 정책을 펼쳤다. 유대인은 공무원이나 군인이 될 수 없었고, 공공시설을 이용할 수 없었으며, 유대인 거주 지역에서 따로 살아야 했다. 나치는 제2차 세계 대전이 시작되자 유대인을 전부 강제 수용소로 보내 죽이기까지 했다. 「안네의 일기」에는 강제 수용소로 끌려갈 위기에 처하자 은신처에 몸을 숨기고 살아갔던 유대인 가족 이야기가 담겨 있다. 이 글을 쓴 안네는 이러한 상황을 일기에 기록하였고, 이 일기는 나중에 책으로 출간되었다.

「안네의 일기」는 독일에서 유대인을 탄압하던 시대에 유대인 소녀가 쓴 일기로, 당시 상황을 생생하게 그렸어.

상희

유대인을 위한 거주 지역 따로 있었다고 하니, 안네 식구들은 꽤 편리했을 것 같아.

민수

안네는 독일의 나치 정부가 유대인을 차별하는 정책을 펼친 것에 대해 적극적으로 반항했어.

지연

(   )

인간의 공감 능력

사람은 **공감***하는 능력이 있기에 ㉠상대방에게 어려움이 있으면 그 사람을 위해 자신의 이익을 포기하기도 한다. 「안네의 일기」에 나오는 안네의 주변 사람들은 자신이 곤란해질 수 있음에도 적극적으로 유대인을 돕는다. 또 이 작품을 읽는 독자들도 안네의 처지에 깊이 공감한다. 더 나아가 인종 차별의 역사가 되풀이되지 않아야 한다는 **경각심***까지 자연스럽게 생긴다.

'공감'이란 ㉡다른 사람의 처지를 이해하여 그의 감정을 함께 느끼는 것이다. 공감과 비슷한 감정으로 **동정***이 있다. 동정 역시 다른 사람의 어려움을 자기 일처럼 느끼는 감정이다. 하지만 동정은 ㉢다른 사람의 어려움 때문에 자기 자신이 바뀌지는 않는다. 반면 공감은 ㉣남의 일이지만 마치 나의 일처럼 상대방의 감정을 이해하고 느낀다. 따라서 공감하는 사람이나 공감받는 사람 모두를 변하게 만든다.

그런데 인간은 어떻게 남에게 공감할 수 있을까? 이는 바로 뇌에 있는 거울 **신경*** 때문이다. 거울 신경은 다른 사람의 움직임을 관찰할 때 활동하는 신경이다. 이 거울 신경 덕분에 우리는 ㉤다른 사람의 행동을 보고 있기만 해도 자신이 행동하는 것처럼 느끼게 된다. 즉, 공감 능력을 갖게 되는 것이다. 옆에 있는 친구가 억울한 일로 잔뜩 화가 난 것을 보면 그 일과 관련이 없어도 슬그머니 함께 속상해진다. 흥미로운 점은 이 거울 신경이 책을 읽거나 영화를 감상할 때도 작동한다는 것이다.

그렇다면 인간만이 공감할 수 있는 것일까? 미국 브라운대학교의 한 실험에 따르면, 쥐들도 다른 쥐들의 고통에 공감하는 모습을 보였다. 막대기를 누르면 먹이를 얻을 수 있지만, 이때 다른 쥐에게 충격이 가해지자 쥐들은 더 이상 막대기를 누르지 않았다. 이와 같이 동물도 공감할 수 있지만 인간처럼 공감 능력이 많이 발달하지는 않았다.

어휘사전

* **공감**(共 한가지 공, 感 느낄 감) 남의 감정이나 생각에 대하여 자신도 그렇다고 느낌. 또는 그렇게 느끼는 기분.

* **경각심**(警 깨우칠 경, 覺 깨달을 각, 心 마음 심) 정신을 차리고 주의 깊게 살피어 경계하는 마음.

* **동정**(同 한가지 동, 情 뜻 정) 남의 어려운 처지를 자기 일처럼 딱하고 가엾게 여김.

* **신경**(神 귀신 신, 經 지날 경) 신경 세포가 모여 끈처럼 연결된 것으로, 우리 몸 각 부분 사이에 필요한 정보를 서로 전달함.

내용요약

글의 중심 내용을 생각하며 빈칸의 낱말을 써 보세요.

┌─┬─┐
│ㄱ│ㄱ│ 이란 다른 사람의 감정이나 주장에 대해 자기도 그렇다고 느끼거나
└─┴─┘
생각하는 것이며, 이 능력은 뇌에 있는 거울 신경 덕분에 생겨난다.

1

중심
내용

이 글의 중심 내용으로 알맞은 것은 무엇인가요? (   )

① 공감 능력의 문제점
② 공감 능력과 동정심의 역사
③ 인간과 동물의 공감 능력 개발 방법
④ 인간의 공감 능력에 대한 의학적 반론
⑤ 공감 능력의 중요성과 공감 능력이 생기는 까닭

2

내용
이해

이 글의 내용으로 알맞지 <u>않은</u> 것은 무엇인가요? (   )

① 공감 능력은 오직 인간에게만 있다.
② 공감 능력은 사람을 사귀는 데 중요하다.
③ 공감 능력은 인간의 뇌에 있는 거울 신경 때문에 일어난다.
④ 공감과 동정은 둘 다 상대방의 감정을 느낀다는 점이 같다.
⑤ 공감은 공감하는 사람이나 공감받는 사람 모두를 변하게 만든다.

3

추론
하기

㉠~㉤ 중 공감 능력과 관련이 <u>없는</u> 것을 찾아 기호를 쓰세요.

(   )

4

적용
하기

다음 **보기** 중 '공감 능력'의 예로 알맞은 것 두 가지를 골라 기호를 쓰세요.

┤ **보기** ├

㉮ 늦은 밤, 조용한 아파트의 정적을 깨며 피아노를 연주하는 소리가 들려와서 잠을 이루지 못했다.
㉯ 동생이 학교에서 친한 친구와 안 좋은 일이 있었다며 풀이 죽어 있길래, 아이스크림을 사 주며 위로해 주었다.
㉰ 제2차 세계 대전 당시, 안네 프랑크와 그의 가족은 나치의 유대인 학살 정책으로부터 살아남기 위해 은신처에 몇 년이나 숨어 살았다.
㉱ 그림책 『강아지똥』을 읽고 쓸모없는 것으로 여겨지던 강아지똥이 민들레꽃을 피워 내기 위해 온몸을 다 바쳐서 거름이 된다는 이야기에 눈물이 났다.

(   )

 1 생각주제와 관련된 앞의 두 글을 읽고 내용을 정리해 보세요.

인간의	ㄱ ㄱ 능력	
의미	다른 사람의 처지를 이해하여 그의 감정을 함께 느끼는 것.	
예 「안네의 일기」	• 안네의 주변 사람들이 자신이 곤란해질 수 있지만, 적극적으로 유대인을 도움. • 독자들이 안네의 처지에 깊이 공감함. • 인종 차별의 역사가 되풀이되지 않아야 한다고 생각함.	
생기는 까닭	인간의 공감 능력은 뇌에 있는 ㄱ ○ 신경이 다른 사람의 행동을 관찰하여 자신도 그러한 행동을 하는 것처럼 느끼게 만들기 때문에 생김.	

2 인간의 공감 능력에 대한 설명으로 알맞은 것을 두 가지 찾아 ○표 하세요.

(1) 동물들도 인간만큼 뛰어난 공감 능력을 가지고 있다.

(2) 공감은 동정과 비슷하지만, 상대방 때문에 내가 바뀐다는 점이 다르다.

(3) 사람의 뇌 중에 감각 정보를 담당하는 소뇌 때문에 공감 능력이 생긴다.

(4) 공감 능력이 있기에 다른 사람을 위해서 자신의 이익을 포기하기도 한다.

3 인간관계에서 공감 능력이 필요한 까닭에 대해 자신의 생각을 써 보세요.

인간관계에서 공감 능력이 필요한 까닭은 ✎

| 주제 어휘 | 일기 | 고백 | 박해 | 공감 | 동정 | 신경 |

4 다음 주제 어휘와 뜻을 알맞게 연결하세요.

(1) 고백 •

(2) 박해 •

(3) 공감 •

(4) 동정 •

• ㉠ 못살게 굴어서 해롭게 함.

• ㉡ 남의 어려운 처지를 자기 일처럼 딱하고 가엾게 여김.

• ㉢ 마음속의 생각이나 감추어 둔 것을 사실대로 숨김없이 말함.

• ㉣ 남의 감정이나 생각에 대하여 자신도 그렇다고 느낌. 또는 그렇게 느끼는 기분.

5 다음 빈칸에 들어갈 낱말을 주제 어휘에서 찾아 쓰세요.

(1) 숙제를 해야 하는데 언니가 방해해서 (   )이 곤두섰다.

(2) 동생이 울먹이며 자기가 내 장난감을 망가뜨렸다고 (   )했다.

(3) 성별이나 인종, 종교 때문에 다른 사람들을 (   )하는 것은 옳지 못한 일이다.

(4) 선생님이 우리에게 매일 (   )를 쓰라고 하는데, 도대체 뭘 써야 할지 잘 모르겠다.

6 다음 밑줄 친 말과 뜻이 비슷한 낱말을 주제 어휘에서 찾아 쓰세요.

　나와 친한 친구가 어려운 일을 겪고 있을 때는 그 친구를 더 조심스럽게 대해야 한다. 친하다고 생각해서 내뱉는 말 한마디가 힘든 친구에게는 바늘처럼 날카롭게 느껴질 수도 있기 때문이다. 만약 내가 그 친구의 상황에 있다면, 아마 나도 다른 사람이 나를 <u>딱하고 가엾게 여기는</u> 마음에 더 상처받지 않을까?

(   )하는

플라스틱
의 발명

우리 주변에서는 플라스틱으로 만든 물건을 흔히 볼 수 있다. **플라스틱***은 열이나 **압력***을 가해 일정한 모양을 만들 수 있는 화합 물질이다. 이 말은 그리스어로 '쉽게 원하는 모양으로 **가공***할 수 있다.'라는 의미의 '플라스티코스'에서 유래되었다.

플라스틱은 금속처럼 녹슬거나 무겁지도 않고, 유리처럼 깨지거나 열이 잘 전달되지도 않고, 원하는 모양대로 만들 수 있다. 그래서 다재다능한 인공 물질로 인정받았다. 지금도 새로운 물질이 많이 개발되지만, 플라스틱의 장점을 따라오지 못하고 있다.

사람들은 어떻게 플라스틱을 개발하게 됐을까? 처음에는 당구공의 재료인 상아를 **대체***할 물질을 찾으려는 노력에서 시작되었다. 19세기 미국에서는 당구가 유행했는데, 당시에는 당구공이 코끼리의 상아로 만들어져서 매우 비쌌고, 재료를 구하기도 어려웠다. 당시 미국의 당구용품 회사 사장이자 당구 선수였던 마이클 펠란이 상아 당구공의 대체품을 만드는 사람에게 상금 1만 달러를 주겠다는 광고를 냈다. 이를 본 미국의 발명가 존 웨슬리 하이어트가 플라스틱을 개발하였다. 플라스틱은 열이나 압력을 가해 일정한 모양을 만들 수 있다는 큰 장점이 있어 주목을 받았다. 하지만 당시에는 상아보다 잘 깨져서 당구공으로 쓰이지 못했고, 대신 단추나 안경테 등에 사용되었다.

이후 플라스틱의 제작 기술은 크게 발전하여 우리 생활에 필요한 여러 가지 물건을 만드는 데 이용되었다. 심지어 플라스틱은 총을 만드는 데도 사용되었다. 과거 총기류는 금속이나 나무로 만들었는데, 플라스틱은 가격이 저렴하다는 장점이 있었다. 그리고 항공기에도 플라스틱이 사용되었다. 무게가 가벼워 항공기 무게를 줄일 수 있고, 강도가 높아 사용 수명도 길었기 때문이다.

▲ 플라스틱

어휘사전
* **플라스틱**(plastic) 열이나 압력을 가해 일정한 모양을 만들 수 있는 화합 물질.
* **압력**(壓 누를 압, 力 힘 력) 누르는 힘.
* **가공**(加 더할 가, 工 장인 공) 원자재를 인공적으로 처리하여 새로운 제품을 만듦.
* **대체**(代 대신할 대, 替 바꿀 체) 다른 것으로 대신함.

내용요약
글의 중심 내용을 생각하며 빈칸의 낱말을 써 보세요.

☐☐☐☐은 쉽게 원하는 모양으로 바꿀 수 있고 무게가 가벼우며 값이 저렴하여 우리 생활에 필요한 여러 가지 물건을 만드는 데 활용되고 있다.

1 이 글의 내용과 일치하지 <u>않는</u> 것은 무엇인가요? (   )

내용
이해

① 플라스틱은 금속보다 무게가 가볍다.

② '플라스틱'은 그리스어에서 유래한 말이다.

③ 플라스틱은 열과 압력을 가해 모양을 바꿀 수 있다.

④ 플라스틱을 활용하여 항공기의 무게를 줄일 수 있었다.

⑤ 플라스틱은 대부분 여러 첨단 물질들로 대체되고 있다.

2 이 글을 읽고 알맞게 짐작하지 <u>못한</u> 친구는 누구인가요? (   )

추론
하기

① 현아: 플라스틱은 원래 만든 목적과 다르게 사용되네.

② 예찬: 플라스틱은 자연을 보호하기 위해서 만들었구나.

③ 주민: 플라스틱의 어원에 플라스틱의 특징이 담겨 있구나.

④ 은유: 플라스틱은 녹슬지 않으니까 물에 닿아도 되겠구나.

⑤ 연호: 열이 잘 전달되지 않아서 냄비 손잡이를 플라스틱으로 만드는구나.

3 다음 빈칸에 들어갈 말로 알맞은 것을 **보기**에서 골라 쓰세요.

적용
하기

┤ **보기** ├

재활용   재배열   재개발

이 표시들은 전 세계가 공동으로 사용하는 플라스틱 종류에 관한 표시법이다. 이 표시를 보고 우리는 플라스틱을 분리배출한다. 이렇게 분리배출한 플라스틱을 모아 [   ]할 수 있다.

(   )

미세 플라스틱의 위험성

▲ 미세 플라스틱이 가득한 바다

어휘사전

*미세(微 작을 미, 細 가늘 세) 분간하기 어려울 정도로 아주 작음.

*침투(浸 잠길 침, 透 통할 투) 세균이나 병균 등이 몸속에 들어옴.

*섭취(攝 당길 섭, 取 취할 취) 생물이 양분을 몸속으로 빨아들이는 일.

　　최근 바다에 사는 '붉은발슴새'에게서 그동안 본 적 없는 새로운 병이 발견되었다. 연구진에 따르면 붉은발슴새가 **미세*** 플라스틱을 섭취하여 소화 기관에 염증이 생기고 면역에 문제가 생긴 것이라고 한다.

　　미세 플라스틱은 지름 5mm 미만의 작은 플라스틱 조각을 말한다. 생산 단계부터 미세한 알갱이로 만들어지는 1차 미세 플라스틱과, 원래는 작지 않았지만 외부 힘에 의해 닳거나 부서진 2차 미세 플라스틱이 있다. 1차 미세 플라스틱은 각질과 치석을 제거하는 역할을 해서 자외선 차단제, 치약 등에 사용된다. 2차 미세 플라스틱에는 깨진 스티로폼 알갱이, 부서진 타이어 가루 등이 있다.

　　미세 플라스틱이 쌓이는 과정을 알아보자. 이것은 크기가 작아 하수 처리 시설에서 걸러지지 않고 강과 바다로 흘러들어 가기도 하고, 바다에 버려진 플라스틱 쓰레기가 바람과 파도에 부서져 그대로 쌓이기도 한다. 바다에 떠다니는 미세 플라스틱은 바다 생물들이 먹이라고 착각하고 삼키게 된다. 이렇게 바다 생물의 몸에 들어간 미세 플라스틱은 소화 기관에 상처를 입혀 소화 활동을 방해하고, 뇌나 생식기에 **침투***해서 번식에 영향을 주고 죽음에까지 이르게 한다.

　　그렇다면 사람 몸속에도 미세 플라스틱이 들어 있을까? 미국의 한 연구팀은 조직 검사를 통해 사람의 폐와 간 등에 미세 플라스틱이 들어 있는 것을 밝혀냈다. 사람은 주로 물, 갑각류, 소금 등을 통해 플라스틱을 섭취한다. 한 단체가 발표한 '플라스틱의 인체 **섭취*** 연구' 보고서에는 사람들이 매주 5g 정도의 미세 플라스틱을 섭취한다고 나와 있다. 이는 신용 카드 한 장 분량이고, 이를 더하면 한 달에 칫솔 한 개를 먹는 셈이다.

　　화학 물질인 미세 플라스틱이 몸에 쌓이면 심각한 문제를 일으킬 수 있다. 바닷새에게 생긴 질병처럼 새로운 '플라스틱병'이 생길 수 있는 것이다.

1
중심
내용

이 글에서 가장 중심이 되는 말을 골라 쓰세요.

바다 오염   바다 생물   붉은발슴새   미세 플라스틱

(   )

2
추론
하기

플라스틱 사용을 줄이지 않으면 일어날 모습으로 알맞은 것을 두 가지 고르세요.

(   )

① 기름이 둥둥 떠 있는 바다
② 건강하게 날아다니는 바닷새
③ 죽은 채 바다에 떠오른 바다 생물
④ 다양한 생물들이 활기차게 헤엄치는 바다
⑤ 스티로폼 알갱이와 타이어 가루가 떠 있는 바다

3
적용
하기

이 글을 바탕으로 할 때 **보기**의 공익 광고 ㉠에 들어갈 내용으로 알맞은 것은 무엇인가요? (   )

┤ **보기** ├

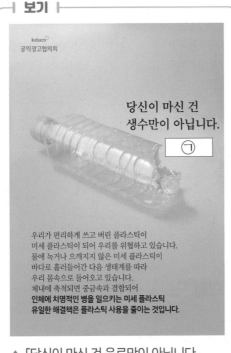

▲「당신이 마신 건 음료만이 아닙니다」,
공익광고협의회

① 깨끗한 자연도 함께 마신 것입니다.
② 버려진 양심도 함께 마신 것입니다.
③ 오염된 공기도 함께 마신 것입니다.
④ 많은 사람의 땀방울도 함께 마신 것입니다.
⑤ 해로운 미세 플라스틱도 함께 마신 것입니다.

 1 생각주제와 관련된 앞의 두 글을 읽고 내용을 정리해 보세요.

플라스틱의 개발과 장점

- 플라스틱은 코끼리의 ⬚ㅅ ⬚ㅇ 를 대체하기 위해 발명됨.
- 플라스틱은 열과 압력을 가해 ⬚ㅁ ⬚ㅇ 을 쉽게 바꿀 수 있음.
- 오늘날 플라스틱은 다양한 분야에서 널리 활용되고 있음.

미세 플라스틱의 위험성

- 바다 생물에게 해로운 질병을 일으킴.
- 해양 생태계를 파괴함.
- ⬚ㅇ ⬚ㄱ 에게도 나쁜 영향을 줌.

2 다음 두 친구가 공통으로 설명하고 있는 것에 ○표 하세요.

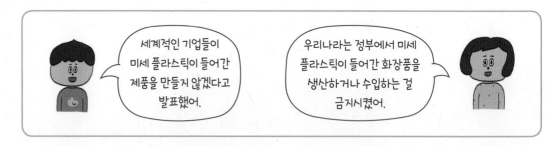

세계적인 기업들이 미세 플라스틱이 들어간 제품을 만들지 않겠다고 발표했어.

우리나라는 정부에서 미세 플라스틱이 들어간 화장품을 생산하거나 수입하는 걸 금지시켰어.

(1) 미세 플라스틱의 활용 예

(2) 미세 플라스틱을 줄이려는 노력

3 미세 플라스틱이 왜 위험한지 자신의 생각을 써 보세요.

미세 플라스틱이 위험한 까닭은 ✎

| 주제 어휘 | 플라스틱 | 압력 | 대체 | 미세 | 침투 | 섭취 |

4 다음 뜻에 알맞은 주제 어휘에 ○표 하세요.

(1) 누르는 힘. [압력] [중력]

(2) 분간하기 어려울 정도로 아주 작음. [섬세] [미세]

(3) 세균이나 병균 등이 몸속으로 들어옴. [침투] [결투]

(4) 생물이 양분을 몸속으로 빨아들이는 일. [성취] [섭취]

5 다음 빈칸에 들어갈 낱말을 주제 어휘에서 각각 찾아 쓰세요.

> 열과 압력을 가해 쉽게 모양을 바꿀 수 있는 (1) ( )이 바람이나 파도 등에 의해 닳거나 부서지면 (2) ( ) 플라스틱이 된다. 이는 사람이나 동물에게 해로울 수 있다. 그러므로 플라스틱을 잘 분리배출해서 재활용하고, 장바구니나 텀블러 등으로 일회용 플라스틱 용품을 (3) ( )해야 한다.

6 다음 밑줄 친 말과 바꿔 쓸 수 있는 낱말을 주제 어휘에서 찾아 쓰세요.

우리 인간들까지 플라스틱을 섭취하고 있다는 게 이상해. 어떻게 그럴 수 있지?

왜냐하면 물, 갑각류, 소금 등에 들어 있는 <u>아주 작은</u> 플라스틱을 우리도 모르게 먹고 있는 거야.

( )

◉ 사진 출처

국립중앙박물관	www.museum.go.kr
문화재청	www.cha.go.kr
한국방송광고진흥공사	www.kobaco.co.kr
셔터스톡	www.shutterstock.com/ko
연합뉴스	www.yna.co.kr

달곰한 문해력 기획진 소개

진짜 문해력을 키우는 독해 학습이 필요합니다.

문해력은 책을 읽고 문제를 푸는 기술이 아닙니다.
진짜 문해력은 글을 읽고 이해하는 것을 넘어
세상을 읽고 이해하는, '생각하고 표현하는 힘'입니다.
〈달곰한 문해력 독해〉는 문해력을
키우는 독해 학습이 가능합니다.
하나의 주제로 연결된 2개의 글을 읽으면 세상을 읽고
이해하는 지식과 관점의 변화가 나타날 것입니다.
〈달곰한 문해력 독해〉로 아이들에게 좋은 글을
달달 읽을 '기회'와 곰곰 생각하고 표현하는
'경험'을 선물해 주세요.

서울교육대학교 국어교육과 교수
초등 국어 교과서 기획위원
방은수

독서교육을 지도한 교사로서
최신 문학과 다양한 비문학을 교과와
연계하여 수록했습니다.

인제남초등학교 교사
독서교육 전문가
Yes24 한 학기 한 권 읽기 선정위원
최고봉

생각주제와 연결된 2개의 글을
읽으면 생각이 쌓이고 학습 효과가
두 배 이상입니다.

경희사이버대학교 한국어문화학부 교수
경인교육대학교 유아교육과 강사
전국교사교육마술연구회 스텝매직 대표
(전) 초등학교 교사
김택수

문해력을 완성하기 위해서는
자기 생각을 표현하는 단계까지
학습이 이어져야 합니다.

광명서초등학교 교사
참쌤스쿨 대표
경기실천교육 교사모임 회장
(전) 경기도교육청 장학사
김차명

아이들의 생각이 확장되도록
흥미를 가질 만한 생각주제로 구성하여
몰입할 수 있습니다.

서울시교육청 자문관
(독서토론 분야)
(전) 중학교 국어 교사
정미선

달달 읽고 곰곰 생각하는

달 달 읽고 곰곰 생각하는

달곰한 문해력

초등 독해

3~4학년 추천

4단계 B

정답 및 해설

NE능률

달곰한 문해력

초등 독해

정답 및 해설

생각주제 01
공부할 때 필요한 마음가짐은?

1 정약용과 황상 이야기

10~11쪽

정약용이 강진에서 귀양살이를 할 때 아이들 글공부를 가르쳤는데, 그 고을에 살던 황상도 함께 공부했습니다. 어느 날, 황상이 자신은 둔하고 앞뒤가 꽉 막혔으며 분별력도 없다고 말합니다. 그러자 정약용은 공부하는 사람이 머리가 좋은 것, 글재주가 있는 것, 깨달음이 빠른 것을 경계해야 하며, 둔하고 미련해도 꾸준하고 부지런하다면 얼마든지 공부를 잘 할 수 있다고 말해 줍니다.

> **내용요약** 노력, 부지런
> 1 ③   2 ②   3 ㉡   4 윤주

1 정약용은 황상과 같이 둔하고 분별력 없는 미련한 아이라도 꾸준하고 부지런하기만 하면 얼마든지 공부할 수 있음을 알려 주었습니다.

2 정약용은 다른 사물이나 사람에 빗대어 어떻게 공부해야 하는지를 설명하였습니다.

3 '큰 구멍', '큰 물길', '반짝반짝 빛나는 것'은 모두 꾸준하고 부지런히 무엇인가를 해냈을 때 나타나는 결과입니다. 그런데 ㉡ '막힌 물'은 무엇인가를 하기 전의 상태를 말하는 것입니다.

4 정약용은 꾸준하고 부지런하게 공부해야 함을 강조하였고, 이러한 방법으로 공부한 친구는 윤주입니다.

오답풀이
남섭: 다양한 책을 대충 훑어 읽는 것은 정약용이 말하는 꾸준하고 부지런하게 공부하는 것과는 거리가 먼 방법입니다.
민영: 한 번 보고 기억하는 것은 공부할 때 경계해야 하는 것입니다.
하경: 짧은 시간에 쉽게 공부하려는 태도는 정약용이 말하는 꾸준하고 부지런하게 공부하는 것과는 거리가 먼 방법입니다.

배경지식
정약용
정약용(1762~1836)은 조선 후기 학자로 호는 다산입니다. 그는 사람이 살아가는 데 실질적인 도움이 되는 학문인 실학을 연구하여 낡은 제도를 바로잡고, 잘못된 정치를 올바른 길로 인도하고자 했습니다. 그는 정조를 도와 수원 화성을 짓는 등 많은 업적을 이루었지만, 천주교를 믿었다는 이유로 오랜 기간 귀양살이를 했습니다. 그때 많은 책을 지어 후대 실학 연구에 많은 도움이 되었습니다.

2 공부하는 태도와 방법

12~13쪽

우리가 공부를 하는 이유는 여러 가지가 있지만 궁극적인 이유는 더 나은 삶을 살기 위해서, 잘 살기 위해서입니다. 플라톤은 '공부'란 참된 진리를 아는 것이고, 그것을 알게 된 사람은 다시는 이전 상태로 돌아가고 싶어 하지 않을 것이라고 말했습니다. 이러한 공부는 매일 일정한 시간에 책상에 앉아서 해야 하며, 기본부터 차근차근 해야 하고, 능동적으로 해야 하는 것입니다. 이 글을 읽으며 공부의 의미와 태도 그리고 바른 공부 방법을 알아봅니다.

> **내용요약** 동굴
> 1 ②   2 (2)   3 강호

1 짧은 시간 효율적으로 공부하는 것은 이 글에서 말하는 바른 공부 태도에 해당하지 않습니다.

2 ㉠ '동굴 안'은 자유롭지 못하고 무지한 상태를 말하고, ㉡ '동굴 밖'은 자유롭고 참된 진리를 아는 상태를 말합니다. 따라서 ㉠, ㉡의 의미를 알맞게 짝 지은 것은 (2)번입니다.

3 **보기**의 학습 효과 피라미드를 보면 듣기, 읽기, 청각 수업 듣기, 시범 강의 보기의 수동적 학습 방법은 5~30%의 학습 효과를 나타내는 반면, 집단 토의나 실제 해 보기, 말로 설명하기의 능동적 학습 방법은 50~90%의 학습 효과를 나타냅니다. 그러므로, 강호가 이 글과 **보기** 내용을 가장 알맞게 이해한 친구입니다.

오답풀이
준희: 학습 효과 피라미드를 보면 능동적 학습 방법은 시간과 노력을 많이 들이는 만큼 학습 효과가 좋기 때문에 좋은 공부 방법입니다.
지아: 학습 효과 피라미드를 보면 끈기 있게 책을 읽고 강의를 듣는 것보다 모여서 토의하고 체험하는 것이 훨씬 학습 효과가 좋게 나타나 있습니다.

배경지식
공부를 잘하기 위한 생활 습관
공부를 잘하는 직접적인 방법만큼 중요한 것이 바로 평소 생활 습관입니다. 공부하는 중간에 물을 한 컵씩 마셔 주면 수분이 보충되어 기억력 향상에 도움이 됩니다. 집중력 향상을 위해 영양가 있는 음식을 골고루 잘 먹는 것도 중요합니다. 공부하는 중간에 휴식 시간을 가지면서 가볍게 몸을 움직이는 것도 기억력을 상승시키는 데 도움이 됩니다. 무엇보다 중요한 것은 7~8시간의 충분한 수면을 취하는 것입니다.

익힘학습 자란다 문해력

14~15쪽

1

공부
참된 진리를 아는 것

정약용이 말한 공부 방법
• 자신의 재주나 좋은 머리만 믿지 말 것
• 꾸준히 **노 력** 할 것
• 부지런할 것

공부하는 바른 태도
• 매일 일정한 시간에 책상에 앉아 공부하는 습관 갖기
• **기 본** 부터 차근차근 공부하기
• 토의하고, 체험하고, 서로 설명하는 등 **능 동 적** 으로 공부하기

2 (3) ○ (4) ○

공부는 매일 일정한 시간에 책상에 앉아서 끈기를 가지고 집중해서 해야 하며, 공부한 내용을 친구나 가족들과 토의를 하면서 능동적으로 하는 것이 좋습니다.

3 (예시답안) 겸손이라고 생각한다. 그래야 새로운 것을 잘 받아들일 수 있기 때문이다. 겸손하지 않으면 누군가 새로운 것을 가르쳐 주거나 잘못된 것을 바로잡아 주어도 받아들이지 못한다. 우리 누나는 내가 잘못된 것을 지적해 주면 화를 내면서 자기가 맞다고 우긴다. 그래서 누나가 잘못 알고 있는 걸 알아도 입을 꾹 다물게 된다.

(채점 Tip)
1) 공부할 때 경계해야 할 것과 공부하는 올바른 방법을 정확히 이해하고 썼는지 확인합니다.
2) 자신이 생각하는 공부할 때 필요한 마음가짐을 쓰고, 그렇게 생각하는 까닭을 쓰면 됩니다.
3) 정약용 선생님이 알려 주신 공부하는 태도를 인용해서 쓰거나, 나의 경험이나 주변에서 본 일을 사례로 들어 쓰면 좋습니다.

4 (1) ㉢ (2) ㉡ (3) ㉠ (4) ㉢

5 (1) 여정 (2) 공부 (3) 능동적 (4) 무지

6 (1) 여정 (2) 분별력

생각글 **1** 변기에 파리 그림이?

16~17쪽

세상에는 번뜩이는 아이디어로 사람들의 관심을 유발하여 바람직한 행동을 유도한 여러 사례가 있습니다. 소변기에 파리 한 마리를 그려 넣어 소변기 밖으로 튀는 소변량을 획기적으로 줄이는가 하면, 지하철역 계단을 피아노 건반처럼 만들어 계단 이용자를 늘리고, 식판에 줄을 그려 넣어 잔반의 양을 줄이기도 하였지요. 이러한 사례를 통해 강요하거나 적극적으로 개입하여 고치려고 하지 않고, 부드럽게 행동을 변화시키고 문제를 해결하는 방식의 힘을 느껴 봅니다.

1 아이디어	2 ⑤	3 ②	4 ②

1 이 글은 여러 사례를 들어 기발한 아이디어로 사람들에게 강요하지 않고 바람직한 행동을 이끌어 낼 수 있음을 전달합니다.

2 이 글에 등장하는 사례들은 사람들에게 강요하지 않고 부드럽게 개입하여 행동하게 만들고 있습니다.

(오답풀이)
① 사례 중에 사람들의 동정심을 유발하는 것은 없습니다.
② 자발적으로 운동하게 만드는 것은 피아노 소리 나는 계단에만 해당하는 내용입니다.
③ 등장하는 사례들은 돈을 많이 벌기보다 바람직한 행동을 하도록 유도된 디자인입니다.
④ 제시된 사례들은 돈을 많이 들인 디자인이 아니라 기발한 아이디어가 돋보이는 디자인입니다.

3 이 글은 1문단에서 전체 글을 아우르면서 화제를 제시하고, 2~4문단에서 이에 해당하는 여러 가지 사례를 제시하고, 5문단에서 글 전체를 마무리하므로, ②와 같은 구조입니다.

4 식판에 그어진 선을 이용하여 음식의 양을 잴 수 있으므로, 많은 잔반이 발생되는 문제를 해결할 수 있습니다.

(오답풀이)
① 줄 그은 식판으로 급식의 맛을 해결하기는 어렵습니다.
③ 줄 그은 식판으로 급식 먹는 학생 수가 감소하는 문제를 해결하기는 어렵습니다.
④ 줄 그은 식판은 음식량을 조절할 수는 있지만, 편식으로 인한 영양 불균형 문제를 해결하기는 어렵습니다.
⑤ 줄 그은 식판은 음식량을 조절할 수는 있지만, 운동 부족으로 인한 비만율 증가를 해결하기는 어렵습니다.

2 넛지 효과

생각글

18~19쪽

　강요하지 않고 부드럽게 개입하여 자연스럽게 행동을 변화시키고 좋은 선택을 하도록 이끄는 것을 '넛지 효과'라고 합니다. 이러한 효과를 내기 위해 여러 원칙을 사용합니다. 사람들이 하고 싶은 일을 쉽게 할 수 있도록 만들고, 실수하지 않도록 만들며, 일이 잘못될 것 같거나 잘못되고 있을 때 그 사실을 알려 주도록 만든다는 원칙 등입니다. 이런 원칙을 통해 어떤 결과를 만들어 내는지 알아봅니다.

내용요약 넛지 효과

1 ③　　2 ⑤　　3 ㉯

---

1 넛지 효과는 강요하지 않고 부드럽게 개입하여 바람직한 행동을 유도하는 것이므로 「해와 바람」 이야기에서 스스로 자연스럽게 옷을 벗게 한 '해'가 한 일과 관련이 있습니다.

　오답풀이
　① 넛지 효과는 자신도 모르게 행동하게 하여 자발적인 참여를 이끌어 냅니다.
　② 넛지 효과는 사람들이 좋은 선택을 할 수 있도록 이끕니다.
　④ 넛지 효과는 사람들이 쉽게 할 수 있도록 만들어야 한다는 원칙이 있고, 그렇게 했을 때 효과가 큽니다.
　⑤ 넛지 효과는 부드러운 개입으로 바람직한 행동과 선택을 이끌어 냅니다.

2 사람들에게는 주어진 상황을 유지하려는 경향이 있기 때문에, 배달 앱의 기본값을 '일회용 수저 안 받기'로 바꾸었을 때 일회용 수저 주문이 많이 줄어든 것이라고 볼 수 있습니다.

3 **보기**는 사람들이 현금 입출금기에 카드를 놓고 가지 않도록 하기 위해 카드를 뽑아야만 돈을 가져갈 수 있게 만든 넛지 사례입니다. 따라서 ㉯ 사람들이 실수할 것을 예상하고, 실수해도 문제가 생기지 않도록 만들거나 아예 실수하지 못하도록 만든다는 원칙에 해당하는 사례입니다.

익힘 학습 자란다 문해력

20~21쪽

1

넛지 효과

강요하지 않고 부드럽게 개입하여 사람들이 바람직한 행동을 하도록 이끄는 것

넛지 효과 사례	넛지 효과 원칙
• 소변기에 **파리** 그림을 그려 소변이 변기 밖으로 튀는 것을 줄임. • 계단을 피아노 건반 모양으로 만들어 계단 이용률을 늘림. • 식판에 줄을 그어 잔반을 줄임.	• 쉽게 선택할 수 있게 함. • 사람들의 실수를 예상하고, 실수해도 문제가 생기지 않거나 아예 실수하지 않게 만듦. • 문제가 생길 것 같거나 일이 잘못되고 있을 때 알려 줌.

2 (1) ○
파리를 그려 넣은 변기와 무지개 식판은 강요하지 않고 부드러운 방식으로 사람들이 바람직한 행동을 하도록 이끈 사례입니다.

3 **예시답안** 사람들이 자연스럽게 긍정적인 행동을 하고, 좋은 선택을 하도록 만들기 때문이다. 이번에 배운 파리 그림을 그려 넣은 소변기나 피아노 소리가 나게 한 계단 등을 보면 '소변기에 바짝 다가가세요.' 같은 문구나 '계단을 이용하세요.' 같은 문구같이 무엇을 하라고 시키지 않고 자연스럽게 바람직한 행동을 하게 만들었다. 사람은 하라고 하면 더 하기 싫은 청개구리 같은 마음이 있어서 이런 방법이 더 효과적인 것 같다.

　채점 Tip
　1) 넛지 효과에 대해 정확히 이해하고 썼는지 확인합니다.
　2) '사람들에게 행동을 강요하지 않지만 자연스럽게 행동하게 만든다, 자연스럽게 행동을 유도한다, 바람직한 행동이 늘어난다.' 등의 내용을 쓰면 됩니다.
　3) '파리 그림을 그려 넣은 소변기', '피아노 소리 나는 계단', '줄 그은 무지개 식판' 등의 사례를 넣어 넛지 효과가 필요한 까닭을 써 주어도 좋습니다.

4 (1) 강요 (2) 고심 (3) 개입 (4) 유도

5 (1) 개입 (2) 고심 (3) 강요 (4) 유도

6 고심

이름이 바뀐 명왕성
22~23쪽

태양계의 아홉 번째 행성이던 명왕성은 2006년 국제 천문 연맹이 행성의 정의를 새롭게 내리면서 행성이 아닌 왜소행성이 되었습니다. 그러면서 이름도 명왕성에서 '134340 명왕성(플루토)'이 되었지요. 이 일을 통해 사람들은 '과학적 사실'도 언제든 바뀔 수 있다는 것을 알게 되었습니다. 이 글을 읽으며 국제 천문 연맹이 내린 행성의 조건은 무엇인지, 명왕성은 어떤 조건을 충족시키지 못했는지 알아봅니다.

> 1 명왕성　　2 (1) ○ (2) ○　　3 ©

1 이 글은 명왕성이 134340 명왕성(플루토)이 된 까닭에 대해 설명하고 있으므로, 빈칸에는 '명왕성'이 들어가는 것이 알맞습니다.

2 이 글에서는 (1) 명왕성을 처음 발견한 사람이 1930년 미국의 천문학자인 클라이드 톰보라는 것과, (2) 명왕성이 자기 궤도에서 지배적인 역할을 하지 못하기 때문에 행성에서 왜소행성이 되었다는 내용을 알 수 있습니다.

오답풀이
(3) 이 글에 미국이 국제 천문 연맹의 결정에 반대하기 위해 한 일은 나오지 않습니다.
(4) 이 글에 명왕성을 '134340 명왕성(플루토)'으로 이름 지은 사람은 나오지 않습니다.

3 보기 내용은 명왕성이 행성의 자격을 잃은 것에 반대하는 사람들이 내세우는 근거입니다. 그들이 내세운 근거는 국제 천문 연맹이 정한 행성의 조건 중 ©에 반대하는 것입니다.

과학적 사실
24~25쪽

천동설이 지동설로 바뀌고, 세상을 이루는 가장 작고 기본적인 물질에 대한 사실이 바뀐 것처럼 과학적 사실이나 진리 또한 과학의 발전이나 연구에 의해 새로운 사실이 발견되면 얼마든지 바뀔 수 있습니다. 그래서 우리는 새로운 것을 받아들일 자세를 가져야 합니다.

> 내용요약 과학적, 지동설
> 1 (3) ○　　2 ②　　3 ㉮

1 이 글은 과학적 사실이 바뀔 수도 있다는 것을 알려 주기 위해 쓰였습니다.

오답풀이
(1) 이 글에 과학적 사실이 무엇인지에 대한 설명은 나와 있지 않습니다.
(2) 이 글에 과학적 사실을 밝히는 방법은 나와 있지 않습니다.

2 이 글은 과학적 사실도 바뀔 수 있다는 것을 천동설이 지동설로 바뀐 것, 세상을 이루는 가장 작고 기본적인 물질인 '원자'에 대한 과학적 사실이 바뀐 것 등의 구체적인 예를 들어 설명하고 있습니다.

3 ㉠은 과학이 발전하거나 연구에 의해 새로운 사실이 발견되면서 바뀐 예이므로, ㉮는 이 사례로 알맞지 않습니다. ㉮의 경우 아직도 사실이 밝혀지지 않았기 때문입니다.

오답풀이
㉯ 지구가 편평한 원반 같은 모양이라는 사실에서 둥글다는 사실로 과학적 사실이 바뀐 것이므로, ㉠의 사례로 추가할 수 있습니다.
㉰ 만물의 근원에 대한 과학적 사실이 바뀐 것이므로, ㉠의 사례로 추가할 수 있습니다.

자란다 문해력

26~27쪽

1

	과학적 사실이 바뀐 예
명왕성 이름의 변경	명왕성은 바뀐 행성의 조건 중 자신의 궤도에서 지배적인 역할을 해야 한다는 조건을 충족하지 못해 행성 자격을 잃고, '134340 명왕성'이라는 이름의 왜소행성이 됨.
천동설이 지동설로 변경	태양과 행성들이 지구 주위를 돈다는 '천동설'이 틀리고, 지구와 다른 행성들이 태양 주위를 돈다는 '지동설'이 사실임이 밝혀짐.
원자론에 대한 사실 변경	데모크리토스와 돌턴이 '원자'는 더 이상 쪼갤 수 없는 가장 작은 입자라고 했으나, 베크렐에 의해 원자를 더 작은 알갱이로 쪼갤 수 있다는 사실이 밝혀짐.

2 (2) ○

두 친구가 말하는 것은 과학적 사실이 연구나 새로운 발견 그리고 새로운 정의로 인해 바뀐 사례에 해당하므로, 이러한 사실을 받아들이려는 열린 마음이 필요하다는 깨달음이 알맞습니다.

3 (예시답안) 바뀐다고 생각한다. 왜냐하면 과학적 사실이 바뀐 사례가 많기 때문이다. 명왕성이 행성의 자격을 잃고 왜소행성이 된 것이나, 천동설이 지동설로 바뀌고, 원자에 대한 사실이 바뀐 것 등이 그 사례이다.

(채점 Tip)
1) 과학적 사실에 대한 내용을 정확히 이해하고 썼는지 확인합니다.
2) 과학적 사실이 바뀐다는 것을 명왕성이 행성의 지위를 잃고 왜소행성이 된 사례, 만물의 근원에 대한 사실이 바뀐 사례, 천동설이 지동설로 바뀐 사례 등을 예로 들어 설명해 주면 됩니다.

4 (1) ㉠ (2) ㉣ (3) ㉢ (4) ㉢

5 (1) 사실 (2) 궤도

6 천체

'우주에 존재하는 모든 물체'는 '천체'를 가리키는 말이므로, 주제 어휘에서 찾을 수 있는 뜻이 비슷한 낱말은 '천체'입니다.

 생각주제 **04**
조선은 왜 기록을 많이 남겼을까?

생각글 **1** **영조와 사도 세자의 어느 봄날**

28~29쪽

「승정원일기」는 한자로 쓰여진 조선 시대의 기록입니다. 1741년 6월 22일 승정원일기에는 사도 세자의 공부를 책임지고 있던 박필간과 세도 세자가 공부하는 모습이 담겨 있습니다. 이를 통해 사도 세자의 영특함을 알 수 있고, 그 당시 영조도, 신하들도 모두 사도 세자가 영조의 뒤를 이어 왕이 될 것이라고 생각했음을 짐작할 수 있습니다.

(내용요약) 승정원일기
1 ⑤ **2** ㉮ **3** ②

1 영조와 김상성은 책 읽기에 대해 같은 의견을 가지고 있습니다. 따라서 ⑤번은 이 글의 내용으로 알맞지 않습니다.

2 「승정원일기」에는 기록한 연도와 날짜가 적혀 있습니다. 「승정원일기」는 사실대로 기록했습니다. 그리고 기록한 사람의 감상은 담겨 있지 않습니다. 따라서 ㉮는 알맞지 않습니다.

3 영조가 영특한 사도 세자를 기특하게 여기며 한 말이므로, 기특한 마음을 살짝 드러내며 연기하는 것이 알맞습니다.

(작품읽기)

후설
글 한국고전번역원
승정원일기번역팀
한국고전번역원

책 소개
승정원은 조선 시대에 오늘날 청와대 비서실과 비슷한 기능을 담당했던 기관으로, '목구멍'과 '혀'라는 뜻의 '후설'이라는 별칭으로 불렸습니다. 이 책은 승정원에서 임금을 수행하면서 보고 들은 말과 행동뿐 아니라 나라의 이모저모를 일기 형식으로 기록한 「승정원일기」를 한글로 번역하여 읽기 쉽게 엮어 놓았습니다.

「승정원일기」와 「조선왕조실록」

30~31쪽

「승정원일기」는 일기 형식으로 왕의 일과와 궁궐 안에서 일어나는 일이나 오고가는 문서에 대해 사실대로 쓴 기록이며, 「조선왕조실록」은 조선 제1대 왕인 태조부터 제25대 왕인 철종에 이르기까지의 역사적 사실을 기록한 것입니다. 이 두 기록은 객관성과 방대함 등의 가치를 인정받아 그 유네스코 세계 기록 유산으로 지정되어 있습니다. 이런 기록들을 통해 조선이 후세에 남길 기록을 얼마나 중시했는지 알 수 있습니다.

1 ④	2 ①	3 ㉕

1 「승정원일기」가 「조선왕조실록」을 만들 때 중요한 자료가 되었습니다.

오답풀이
① 조선은 왕의 일과와 왕이 다스리는 동안에 일어난 일을 자세히 기록했습니다.
② 「승정원일기」는 총 3,243권이고, 글자 수는 약 2억 4천만 자로 조선 최대 역사 기록물입니다.
③ 「조선왕조실록」은 1997년도에 세계 기록 유산으로 등재되었습니다.
④ 「승정원일기」는 왕의 일상과 궁궐의 생활을 기록한 일기입니다.

2 **보기**는 태종이 기록하지 말라고 한 말까지 사관이 기록하는 내용이므로, 이를 통해 왕이라도 사관이 쓰는 내용을 함부로 바꾸지 못한다는 것을 알 수 있고, 이를 통해 「조선왕조실록」이 믿을 만한 기록물임을 짐작할 수 있습니다.

3 ㉠은 조선이 기록의 왕국임을 말하는 것입니다. 따라서 많은 조선 시대 기록이 세계 기록 유산으로 지정되었다는 내용의 ㉕가 그 근거로 가장 알맞은 자료입니다.

오답풀이
㉮ 판소리, 탈춤, 민화 등의 발달은 조선 시대에 서민들을 위한 문화가 발달하였다는 근거입니다.
㉯ 자격루, 측우기 등의 과학 유산이 남아 있다는 것은 조선 시대에 과학 기술이 발달했다는 근거입니다.

배경지식

외국인의 시선에서 기록한 조선
「하멜 표류기」는 1653년 배를 타고 일본으로 가던 네덜란드의 동인도 회사 소속의 선원이 난파되어 조선에서 13년 동안 지내면서 쓴 기록입니다. 그 당시 조선에서 겪은 체험과 감상이 연대순으로 기록되어 있으며, 당시 조선의 지리, 풍토, 정치, 종교, 교육 등 생활상이 세세하게 기록되어 있어 역사적 가치가 높습니다.

자란다 문해력

32~33쪽

1

기 록 의 왕국, 조선
「승정원일기」, 「조선왕조실록」 등 나라의 모든 일을 자세하게 기록으로 남김.

「승정원일기」	「조 선 왕 조 실 록」
• 왕의 일과와 궁궐 안의 하루하루를 일기 형식으로 기록한 것	• 조선 시대 임금의 업적과 역사적 사실을 기록한 것
• 왕의 비서실 같은 곳인 승정원에서 기록함.	• 제1대 태조부터 제25대 철종까지 472년간의 기록이 담겨 있음.
• 총 3,243권, 글자 수 2억 4천만 자가 기록됨.	• 방대하며 객관적이고 공정한 기록물로 평가받고 있음.

2 (1) ○ (4) ○
「승정원일기」는 왕의 비서실인 승정원에서 기록하였으며, 「조선왕조실록」은 조선의 472년간의 사실을 연, 월, 일 순서대로 적었습니다.

3 **예시답안 1** 후대 사람들에게 당시에 일어난 일이나 당시 사람들의 삶을 그대로 알려 주고 싶어서인 것 같다. 기록을 꼼꼼히 남겨 두어야 후세 사람들이 영향을 받을 수 있기 때문이다.

예시답안 2 왕이나 신하들이 나쁜 짓을 못하도록 막기 위해서인 것 같다. 기록으로 남는다는 것을 알면 나쁜 짓을 하기가 어렵기 때문이다.

채점 Tip
1) 「승정원일기」와 「조선왕조실록」의 역사적 가치를 정확히 이해하고 썼는지 확인합니다.
2) 기록에 담겨 있는 내용, 역사적인 가치, 후세에 미친 영향 등을 생각하여 조선 시대에 기록을 많이 남긴 이유를 쓰면 됩니다.

4 (1) 실록 (2) 기품 (3) 사관 (4) 기록

5 (1) 기품 (2) 공식적 (3) 기록 (4) 사관

6 (1) 기록했다 (2) 공식적인

생각주제 05
악플도 의사소통의 방법일까?

생각글 1 ## 악플 바이러스

34~35쪽

유리는 자신에게 달린 악플에 상처를 받아 신고를 고민 중이고, 채연이는 고민하는 유리에게 악플을 단 사람을 신고하여 악플이 다른 사람에게 상처를 준다는 것을 알려 주어야 한다고 합니다. 두 사람은 '분노를 없애려면 폭발적인 생각을 발산해야 한다'는 심리학자 프로이트의 말과, '분노를 효과적으로 해결하는 방법은 평온한 것처럼 행동함으로써 실제로 평온함을 느끼는 것'이라는 심리학자 제임스의 말이 써 있는 병원 벽보를 보게 됩니다. 두 심리학자의 말을 통해 '악플' 사건을 어떻게 해결하는 것이 올바르고 효과적인지 생각합니다.

> **1** ②   **2** ④   **3** ①

1 채연은 악플 신고를 하는 것이 맞는지 고민하는 유리를 말린 것이 아니라 오히려 신고해야 한다고 부추기고 있습니다. 따라서 ②는 이 글의 내용으로 알맞지 않습니다.

2 이 글의 내용으로 보아 ④는 ㉠ '악플 더미'의 내용으로, 알맞지 않습니다.

3 ㉡은 '악플에 악플로 맞선다'는 것으로, 이는 '해를 입은 만큼 앙갚음하는 것을 비유적으로 이르는 말.'인 '눈에는 눈, 이에는 이'가 알맞습니다.

오답풀이
② '입이 열 개라도 할 말이 없다'는 잘못이 명백히 드러나 변명의 여지가 없음을 비유적으로 이르는 말입니다.
③ '가는 말이 고와야 오는 말이 곱다'는 자기가 남에게 말이나 행동을 좋게 하여야 남도 자기에게 좋게 한다는 말입니다.
④ '종로에서 뺨 맞고 한강에서 눈흘긴다'는 뒤에 가서 불평함을 비유적으로 이르는 말입니다.
⑤ '낮말은 새가 듣고 밤말은 쥐가 듣는다'는 아무도 안 듣는 데서라도 말조심해야 한다는 말입니다.

작품읽기

책 소개
악플 바이러스
글 양미진
좋은꿈

학교 축제 날, 유리와 친구들이 춤 실력을 뽐내며 찍은 영상을 인터넷에 올립니다. 그런데 그 영상에 엄청난 악플이 달립니다. 유리는 마음의 상처를 입어 쓰러지고, 병원에서 만난 지영과의 대화를 통해 이 문제를 슬기롭게 대처해 나가는 방법을 알게 됩니다.

생각글 2 ## 악플을 다는 이유

36~37쪽

인터넷이나 SNS 등의 게시물에 달리는 댓글 중 안 좋은 말로 상처를 입히는 나쁜 내용의 댓글을 '악플'이라고 합니다. 이 악플은 사실 여부나 옳고 그름을 따지지 않고, 상대방에게 불쾌감과 상처를 주기 위해 쓰는 글이기 때문에 의사소통이 아닙니다. 이러한 행동이 처벌받을 수 있는 범죄라는 사실과 인터넷 공간에서 만나는 사람도 얼굴을 마주하는 사람을 대하듯이 존중해야 함을 기억해야 합니다.

내용요약 악플
1 상처   **2** ②, ⑤
3 (1) 악플 사례: ㉮, ㉣ (2) 선플 사례: ㉯, ㉰

1 「마음의 못」 공익 광고는 나쁜 댓글이 읽는 이에게 상처를 주므로 나쁜 댓글을 달지 말아야 한다는 메시지를 전하고 있습니다. 따라서 공익 광고의 '못'에 해당하는 말은 '상처'입니다.

2 이 글에 악플의 역사나, 악플과 선플의 차이점은 나타나 있지 않습니다.

오답풀이
① 4문단에서 악플은 당하는 사람에게 큰 상처를 준다는 악플의 영향을 설명하였습니다.
③ 2문단에서 악플은 '나쁜 댓글'이라고 뜻을 설명하였습니다.
④ 3문단에서 악플을 다는 까닭은 어떤 일이 잘 풀리지 않거나 화나는 일이 있을 때 그 감정을 풀기 위해, 우월감을 느끼기 위해서 쓴다고 하였습니다.

3 선플은 악플과 반대되는 말로, ㉮와 ㉣가 사람의 마음에 상처를 주는 악플이고, ㉯와 ㉰가 힘과 용기를 주는 선플임을 알 수 있습니다.

배경지식
악플의 처벌 기준
악플을 근거로 하여 처벌할 수 있는 법은 모욕죄와 명예 훼손죄입니다. 모욕죄는 다른 사람을 경멸하는 태도를 공식적으로 표현하면서 생기는 범죄이고, 명예 훼손죄는 다른 사람의 명예를 손상하는 사실 또는 허위 사실을 공식적으로 공개하는 범죄를 말합니다. 악플로 인한 모욕죄는 200만 원의 벌금 또는 1년 이하의 징역형, 악플로 인한 명예 훼손죄는 500만 원 이하의 벌금이나 2년 이하의 징역 등의 벌을 받습니다.

익힘학습 자란다 문해력

38~39쪽

1

악 플

인터넷에 올라온 글에 다는 나쁜 내용의 댓글

악플의 특성	악플을 다는 까닭	악플의 문제점
사실인지 아닌지, 옳은지 그른지 따지지 않고, 상대방에게 불쾌감을 \[상\]\[처\]를 주기 위해 쓰는 글임.	• 순간적으로 떠오르는 감정을 뱉어 내기 위해 씀. • 우월감을 느끼기 위해 씀.	• 악플은 읽는 사람에게 큰 상처를 줌. • 처벌을 받을 수 있는 범죄 행위임.

2 (1) ○
'의사소통'은 서로의 생각과 감정을 말, 행동, 글 등으로 주고받는 것이고, 가지고 있는 생각이나 뜻이 서로 통하는 것인데 악플은 서로를 이해하지 않고, 불쾌감과 상처만 주기 때문에 의사소통이 될 수 없습니다.

3 (예시답안) 악플은 상대방에게 불쾌감과 상처를 주기 때문이다. 「악플 바이러스」의 유리 이야기를 보며 악플이 상대방에게 얼마나 큰 상처를 주는지 알 수 있었다.

(채점 Tip)
1) 악플의 특성과 문제점을 정확히 이해하고 썼는지 확인합니다.
2) 「악플 바이러스」의 주인공이 겪은 상황이나 자신이나 주변 사람들이 직접 겪은 경험을 사례로 들어서 쓰는 것이 좋습니다.

4 (1) ㉢ (2) ㉡ (3) ㉣ (4) ㉠

5 (1) 발산 (2) 악플 (3) 허위 (4) 의사소통

6 악플
'선플'은 사람들에게 용기와 희망을 주는 댓글로, 그와 반대로 불쾌감과 상처만 주는 댓글인 '악플'이 뜻이 반대인 말입니다.

생각글 1 모모

42~43쪽

누구에게나 똑같이 주어지는 시간이지만 어떤 일을 겪느냐에 따라 그 시간은 달라집니다. 푸지 씨는 하루 8시간 자고, 8시간 일하고, 늙은 어머니를 돌보고, 앵무새를 기르는 데 시간을 보냅니다. 하지만 회색 옷을 입은 영업 사원은 이 시간을 쓸모없는 시간 낭비라고 하면서 시간을 초 단위로 계산해 허비한 시간을 알려 줍니다. 이 글에 나온 푸지 씨와 영업 사원의 대화를 통해 '시간'에 대해 생각해 봅니다.

1 시간	**2** ④	**3** ②, ⑤

1 이 글에서 말하는 '아주 중요하지만 너무나 일상적인 비밀'은 '시간'입니다.

2 푸지 씨가 어머니 곁에 앉아 이야기하는 시간을 귀찮게 여긴다는 내용은 이 글에 나타나 있지 않습니다.

(오답풀이)
① 푸지 씨는 회색 신사의 질문에 하루 여덟 시간 정도 일한다고 답했습니다.
② 회색 신사는 푸지 씨가 귀가 어두운 어머니와 함께 살고 있다고 말했습니다.
③ 회색 신사는 푸지 씨가 앵무새를 보살피는 시간을 허비라고 말했습니다.
⑤ 회색 신사는 자는 시간을 없어진 것으로 생각한다고 했고, 일하는 시간은 마이너스로 기록한다고 말했습니다.

3 앞부분 내용을 통해 시간을 재는 도구가 있다는 것과 무슨 일을 하는가에 따라 시간이 다르게 느껴진다는 시간의 특성을 알 수 있습니다.

(작품읽기)

책 소개

모모
글 미하엘 엔데
비룡소

모모와 호라 박사, 거북 카시오페이아가 사람들한테서 시간을 빼앗아 가는 회색 신사들에 맞서 싸워 시간을 되찾아 준다는 이야기입니다. 시간을 제대로 즐길 줄 모르는 사람이나 상상할 줄 모르는 사람에게 삶을 어떻게 살아가야 하는지 알려 주고 있습니다.

시간을 잘 활용하는 법

44~45쪽

시간은 누구에게나 똑같이 하루 24시간이 주어지지만, 사람마다 다른 속도로 흘러가며, 지나간 시간은 다시는 돌아오지 않습니다. 이런 시간의 특성을 이해하고, 효율적인 시간 관리를 한 사람들 사례를 통해 시간 관리법을 배웁니다.

내용요약 시간

1 ㉯   **2** (1) 여가를 즐기는 시간 (2) 잠을 자는 시간

3 ④

---

1 이 글은 벤저민 프랭클린, 토머스 에디슨, 알렉산드르 류비셰프 등의 사례를 통해 시간 관리 방법을 알려 주는 글입니다.

2 ㉠은 벤저민 프랭클린의 '3-5-7-9' 시간 관리 원칙을 설명해 주고 있으므로, (1)은 여가를 즐기는 시간, (2)는 잠을 자는 시간이 알맞습니다.

3 제시된 **보기**의 뜻을 통해 ㉡이 시간을 뜻대로 다루는 남자라는 뜻임을 알 수 있습니다.

오답풀이

① 시간과 싸우는 남자와 ② 시간을 되돌리는 남자는 '정복'과는 거리가 먼 표현이고, ③ 시간에 지배당한 남자와 ⑤ 시간을 보내기 어려워하는 남자는 '시간을 정복한 남자'와 반대되는 표현입니다.

배경지식

벤저민 프랭클린(1706년~1790년)

집안 형편 때문에 열 살 때 학교를 그만 두고 일을 했지만 성실함과 노력 그리고 굳센 의지로 정치가이자 과학자로 많은 활약을 했습니다. 1776년 미국 독립 선언서도 작성하고, 병원과 학교 그리고 소방서를 세우고, 피뢰침도 발명하였습니다.

토머스 에디슨(1847년~1931년)

어려서부터 호기심이 많았던 에디슨은 학교에서는 늘 지적받는 학생이었지만, 자라서는 백열 전구, 측음기, 영화 촬영기 등 우리 삶에 꼭 필요한 것을 발명한 발명가가 되었습니다. 그는 14년 동안 하루 평균 20시간씩 일하며 발명에 매달릴 만큼 성실했고, 수없이 많은 실패도 경험이라고 생각할 만큼 긍정적이었습니다.

알렉산드르 류비셰프(1890년~1972년)

류비셰프는 해부학, 유전학, 철학, 역사학 등 다양한 분야의 책을 남긴 과학자입니다. 그는 철저한 시간 관리로 신이 인간에게 준 가능성을 전부 사용하고자 노력했습니다. 그래서 70여 권의 책과 1만 2,500여 장의 연구 자료를 남겼습니다.

자란다 문해력

46~47쪽

1

시 간 을 관리하는 법

벤저민 프랭클린	토머스 에디슨	알렉산드르 류비셰프
3-5-7-9 시간 관리 원칙을 세워 철저히 지키기	하루에 한 가지 일만 정해 놓고 집중해서 하기	남는 자 투 리 시간 활용하기

시간 관리 방법을 배우고 나에게 맞는 시간 관리법을 찾아 실천하기

2 (3) ○ (4) ○

시간은 누구에게나 24시간 공평하게 주어지고, 늘 똑같이 흘러가지만 무슨 일을 하느냐에 따라 속도를 다르게 느낍니다.

3 **예시답안 1** 목표를 세우고 그 목표를 이루기 위해 해야 할 일의 순서를 정해 계획을 세우고, 그 계획이 제대로 지켜졌는지 평가하는 시간을 갖는 것이다.

예시답안 2 이동하는 시간, 쉬는 시간, 기다리는 시간 등의 자투리 시간을 잘 활용하는 것이다. 알렉산드르 류비셰프처럼 자투리 시간에 책을 읽거나 문제집을 한 장씩 푼다면 꽤 많은 양의 책을 읽고 문제집을 풀 수 있을 것이다.

채점 Tip

1) 시간의 특성을 이해하고, 그에 따라 시간을 관리하는 방법을 썼는지 확인합니다.

2) 벤저민 프랭클린의 '원칙을 세워 철저히 지키는 시간 관리법', 토머스 에디슨의 '하루에 한 가지 일만 하기 시간 관리법', 알렉산드르 류비셰프의 '자투리 시간 활용하기 시간 관리법' 중에 하나를 골라 쓰거나 나만의 시간 관리법을 생각하여 씁니다.

3) 시간 관리를 잘한 사례를 참고하여 자기가 생각한 가장 좋은 시간 관리법을 쓰면 됩니다.

5 (1) 영겁 (2) 시간 (3) 계발 (4) 찰나

4 (1) 자원 (2) 계발 (3) 찰나 (4) 영겁

6 계발

1 비싼 햄버거의 인기

48~49쪽

고든 램지 버거는 비싼 값에도 불구하고 사람들에게 큰 인기를 끌었습니다. 이는 소비 주체인 MZ세대가 중요하게 여기는 '경험 소비'와, 나는 남들과 다르다는 '과시 욕구' 등을 원인으로 꼽을 수 있습니다. 고든 램지 버거 유행 현상으로 비싼 가격에도 인기를 끄는 것들의 특징을 살펴봅니다.

내용요약 경험 소비, 과시
1 ④   **2** ④   **3** (1) ㉣ (2) ㉮

1 고든 램지 버거는 비싼 가격에도 인기가 식지 않고 있다고 했습니다. 따라서 높은 가격 논란 때문에 인기가 식었다는 ④는 이 글의 내용과 일치하지 않습니다.

오답풀이
① 3문단에서 사람들이 고든 램지 버거에 열광하는 이유를 MZ세대의 경험 소비 중시 현상으로 분석하였습니다.
② 2문단에서 고든 램지가 아시아 최초로 서울에 햄버거 매장을 냈다고 하였습니다.
③ 3문단에서 현재 소비의 주체인 MZ세대는 소유보다 경험을 더 멋진 것으로 여긴다고 하였습니다.
⑤ 4문단에서 사치스러운 차를 몰고 다니고 고급 시계를 찾는 풍조도 과시 소비에 해당한다고 하였습니다.

2 비싼 햄버거지만 다른 사람은 할 수 없는 것을 경험한다는 '경험 소비'와, 남들과 다르다는 '과시 소비'를 하고 싶은 이유로 고든 램지 버거를 먹는다고 하였으므로, ④가 그 마음을 잘 드러낸 것입니다.

3 (1) 경험 소비에 해당하는 사례는 최고의 벚꽃을 경험하고 싶어서 특급 호텔에서 묵는 ㉣, (2) 과시 소비에 해당하는 사례는 쉽게 살 수 없는 비싼 시계를 찬 모습을 많은 사람이 보도록 공개하는 ㉮가 알맞습니다.

배경지식
밴드왜건 효과
어떤 제품이 많이 팔리면 그 물건을 사는 사람이 많아져 그 제품의 인기가 더 올라가는 효과입니다. 곡예단이나 퍼레이드의 맨 앞에서 요란한 연주로 사람들을 끌어모으는 '악대차(밴드웨건)'를 우르르 쫓아가는 사람들의 모습에서 유래했습니다. 유행하는 과자나 라면 같은 것이 품절되는 것이 밴드왜건 효과를 누린 것입니다.

2 베블런 효과

50~51쪽

가격이 비싸거나 오르는 데도 사려는 사람들이 늘어나는 현상을 '베블런 효과'라고 합니다. 이는 부자들의 서민과 구별되려는 과시 욕구에서 시작된 것입니다. 이와는 다르게 서민들도 부자처럼 보이고 싶은 욕구가 있는데, 이러한 모습을 잘 드러내는 것이 바로 '파노폴리 효과'입니다. '베블런 효과'와 그와 비슷한 '파노폴리 효과'를 통해 비싼 물건이 잘 팔리는 까닭을 생각해 봅니다.

내용요약 베블런 효과
1 ⑤   **2** 과시   **3** ㉡

1 ⑤ 하나의 물건을 가지면 그와 어울리는 다른 물건을 계속 사는 현상은 '디드로 효과'로 이는 소비가 또 다른 소비를 부르는 현상입니다.

2 이 광고는 다른 사람들과는 다르다는 것을 강조하고 다른 이들의 부러움을 사는 것에 중점을 두고 만들어졌습니다. 즉 소비자의 '과시' 욕구를 자극하는 광고입니다. 따라서 빈칸에 들어갈 알맞은 말은 '과시'입니다.

3 '베블런 효과'는 자신의 부와 사회적 지위를 과시하기 위해 비싼 상품을 사는 것이므로, ㉡이 예로 알맞습니다.

오답풀이
㉠은 작은 아이디어가 소비 심리를 자극한 예이고, ㉢은 영화나 드라마의 유명 촬영지로 인해 늘어난 관광 소비의 예입니다.

배경지식
디드로 효과
18세기 프랑스의 철학자 드니 디드로가 어느 날 친구에게 받은 실내복에 맞추기 위해 책상, 의자 등을 새로 구입한 사건을 계기로 생겨난 것이 '디드로 효과'입니다. 이는 새로운 물건을 갖게 된 후 새 물건과 어울리는 다른 물건들이 갖고 싶은 마음이 들어 소비가 소비를 부르는 현상을 말합니다. 디드로 효과는 함께 있는 물건이 서로 어울렸을 때 안정감을 느끼기 때문에 일어나는 것입니다.

익힘학습 자란다 문해력

52~53쪽

1

> **베블런 효과**
> **가 격** 이 비싸거나 오르는데도
> 사려는 사람이 늘어나는 현상

> **베블런 효과가 나타나는 이유**
> • 사람들의 **과 시** 욕구을 자극
>   하기 때문
> • 다른 사람들과 **구 별** 되고 싶
>   은 욕구를 채워 주기 때문

> **베블런 효과의 사례**
> • 프랑스 명품 샤넬이 가격을 네 차
>   례나 올려도 인기가 있는 것
> • 14만 원짜리 고든 램지 버거가 인
>   기를 끄는 것

2 (1) ○

다른 사람과 구별되는 색다른 경험에 돈을 쓰고, 자신의 부와 사회적 위치를 과시하기 위해 명품을 입는 것은 모두 가격이 비쌀수록 더 잘 팔리는 '베블런 효과'에 대해 설명하는 것입니다.

3 (예시답안) 자신의 지위와 부를 과시하고자 하는 사람들의 욕구를 채워 주기 때문이다. 비싸지 않으면 누구나 살 수 있기 때문에 과시하고자 하는 욕구가 채워지지 않을 것 같다. 그래서 샤넬과 같은 명품이 가격이 계속 오르는데도 사려는 사람이 많은 것이다.

(채점 Tip) ▶
1) '베블런 효과'의 원인을 정확히 이해하고 썼는지 확인합니다.
2) 다른 사람과 달리 특별하다는 욕구, 남들보다 부와 재능이 많다는 것을 과시하고 싶은 욕구 등의 내용이 들어가게 쓰면 됩니다.
3) 비싼 가격임에도 불구하고 물건을 샀던 경험이나 그런 사례를 들어 글을 쓰면 됩니다.

4 (1) ㉣ (2) ㉠ (3) ㉢ (4) ㉡

5 (1) **과시** (2) **욕구** (3) **상류층** (4) **명품**

6 **과시**

생각글 1 왜 구름 모양은 다 다를까?

54~55쪽

구름은 모양이 다양한 만큼 이름 또한 많습니다. 구름은 이름이 162개나 있습니다. 이 이름은 모두 모양을 보고 지은 것인데, 구름은 생기는 높이와 생길 때 공기 조건 등 기상 조건에 따라 모양이 다르게 만들어집니다. 구름의 다양한 종류와 모양 그리고 그런 모양을 만드는 요인을 배워 봅니다.

> (내용요약) **기상**
> **1** ㉮   **2** ⑤   **3** ①   **4** (1) **뭉게구름** (2) **새털구름**

1 이 글은 구름 모양은 구름이 생기는 높이와 공기의 조건 등 기상 조건에 따라 다르게 생기고 그 모양에 따라 이름이 달리 붙여진다는 것에 대해서 알려 주고 있습니다. 그러므로 이 글의 중심 내용은 ㉮ '구름의 모양이 다른 까닭'입니다.

2 구름은 구름이 생기는 높이와 공기 조건에 따라 각각 다르게 모양이 만들어집니다.

(오답풀이)
① 2문단에서 구름은 10개 속으로 분류할 수 있다고 하였습니다.
② 2문단에서 구름은 1803년부터 분류하기 시작하였다고 하였습니다.
③ 1문단에서 『국제 구름 도감』에는 162개나 되는 구름 이름이 들어 있다고 하였습니다.
④ 4문단에서 뭉게구름은 기온이 높고 습한 공기가 솟아올라서 생긴 것이라고 하였습니다.

3 구름은 땅과 바다에서 데워진 공기가 높이 올라가면서 생기지만, 땅이 구름의 모양을 만드는 데 영향을 미치지는 않습니다.

4 사진의 구름 모양을 보면 (1)은 수직으로 뭉게뭉게 솟아 있으므로 뭉게구름입니다. (2)는 새털이나 띠 모양으로 여기저기 흩어져 있으므로 새털구름임을 알 수 있습니다.

2 구름과 비와 눈

56~57쪽

구름은 작은 물방울이나 얼음 알갱이가 뭉쳐져서 높은 하늘에 떠 있는 것입니다. 물방울이 많아지면 작은 얼음 알갱이에 물방울이 달라붙어 얼음 알갱이가 커집니다. 커진 얼음 알갱이는 무거워져 아래로 떨어지게 되는데, 이때 기온이 따뜻하면 녹아서 비가 내리는 것이고, 추우면 녹지 않고 떨어져 눈이 되는 것입니다. 그런데 열대 지방이나 온대 지방의 여름철 구름 속에는 얼음 알갱이가 없어서 물방울이 땅으로 떨어져 비가 됩니다. 그래서 열대 지방이나 온대 지방의 여름철에는 눈이 오지 않는 것임을 알 수 있습니다.

내용요약 구름, 비, 눈

1 ⑤   2 ㉠: 부피, ㉡: 물방울   3 ㉮

1 이 글에서는 구름을 구성하는 물질과 구름과 눈, 비가 만들어지는 과정은 설명하고 있지만, 구름이 없을 때의 하늘 모습에 대한 설명은 하지 않았습니다.

오답풀이
① 3문단에서 비가 만들어지는 과정을 설명하고 있습니다.
② 2문단에서 구름의 구성 물질이 작은 물방울이나 얼음 알갱이임을 설명하고 있습니다.
③ 3문단에서 눈이 만들어지는 과정을 설명하고 있습니다.
④ 2문단에서 구름이 만들어지는 과정을 설명하고 있습니다.

2 구름이 만들어지려면 물이 증발하여 생긴 수증기를 포함한 공기 덩어리가 하늘로 올라가야 합니다. 공기 덩어리가 올라가면 부피가 커지고 주변 온도가 낮아지면서 물방울이나 작은 얼음 알갱이가 만들어집니다. 이렇게 만들어진 물방울이나 얼음 알갱이가 모여서 이루어진 덩어리가 구름입니다..

3 열대 지방은 온도가 높기 때문에 구름 안에 얼음 알갱이가 만들어질 수 없으므로, 구름 속에 물방울만 보이고 얼음이 없는 ㉮가 열대 지방의 구름입니다.

배경지식
구름이 없는 하늘
구름은 수증기가 모여서 만들어지는데, 가끔 구름 한 점 없이 맑고 파란 하늘을 볼 수 있습니다. 이는 공기 중에 수증기가 없기 때문입니다. 그렇기 때문에 건조한 가을이 되면 구름 없는 하늘을 자주 볼 수 있는 것입니다.

익힘학습 자란다 문해력

58~59쪽

1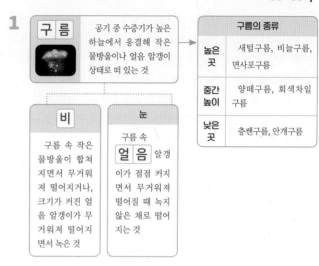

2 (1) ◯ (3) ◯
구름 속에 만들어진 작은 물방울이나 얼음 알갱이들이 온도에 따라 눈이나 비로 내리는 것입니다. 그리고 열대 지방 구름에는 얼음 알갱이가 없어서 눈은 못 만들고 비만 만듭니다.

3 **예시답안** 구름이 가득한 까닭은 구름 속에서 비와 눈이 만들어지기 때문이다. 구름 속 물방울이나 얼음 알갱이가 온도에 따라 비가 되거나 눈이 되는 것이기 때문에 비나 눈이 오는 날 구름이 가득하다.

채점 Tip
1) 구름의 특성과 비와 눈이 내리는 과정 등을 이해하고 썼는지 확인합니다.
2) 구름 속 물방울과 얼음 알갱이가 떨어져서 비와 눈이 된다는 내용, 구름 속에서 비와 눈이 만들어진다는 내용 등을 쓰면 됩니다.
3) 구름과 비와 눈의 관계를 정확하게 쓰면 됩니다.

4 (1) 분류 (2) 배열 (3) 부피 (4) 응결

5 (1) 배열 (2) 분류 (3) 구름 (4) 부피

6 (1) 응결하여 (2) 지표면

생각글 1 간디의 소금 행진

60~61쪽

인도가 영국의 식민지였던 1930년, 간디는 인도인들과 함께 소금세 폐지를 주장하며 소금 행진을 했습니다. 소금은 인간이 살아가는 데 꼭 필요한 것인데, 인도인은 소금을 만들 수도, 팔 수도 없었고 세금을 내야만 사 먹을 수 있었기 때문입니다. 이 일로 간디는 감옥에 갇혔지만, 소금 행진으로 시작한 비폭력 저항 운동은 인도 전역으로 번졌고, 1947년 8월 15일, 마침내 인도는 독립을 이룰 수 있었습니다. 간디의 소금 행진을 통해 비폭력 운동의 힘을 느껴 봅니다.

---

1 ⓝ → ⓡ → ⓓ → ⓐ   2 ②   3 ⑤   4 ①

---

1 영국이 인도인들에게 소금세를 내도록 하자 간디와 인도 시민들은 소금세에 저항하며 소금 행진을 하였고, 이 때문에 간디는 감옥에 가게 됩니다. 하지만 소금 행진으로 시작된 간디의 비폭력 저항 운동은 인도 전 국민이 참여하는 시민 운동으로 확대되었고, 결국 인도는 1947년 독립을 이루게 됩니다.

2 이 글은 간디가 인도인들과 함께 했던 소금 행진이라는 역사적 사건을 사실에 근거하여 기록한 글입니다.

3 인간은 소금 없이는 살 수 없는데, 세금을 내지 않으면 꼭 필요한 소금을 살 수 없게 만들었기 때문입니다.

4 국제 비폭력의 날은 간디의 생일인 10월 2일로, 간디의 비폭력 운동의 뜻을 기리고 평화의 문화를 정착시키기 위해 만든 날입니다.

배경지식

인도의 민족 운동 지도자 간디

간디는 1896년 식료품상 집안의 아들로 태어나, 열아홉 살 때 영국으로 유학을 떠나 법률 공부를 했고, 변호사 자격 시험에 합격하여 인도로 돌아와 변호사 일을 하였습니다. 그러다 1893년 남아프리카에 가게 되었는데, 그곳에서 인도인들이 백인들에게 차별받고 있다는 것을 알고 인종 차별에 반대하는 투쟁을 합니다. 그리고 1919년에는 비폭력 저항 운동을 벌였고, 1930년에는 소금법 반대 운동을 벌이다가 감옥에 갇힙니다. 그리고 석방된 뒤에는 힌두교도들과 이슬람교도들이 사이좋게 지내도록 노력했는데, 1947년 과격한 힌두교도의 총에 맞아 숨을 거둡니다.

생각글 2 비폭력 운동

62~63쪽

폭력을 사용하지 않고 옳지 않은 일에 저항하는 비폭력 운동은 서로 다른 의견이나 갈등이 생겼을 때, 대화와 협력으로 문제를 해결하는 것입니다. 우리나라의 3·1 운동과 마틴 루서 킹의 흑인 인권 운동을 통해 비폭력 운동을 알아봅니다.

내용요약 비폭력 운동

1 ④   2 비폭력 운동   3 ③

---

1 3·1 운동이 간디의 비폭력 저항에 영향을 받아 일어났다는 내용은 이 글에서 찾을 수 없습니다.

오답풀이

① 3문단에서 마틴 루서 킹이 버스 안 타기 운동에 앞장섰다고 하였습니다.

② 2문단에서 3·1 운동은 지식인과 학생, 농민 등 각계각층 사람이 참여한 운동이었다고 하였습니다.

③ 1문단에서 비폭력 운동은 폭력을 사용하지 않고 저항하는 것이라고 하였습니다.

⑤ 3문단에서 마틴 루서 킹은 '버스 안 타기 운동'이나 '평화 행진'과 같은 비폭력 운동으로 흑인 인권 운동을 했다고 하였습니다.

2 ㉠ 3·1 운동과 ㉡ 버스 안 타기 운동은 모두 폭력을 사용하지 않고 평화로운 방법으로 갈등을 해결하고자 한 '비폭력 운동'입니다.

3 마틴 루서 킹과 넬슨 만델라는 인종 차별에 대해 비폭력 운동으로 저항한 것이지 국가 독립을 위해 저항한 것은 아닙니다.

배경지식

비폭력 운동이 성공하는 까닭

전 세계에서는 비폭력 운동이 폭력적 운동보다 더 많이 일어나고 있으며, 성공률 또한 높습니다. 비폭력 운동은 신체적 장벽을 낮추어 시민들의 참여율을 높일 수 있고, 다양한 형태로 참여할 수 있으며, 특히 집회가 축제와 같은 분위기를 이끌고 있기 때문입니다. 거리 공연이나 콘서트와 함께하는 오늘날의 집회는 사람들의 참여를 높여 주고 있습니다.

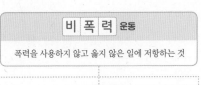

1

생각글
1 표절과 패러디

표절은 다른 사람이 만든 작품을 몰래 따다 쓰는 행위를 말합니다. 창작물은 원작자의 허락 없이 함부로 사용하거나 훼손하면 안 됩니다. 원작을 비틀어 새로운 의미를 만들어 내는 예술 표현 방식인 '패러디'를 할 때도 반드시 원작자의 허락을 받고 사용해야 하며, 원작을 밝혀야 합니다. 이런 정보를 통해 저작권 보호에 대해 생각합니다.

내용요약 표절, 패러디

1 ㉯   **2** ⑤   **3** 동주

	비	**폭**	**력** |운동

폭력을 사용하지 않고 옳지 않은 일에 저항하는 것

사례		
간디의 **소 금** 행진	3·1 운동	**버 스** 안 타기 운동
간디와 뜻을 같이 하는 인도 사람들이 영국이 만든 소금세에 반대하며 벌인 운동	일제 강점기 때 일본에 저항하여 전국적으로 일어난 비폭력 만세 운동	백인들의 흑인 차별에 저항하여 마틴 루서 킹이 주도한 비폭력 저항 운동

2 (2) ○

옳지 않은 일을 한 회사의 상품을 불매 운동한다던가, 행진하는 방법으로 '소금세'에 반대하는 것은 옳지 않은 것에 대해 폭력을 사용하지 않고 저항하는 모습입니다.

3 (예시답안) 참여에 있다고 생각한다. 간디의 소금 행진이나 우리나라의 3·1 운동, 마틴 루서 킹이 주도한 버스 안 타기 운동 등의 사례를 볼 때 폭력적인 방법보다 비폭력적인 방법이 많은 사람의 참여를 유도하여 큰 힘을 발휘하였다.

(채점 Tip)
1) 비폭력 운동의 개념과 결과 등의 내용을 정확히 이해하고 썼는지 확인합니다.
2) 비폭력 운동이 긍정적인 결과를 가져온 사례를 근거로 들어 자신의 생각을 씁니다.

4 (1) ㉢ (2) ㉡ (3) ㉠ (4) ㉣

5 (1) 저항 (2) 선언 (3) 인권 (4) 차별

6 차별

제시된 내용은 모든 국민이 어떠한 상황에서도 평등하게 대우받아야 한다는 내용을 담고 있습니다. 또한 빈칸 뒤에 '~ 받지 아니한다.'라는 말이 들어가므로, '둘 이상의 대상을 각각 등급이나 수준 따위의 차이를 두어서 구별함.'의 뜻을 가진 '차별'이 알맞습니다.

1 이 글은 다른 사람의 저작권을 침해해서는 안 된다는 글쓴이의 생각을 전달하고 있습니다. 따라서 이 글에서 말하고자 하는 바는 ㉯ '다른 사람의 작품을 함부로 사용하거나 훼손하면 안 된다.'입니다.

2 2문단에 따르면 미국 법원은 제프 쿤스의 작품이 아트 로저스의 작품과 이미지가 서로 닮았다는 사실에 주목하여 제프 쿤스에게 유죄 판결을 내렸습니다.

3 글쓴이는 작품을 사용할 때는 반드시 원작자의 허락을 받아야 하며 원작이 있음을 밝혀야 한다고 했으므로, 동주가 같은 생각을 가졌음을 알 수 있습니다.

(오답풀이)
달심의 의견은 '창작물에 대한 권리를 모든 사람이 공유할 수 있도록 하자.'는 것으로 이 글에서 말하고자 하는 바와 반대됩니다. 달심이 말한 것은 저작권을 의미하는 카피라이트와 반대되는 개념인 카피레프트를 옹호하는 내용입니다. 카피라이트는 저작물에 권리가 있기 때문에 함부로 사용하거나, 복사할 수 없고 사용하고 싶다면 저작권을 가진 저작권자에게 허락을 받거나 돈을 지불해야 한다는 것입니다. 반면 카피레프트는 그런 제한을 두지 않고 모든 사람이 자유롭게 쓸 수 있게 해 주어 저작물을 공유하자는 것입니다.

(배경지식)
제프 쿤스
미국의 팝아티스트입니다. 농구공, 진공청소기, 풍선 장난감과 같은 기성품을 사용한 작품을 많이 만들었습니다. 대표 작품은 41인치 크기의 스테인리스 토끼와 풍선 장난감에 바람을 넣고 겉에 금속을 입힌 강아지 모양의 조각입니다.

생각글 2 저작권

68~69쪽

저작권이란 생각이나 감정을 표현한 결과물에 대한 권리이며, 이러한 결과물을 '저작물'이라고 하고, 만든 사람을 '저작자'라고 합니다. 저작물은 표현 방식에 따라 어문 저작물, 연극 저작물, 미술 저작물, 건축 저작물 등이 있으며, 저작권은 저작자가 죽은 후 70년 동안 보호됩니다. 이런 정보를 통해 저작권을 침해하거나 침해당하는 것을 예방할 수 있습니다.

---

1 ③   **2** ㉮: 건축 저작물, ㉯: 연극 저작물   **3** ⑤

---

1 저작물은 표현 방식에 따라 어문 저작물, 연극 저작물, 미술 저작물, 건축 저작물 등 여러 종류로 나뉩니다.

오답풀이
① ㉠ '저작권'은 생각이나 감정을 표현한 결과물에 대한 권리를 말하며, 생각이나 감정을 표현한 결과물은 '저작물'이라고 합니다.
② ㉠ '저작권'은 저작자가 죽은 후 70년이 지나면 사라져서 누구나 자유롭게 쓸 수 있습니다.
④ 만드는 순간부터 생기며 70년간 지켜지는 것은 ㉠ '저작권'에 대한 설명입니다.
⑤ ㉢ '저작자'는 저작물을 만든 사람이며, 생각이나 감정을 표현한 결과물을 만든 사람에게 주는 권리는 '저작권'입니다.

2 ㉮는 건축물인 성당이므로 건축 저작물에 속하고, ㉯는 동작으로 표현하는 예술인 발레이므로 연극 저작물에 속합니다.

3 창작물을 누구나 자유롭게 사용할 수 있게 되면 창작자는 창작 활동으로 돈을 벌기 어려워져 생활을 할 수 없습니다. 그러면 의욕을 잃게 되어 창작 활동을 하지 않게 되므로, 더 이상 창작물이 나오지 않게 됩니다.

배경지식

저작권 등록
저작권을 등록하면 여러 가지 권리가 생깁니다. 먼저 저작물의 저작자임을 확인받을 수 있고, 법적으로 보호를 받을 수 있습니다. 법정 손해 배상을 청구할 수 있고, 죽은 뒤 70년까지 보호받을 수 있는 보호 기간이 생깁니다.

익힘학습 자란다 문해력

70~71쪽

1

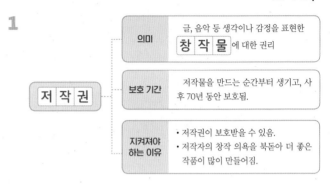

저 작 권	의미	글, 음악 등 생각이나 감정을 표현한 **창 작 물** 에 대한 권리
	보호 기간	저작물을 만드는 순간부터 생기고, 사후 70년 동안 보호됨.
	지켜져야 하는 이유	• 저작권이 보호받을 수 있음. • 저작자의 창작 의욕을 북돋아 더 좋은 작품이 많이 만들어짐.

2 (1) ○
친구가 내 그림을 베낀 것과 영화감독이 원작을 밝히지 않고 다른 사람이 쓴 단편 소설로 영화를 만든 것에 대한 것이므로, 둘 다 저작권을 침해한 사례로 알맞습니다.

3 **예시답안** 저작물은 만든 저작자의 시간과 노력에 대한 보상이고, 그 보상이 이루어져야 창작자가 계속해서 창작 활동을 할 수 있기 때문이다. 제프쿤스처럼 다른 사람이 찍은 사진 속 장면을 허락도 받지 않고 사용하여 비슷한 작품을 만들어 내는 것은 원작자에 대한 예의가 아니며, 범죄 행위라고 볼 수 있다.

채점 Tip
1) 저작권에 대한 내용을 정확히 이해하고 썼는지 확인합니다.
2) 저작권이 지켜져서 얻어지는 혜택은 무엇인지 떠올리고, 저작자의 입장과 저작물을 누리는 사람들의 입장을 헤아려 까닭을 씁니다.
3) 앞에서 배운 저작권이 보호되지 않아서 생긴 문제 사례나 뉴스 기사 등을 통해 본 사례를 예로 들어 글을 씁니다.

5 (1) 원작자 (2) 모방 (3) 저작권 (4) 표절

4 (1) 침해 (2) 모방 (3) 저작권 (4) 원작자

6 표절

생각글 1 사자와 마녀와 옷장

74~75쪽

옷장 안으로 들어간 루시는 어느 순간 자신이 눈이 내리는 숲 한가운데에 서 있다는 것을 알았습니다. 눈 속에 서 있는 루시 앞으로 다가온 툼누스는 그곳이 나니아라는 것을 알려 주고, 차를 한잔 마시자며 루시에게 팔짱을 끼고 숲속을 걸어갔습니다. 이야기를 통해 루시가 옷장을 통해 들어간 판타지 세계인 '나니아'를 경험합니다.

---

1 ④   2 ④   3 ①

---

1 이 글은 루시가 옷장을 통해 나니아로 가게 된 이야기를 다루고 있습니다. 따라서 이 글의 중심 사건은 ④ 루시가 나니아로 들어가게 된 일입니다.

2 툼누스는 키가 루시보다 조금 더 컸다고 했습니다.

3 이 글에서는 '옷장', 제시된 **보기**에서는 '킹스크로스역 9와 4분의 3 승강장'이 각각 판타지의 세계로 갈 수 있는 관문으로 나옵니다. 따라서 판타지 세계로 통하는 관문이 있다는 공통점이 있습니다.

오답풀이

② 두 이야기 모두 판타지의 세계로 갔을 때, 주인공이 변신한다는 내용은 나오지 않습니다.

③ 두 이야기 모두 판타지의 세계로 데려다주는 존재가 따로 나오지 않습니다.

④ 두 이야기 모두 판타지의 세계에서 빠져나오는 주문은 나오지 않습니다.

⑤ 두 이야기 모두 판타지의 세계를 다녀왔다는 증거물이 나오지는 않습니다.

작품읽기

사자와 마녀와 옷장
글 C.S. 루이스
시공주니어

책 소개

나니아 나라 이야기의 두 번째 편으로, 전쟁을 피해 늙은 교수의 집으로 간 피터, 수잔, 에드먼드, 루시는 그 집 옷장을 통해서 '나니아'라는 나라로 모험을 떠나게 됩니다. 네 친구가 모험을 통해 정의와 우정, 사랑이 무엇인지 깨닫게 되고 한층 성장하게 되는 이야기가 그려집니다.

생각글 2 소설을 재미있게 만드는 것

76~77쪽

소설은 어떤 이야기를 사실 또는 상상을 바탕으로 꾸며 쓴 글입니다. 이러한 소설을 재미있게 만들어 주는 것은 현실과는 다른 세계를 경험하게 하는 허구성과, 그 안에서 우리에게 전달되어지는 삶의 진실성, 그리고 사건이 전혀 예상치 못한 방향으로 흘러가는 의외성 덕분입니다.

내용요약 소설, 허구성

1 ②   2 ②   3 (1) ○

---

1 소설은 예상할 수 없는 방향으로 사건이 흘러가는 의외성으로 인해 우리에게 충격과 재미를 줍니다. 그러므로 예상 가능한 결말만을 그려 내지는 않습니다.

오답풀이

① 소설은 작가의 상상력으로 꾸며 쓴 글입니다.

③ 소설에는 삶의 진실과 인간의 모습이 담겨 있습니다.

④ 소설에는 존재하지 않는 시간이나 공간을 그려 낼 수 있습니다.

⑤ 소설은 현실에서 경험할 수 없는 공간, 시간, 인물, 사건 등을 경험하게 해 줍니다.

2 이 글은 소설을 재미있게 만드는 것으로 허구성, 진실성, 의외성을 꼽고, 이 세 가지를 하나씩 차례대로 나열하며 설명하고 있습니다.

오답풀이

① 전문가의 의견은 이 글에 나타나 있지 않습니다.

③ 대상이 완성되는 과정을 순서대로 설명하고 있지 않습니다.

④ 소설을 재미있게 해 주는 요소를 다른 유사한 대상에 빗대어 설명하는 것이 아니라, 사례를 들어 설명하고 있습니다.

⑤ 문제가 일어난 원인을 밝히고 그 결과를 제시하고 있지 않습니다.

3 제시된 **보기** 이야기는 뜻밖의 결말로 충격을 주므로, 이는 소설을 재미있게 해 주는 요소 중 '의외성'에 해당하는 사례입니다.

배경지식

소설과 다른 논픽션

상상해서 꾸며 쓴 일반적인 소설과 달리 사실에 근거하여 쓴 글을 '논픽션'이라고 합니다. 미국의 출판 잡지인 '퍼블리셔즈 위클리'가 1912년 베스트셀러를 발표할 때 픽션과 논픽션으로 나눈 데에서 시작되었습니다. 논픽션은 주로 수필이나 기행문, 일기 등 비소설을 말합니다.

익힘학습 자란다 문해력

78~79쪽

1

소설
있을 법한 일을 상상을 바탕으로 꾸며 쓴 글

소설을 재미있게 하는 요소		
허 구 성	진실성	의외성
현실에서는 절대로 경험할 수 없는 것을 경험하게 해 줌.	우리가 알아야 할 삶의 진실과 인간의 모습을 보여 줌.	예상하지 못한 뜻밖의 결말로 충격과 재미를 줌.

2 희진 ○, 지아 ○

소설은 실제로 경험할 수 없는 것을 경험하게 해 주는 허구성과, 삶의 진실과 인간의 참모습을 보여 주기 때문에 재미있는 것입니다. 이 글에서는 선호가 말한 대로 누구나 짐작할 수 있는 결말이 아닌 뜻밖의 결말이 소설을 재미있게 만든다고 했습니다.

3 (예시답안) 실제로 경험할 수 없는 세계를 만날 수 있고, 현실에서 이룰 수 없는 일을 이루어 내는 주인공을 통해 대리 만족을 하게 해 주기 때문이다. 해리 포터를 통해 현실에는 없는 마법 학교를 경험할 수 있는 것처럼 말이다.

채점 Tip
1) 소설을 재미있게 해 주는 요소에 대해 정확히 이해하고 썼는지 확인합니다.
2) 소설을 재미있게 해 주는 허구성, 진실성, 의외성 중에 한 가지를 골라 쓰거나 이 세 가지를 모두 쓰면 됩니다.
3) 자신의 생각을 뒷받침해 줄 사례를 들어 주거나 전문가의 말을 인용해 주어도 좋습니다.

4 (1) ㉠ (2) ㉣ (3) ㉢ (4) ㉡

5 (1) 소설 (2) 창조물 (3) 허구 (4) 배경

6 (1) 허구 (2) 인물

생각주제 12
국제기구는 무슨 일을 할까?

생각글 1 코피 아난 아저씨네 푸드 트럭

80~81쪽

제2차 세계 대전이 끝난 후 유럽의 거리를 본 '나'는 폐허로 변해 버린 건물을 보고 깜짝 놀랐습니다. 코피 아난 아저씨는 전쟁이란 사람의 어리석은 욕심 때문에 생겨난 것이라고 하며 평화의 소중함을 되새깁니다. 그리고 인간의 어리석음에 대해 책임을 지기 위해 창설된 유엔에 대해 이야기했습니다. '나'와 코피 아난 아저씨의 대화를 통해 전쟁의 피해와 전쟁의 피해를 막기 위한 노력으로 생겨난 유엔에 대해 알아봅니다.

1 ②　　**2** ①, ⑤　　**3** ㉣

1 이 글에는 제2차 세계 대전에서 승리한 나라에 대해서는 나와 있지 않습니다.

오답풀이
① 제2차 세계 대전이 일어나는 것을 막지 못한 것에 책임을 지기 위해 유엔을 창설했다는 배경이 나와 있습니다.
③ 세계 최초의 국제기구인 국제 연맹의 탄생 시기는 1920년이라고 나와 있습니다.
④ 사람들이 전쟁을 일으키는 근본적인 이유는 인간의 어리석은 욕심 때문이라고 나와 있습니다.
⑤ 국제 연맹은 각국에 권고만 할 수 있기 때문에 회원국들이 약속을 어겨도 막을 수 없어, 제2차 세계 대전이 일어났다고 나와 있습니다.

2 인간의 어리석은 욕심으로 인해 전쟁이 일어났고, 제2차 세계 대전에 대한 책임을 지기 위해 새로운 국제기구인 유엔이 창설되었습니다.

3 ㉠은 제1차 세계 대전을 겪고 나서 전쟁을 막고 평화를 지킬 국제기구의 필요성을 느꼈다는 것이고, ㉡은 전쟁을 겪은 다음 인간들이 평화의 소중함을 알게 되면서 유엔을 창설한 내용이므로, 이 두 가지 모두 소를 도둑맞은 다음에서야 빈 외양간의 허물어진 데를 고치느라 수선을 떤다는 뜻의 '소 잃고 외양간 고친다'가 알맞은 속담입니다.

작품읽기

코피 아난 아저씨네 푸드 트럭
글 예영
주니어김영사

책 소개
어린이 신문사 기자인 하승은 마음에 들지 않는 친구들과 한 팀이 되어 여름 방학 과제를 하다가 삐거덕거립니다. 그때 '평화 분식' 푸드 트럭 사장님인 코피 아난 아저씨가 나타납니다. 아이들은 코피 아난 아저씨와 함께 푸드 트럭으로 여행을 다니면서 평화를 지키기 위해서 무엇이 필요한지를 깨달으며 서로를 이해하게 됩니다.

생각글 2 국제기구의 역할

82~83쪽

유엔은 제2차 세계 대전이 끝난 뒤 피해를 본 나라들이 세계 평화를 유지하기 위해 만든 국제기구이고, 엔지오는 비정부 기구로 이익을 꾀하지 않는 비영리 활동을 하는 일반 시민들로 구성된 기구입니다. 이와 같은 국제기구들이 세계와 인류를 위해 어떤 역할을 하는지 알아봅니다.

내용요약 유엔, 엔지오

1 ⑤　　**2** ⑤　　**3** ㉮ 그린피스 ㉯ 엠네스티 ㉰ 유네스코

---

1 이 글은 유엔과 엔지오 등 국제기구의 종류와 역할에 대해서 설명하고 있습니다.

2 엔지오는 이익을 꾀하지 않는 비영리 활동을 하는 시민 단체입니다.

오답풀이
① 유엔은 제2차 세계 대전이 끝난 뒤인 1945년 10월 24일에 만들어졌습니다.
② 유엔에는 유엔 안보리, 세계 보건 기구, 유네스코 등 여러 산하 기관이 있습니다.
③ 우리나라는 1991년에 북한과 함께 유엔에 가입했습니다.
④ 엔지오는 주로 환경, 빈곤, 의료 인권 문제 등을 해결하기 위해 일합니다.

3 ㉮는 기후 에너지 캠페인을 벌이고 있다는 내용이므로, 환경 파괴를 막고 생태계를 보호하고자 하는 '그린피스'와 관계있고, ㉯는 '사형 제도 폐지'에 대한 내용이므로, 전 세계인의 인권 보호를 위해 일하는 '국제 엠네스티'와 관계있으며, ㉰는 우리나라의 창덕궁이 그 가치를 인정받아 세계 문화유산으로 등재되었다는 내용이므로, 세계적으로 보호할 가치가 있는 문화유산을 관리하는 유엔 산하 기관 유네스코와 관계있습니다.

배경지식

여러 가지 기구
　유엔과 엔지오 이외의 다양한 기구가 있습니다. 북미와 유럽 등 서방 국가간의 군사 동맹인 북대서양조약기구(NATO), 유럽 여러 나라가 정치와 경제 통합을 실현하기 위해 설립한 유럽연합(EU), 노동자의 노동 조건 개선 및 지위 향상을 위해 설치된 국제노동기구(ILO), 석유를 수출하는 14개 국가들이 창설한 석유수출국기구(OPEC), 올림픽 경기 대회를 주최하는 국제올림픽위원회(IOC) 등입니다.

익힘학습 자란다 문해력

84~85쪽

1

국제기구
국제 사회에서 일어나는 여러 가지 문제를 해결하기 위해 여러 나라 사람이 모여 만든 모임

유엔
· 정의: 세계 평화를 유지하기 위해 만들어진 국제기구
· 하는 일: 지구촌의 평화 유지, 전쟁 예방, 빈곤 국가 지원 등
· 산하 기관: 유엔 안전 보장 이사회, 세계 보건 기구, 유네스코 등

엔지오(NGO)
· 정의: 공공의 이익을 위해 조직된 **비 영 리** 시민 단체
· 하는 일: 환경, 빈곤, 의료, 인권 문제 등을 해결하기 위해 일함.
· 엔지오 단체: 국경 없는 의사회, 그린피스, 국제 엠네스티 등

2 (2) ○
제2차 세계 대전 이후에 전쟁을 막고 평화를 유지하기 위해 만들어졌으며, 세계 문화유산을 지키는 일을 하는 유네스코를 산하 기관으로 둔 국제기구는 유엔입니다.

3 **예시답안** 세계에는 여러 가지 일들이 일어나고 있고, 그 일 중에는 각 나라가 해결할 수 없는 일들도 많다. 그래서 여러 나라가 힘을 합쳐서 고민하고 해결해야 한다. 내가 혼자서 해결하지 못하는 문제를 부모님이나 선생님께 말씀드리면 해결해 주시려고 노력해 주시는 것처럼 각 나라가 해결하기 어려운 문제를 여러 기구가 머리를 맞대고 해결해 주기도 하는 것이다.

채점 Tip
1) 유엔과 엔지오 같은 국제기구들이 생긴 이유와 하는 일들을 정확히 알고 썼는지 확인합니다.
2) 세계 평화와 인류 전체의 이익을 위해 여러 나라가 힘을 합쳐야 한다거나, 스스로 해결할 능력이 없는 국가의 일을 여러 나라가 함께 고민하고 해결해야 한다는 등의 내용이 들어가도록 씁니다.
3) 앞에서 배운 유엔의 산하 기관인 안전 보장 이사회, 세계 보건 기구, 유네스코, 국경 없는 의사회, 그린피스, 국제 엠네스티 등을 예로 들어서 써 주어도 좋습니다.

4 (1) 권고 (2) 비영리 (3) 창설 (4) 엔지오

5 (1) 권고 (2) 창설 (3) 엔지오 (4) 평화

6 비영리
'영리'는 '재산상의 이익을 꾀함.'이라는 뜻으로, '재산상의 이익을 꾀하지 않음.'이라는 뜻의 '비영리'가 뜻이 반대되는 말임을 알 수 있습니다.

의사 가운 색의 비밀

86~87쪽

중세 시대에는 성직자가 의사를 겸했기 때문에 의사도 성직자와 같은 검은색 옷을 입고 환자를 돌봤습니다. 까마귀 같은 마스크도 환자의 비말이 얼굴에 묻지 않게 가리기 위해서 썼지요. 하지만 의학의 발달과 위생 관념의 변화로 20세기에 들어서면서 가운도 흰색으로 바뀌었습니다. 이를 통해 위생 관념이나 과학의 발전이 의사 가운에도 영향을 미친다는 것을 알 수 있습니다.

> **내용요약** 검은색, 흰색
> 1 ⑤   2 ④   3 (2) ○ (3) ○   4 (1) ○

1 세균을 알게 된 것은 19세기이고, 의사의 가운 색이 바뀐 것은 20세기 중반부터입니다.

2 ㉠의 앞 내용은 중세 시대에 검은색 옷을 입고 검은 마스크를 쓴 의사의 모습을 설명하는 내용이고 ㉠의 뒷부분은 의사가 흰색 가운을 입게 된 내용으로, 서로 반대되는 내용이 이어지기 때문에 ㉠에는 앞의 내용과 반대되는 내용을 이끌 때 쓰는 이어 주는 말인 '그런데'가 알맞습니다.

3 19세기에 세균을 알게 되면서 20세기에 항생제가 개발되고, 의사 가운 색도 흰색으로 바뀐 것으로 보아 사람들은 세균을 알게 된 이후 위생에 관심이 커진 것이라고 짐작할 수 있습니다. 그리고 중세 시대 의사가 비말이 얼굴에 묻지 않도록 까마귀 마스크를 써서 얼굴을 다 가린 것으로 보아 중세 시대에는 비말을 통해 병이 옮는다고 생각했음을 짐작할 수 있습니다.

> **오답풀이**
> (1) 항생제는 세균의 번식을 막기 위해 쓰는 약입니다.
> (4) 중세 시대에는 의학이 종교에 속하는 영역이었습니다.

4 「의사 가운 색의 비밀」을 보면 20세기 전까지 의사 가운은 검은색이었는데, 세균에 대해 알게 되고 위생 관념이 생기면서 20세기 중반부터 흰색으로 바뀌었습니다. 그리고 **보기** 내용을 보면 의사의 상징이었던 길고 흰 가운도 위생 문제로 바뀌고 있습니다. 따라서 두 글을 읽고 떠올릴 수 있는 생각은 (1)입니다.

 전염병과 이를 극복한 의학

88~89쪽

14세기 페스트가 유럽을 휩쓸었을 때는 엉터리 치료법으로 환자를 치료해 더 빨리 죽게 만들었는데, 17~18세기에 유행했던 천연두는 최초의 백신인 우두 접종으로 많은 사람들의 생명을 구했습니다. 그리고 19세기에는 파스퇴르가 개발한 백신으로 전염병을 막았습니다. 이를 통해 전염병은 의학 기술의 발전을 이끌었음을 알 수 있습니다.

> 1 ③   2 ⓒ → ⓑ → ⓐ   3 지아

1 이 글은 전염병으로 인해 발달한 의학의 사례를 들어 전염병이 의학 발달에 미친 영향을 설명하고 있습니다.

2 처음 전염병이 퍼졌을 때는 달군 쇠로 상처 부위를 찌르거나 정맥을 째서 피를 뽑거나 오줌으로 목욕을 시키는 등 엉터리 치료법으로 치료했으나 효과가 없었습니다. 그러다 제너가 발견한 우두법을 통해 천연두를 예방하였고, 이후 파스퇴르가 천연두 외에 다른 질병에도 쓸 수 있는 백신을 개발하여 전염병을 막을 수 있게 되었습니다.

3 ㉠ '균을 이용해서 치료하는 방법'이 효과가 있는 까닭은 우리 몸이 기억력이 좋아 한번 싸운 바이러스가 다시 몸에 들어오게 되면 재빨리 더 잘 싸울 수 있는 물질을 만들어 낼 수 있기 때문입니다.

> **배경지식**
> **전염병의 종류**
> 전염병은 위험도에 따라 총 4단계로 나눌 수 있습니다. 가장 위험도가 높은 질병들은 1급 감염병으로 에볼라 바이러스병, 두창, 페스트, 신종인플루엔자(신종 독감), 디프테리아 등이 여기에 속하며, 이 병은 사망률이 높아 유행을 조심해야 합니다. 2급 감염병은 풍진이나 A형 간염, 코로나바이러스 감염증 등이 있으며, 3급 감염병은 일본뇌염, B·C형 간염 등이 있고, 4급 감염병은 수족구, 인플루엔자 등이 있습니다.

익힘학습 자란다 문해력

90~91쪽

1

질병과 의학의 발달 과정

14세기 페스트	엉터리 방법으로 치료하거나, 공기 중의 나쁜 냄새를 없애 질병을 예방함.

↓

17세기 천연두	건강한 사람의 팔에 상처를 내고 그곳에 천연두를 앓는 사람의 고름을 넣는 '**인 두 법**'으로 천연두를 예방함.

↓

18세기 천연두	제너가 우두에 걸린 소의 바이러스를 인간에게 접종하는 최초의 백신 '**우 두 법**'을 발견함.

↓

19세기 콜레라, 탄저병, 광견병	파스퇴르가 천연두 외에 콜레라, 탄저병, 광견병 등 다른 질병에도 쓸 수 있는 '**백 신**'을 개발함.

2 (2) ○ (3) ○
천연두를 예방하기 위해 최초의 백신을 만든 것은 에드워드 제너이고, 19세기에 세균을 알게 되고 20세기에 세균을 없애거나 줄이는 항생제가 개발되었습니다.

3 (예시답안) 관계가 깊다. 왜냐하면 인류를 위협하는 전염병을 극복하는 과정에서 여러 가지 치료법과 예방법을 발견하거나 개발하여 의학이 발전했기 때문이다. 페스트, 천연두, 콜레라 같은 전염병이 사람들의 목숨을 앗아 갔기 때문에 이를 해결하고자 하는 노력으로 의학이 발전한 것이다.

채점 Tip
1) 전염병과 의학의 발전에 대한 내용을 정확히 이해하고, 까닭을 썼는지 확인합니다.
2) 페스트, 천연두, 콜레라, 코로나19 등을 예로 들어 이와 같은 질병들을 극복하고자 의학이 발전해 왔음을 씁니다.

4 (1) ⓒ (2) ⓔ (3) ⓓ (4) ⓐ

5 (1) 예방 (2) 비말

6 예방

생각글 1 아일랜드의 대기근

92~93쪽

감자는 어느 곳에서나 잘 자라고 영양소도 풍부하여 주식으로 널리 쓰이는 재료입니다. 18세기 후반부터 빠르게 유럽에 전파된 감자는 아일랜드의 척박한 땅에서도 잘 자라 금세 주식으로 자리 잡았고, 역사상 가장 풍족한 먹을거리를 제공해 주었습니다. 그런데 1845년 발생한 '감자잎마름병'으로 인해 수확량이 70퍼센트가 줄고, 이로 인해 인구의 약 4분의 1이 굶어 죽는 사태가 발생하게 되었습니다. 이것은 한 품종만을 재배하여 일어난 비극이었습니다. 이런 역사적 사실을 통해 생물 다양성의 의미를 생각해 봅니다.

내용요약 다양성, 감자
1 ⓓ 2 영양소, 땅 3 ⑤

1 이 글은 1845년에 아일랜드에서 발생한 감자잎마름병으로 인해 감자 수확량이 70퍼센트가 감소하고, 인구의 약 4분의 1이 굶어 죽은 비극을 설명하고 있습니다.

2 감자는 영양소가 풍부하고 거친 땅에서도 잘 자랐기 때문에 '신이 내린 음식'이라는 별명을 가질 수 있었습니다. 따라서 빈칸에 들어갈 알맞은 말은 '영양소'와 '땅'입니다.

3 ⓛ은 아일랜드의 대기근이 발생한 원인을 말하는 것으로, 여러 종류의 식물을 재배하지 않고 감자 한 작물에만 의존해서 벌어진 비극이라는 뜻입니다.

오답풀이
① 여러 가지 작물을 재배하여 생긴 비극이 아니라, 감자 한 가지 작물만 재배하여 생긴 비극입니다.
② 감자는 어느 곳에서나 잘 자라고 영양소도 풍부하여 유럽 전역에 빠르게 퍼졌지만, 그것이 비극의 원인은 아닙니다.
③ 기후에 맞지 않는 작물을 재배해서 생긴 비극은 아닙니다.
④ 감자 농사를 짓는 사람이 줄어들어서 생긴 비극은 아닙니다.

배경지식
인간의 이기심과 생물 다양성
아일랜드의 '감자잎마름병'이 가져온 사태를 보면 이익의 극대화를 위해 잘 나가는 품종만을 선호하는 인간의 이기심이 생물 다양성에 막대한 영향을 준다는 것을 알 수 있습니다. 생물 다양성에 문제가 생기면 인간 또한 그 피해에서 자유로울 수 없습니다. 그러므로 생물 다양성을 보존할 수 있도록 노력해야 할 것입니다.

2 생물 다양성

94~95쪽

생물 다양성이란, 지구 생태계 안에서 어울려 살아가는 생물종의 다양성을 의미합니다. 그런데 오늘날에는 생물 다양성이 빠르게 줄어들고 있고, 그 원인으로는 환경 오염이나 서식지 파괴, 화학 물질의 사용, 산업화 등이 있습니다. 생물의 종이 줄어든다는 것은 생태계의 균형이 깨진다는 의미입니다. 생태계 균형이 깨지면 동식물은 물론 인간도 안전하지 못합니다. 그러므로 생태계 전체의 안정적인 유지를 위해 생물 다양성을 보존해야 합니다.

> 1 ㉮, ㉱   2 (1) ○   3 ㉢   4 ④

1 생물 다양성은 지구에 사는 생물의 다양한 정도를 뜻하며, 생물 다양성이 줄어드는 것을 막기 위한 다양한 노력을 하고 있습니다.

오답풀이

㉯ 서식지가 파괴되면 사라지는 생물이 생기므로 아주 밀접한 관계가 있습니다.

㉲ 오늘날 생물종의 다양성은 점점 줄어들고 있습니다.

2 다양한 식물을 재배하는 것은 생물 다양성을 늘리는 일입니다.

3 **보기**는 스위스의 한 제약 회사가 중국의 생물 자원을 이용하여 독감 치료제를 만들었으면서도 중국에 보상을 하지 않은 내용이므로, 생물 다양성을 이용한 자원에서 얻은 이익을 공정하고 공평하게 나눈다는 ㉢의 내용을 어긴 것입니다.

4 멸종 위기 동물을 발견하면 그 서식지를 되살리고 안전하게 보존하여 그 동물이 제대로 살 수 있는 여건을 마련해 주는 것이 생물 다양성을 지키는 방법입니다. 따라서 ④ 동구의 말은 알맞지 않습니다.

배경지식

생물 다양성의 날

매년 5월 22일은 생물 다양성의 날입니다. 이는 생물 다양성이 사라지고 있는 현실과 그에 얽혀 있는 여러 가지 문제를 사람들에게 널리 알리기 위하여 유엔환경계획에서 지정한 날입니다. 이날은 세계 여러 나라에서 지구상의 생물종을 보호하기 위해 생물 다양성 협약을 발표한 날이기도 합니다. 그래서 매년 이날이 되면 전 세계에서 생물 다양성 보존의 중요성을 알리기 위한 행사를 합니다.

익힘학습 자란다 문해력

96~97쪽

1

생물의 **다 양 성**

지구 생태계 안에서 어울려 살아가고 있는 생물종의 다양성

생물 다양성의 중요성	생물 다양성이 줄어드는 까닭
생물이 다양해야 어떤 생물에 문제가 일어나도 전체 생태계를 안정되게 유지할 수 있음.	• 숲을 파괴해 동물 서식지가 줄어듦. • **환 경 오 염**으로 생물이 멸종되고 서식지가 파괴됨. • 인간의 필요를 위해 동물을 죽이고, 농약 같은 화학 약품으로 식물을 없앰. • 농업의 산업화로 한 가지 **품 종**만 대량 생산함.

2 (1) ○

두 친구는 생물의 다양성을 보존하기 위해서 다양한 품종의 식물을 재배해야 한다고 말하고 있습니다.

3 **예시답안** 지구상에 사는 생물이 다양하면 어느 종에 질병 등의 문제가 생기더라도 전체 생태계에 영향을 덜 미치기 때문이다. 만약 세상에 한 가지 종류의 쌀만 있다면, 그 종에 문제가 생겼을 때 쌀 전체가 사라져 버려 쌀이 주식인 나라 사람들에게까지 영향을 미치게 된다. 따라서 여러 종류의 식물을 재배해야 한다.

채점 Tip

1) 생물의 다양성을 정확히 이해하고, 생각을 명확히 썼는지 확인합니다.

2) 생물의 다양성과 생태계와의 관계, 생물 다양성의 중요성 등의 내용이 들어가 있는지 확인합니다.

3) '아일랜드의 감자' 사례 등을 예로 들어 쓰면 글이 더 풍부해지고 설득력도 생깁니다.

4 (1) 멸종 (2) 서식지 (3) 품종 (4) 대기근

5 (1) 품종 (2) 멸종 (3) 다양성 (4) 주식

6 (1) 멸종된 (2) 서식지

천하제일 박 의원

98~99쪽

멍한 표정의 아이를 데리고 박 의원을 찾아온 아빠는 아이가 계속 멍을 때린다며 걱정합니다. 하지만 박 의원은 한번 걸리면 절대로 못 고친다는 좀비병이 아니라 멍 바이러스에 감염된 것이라며 몇 가지 주의 사항만 지키면 저절로 나을 것이라고 말합니다. 아빠도 아이가 걸린 병이 '좀비병'이 아니고, '멍 바이러스'라서 다행이라고 여깁니다. 희곡을 읽으며 희곡의 요소와 구성을 익히고, 이 희곡이 연극 무대에 올려졌을 때를 생각해 봅니다.

> **1** ① **2** ㉮ **3** ③ **4** ①

1 이 글은 연극 공연을 하기 위해 쓴 희곡입니다.

2 ㉠은 지문으로, 등장인물의 행동, 표정, 심리 등을 설명하고 지시합니다.

> **오답풀이**
> ㉯ 배우가 상대 배우 없이 무대 위에서 혼잣말로 하는 대사는 '독백'입니다.
> ㉰ ㉠은 무대 밖에 있는 사람의 목소리로 설명해 주는 말이 아닙니다.

3 이 희곡에 등장하는 인물은 '멍한 아이 아빠', '박 의원', '멍한 아이' 이렇게 3명입니다.

4 절대로 못 고치는 병은 '멍 바이러스'가 아니라 '좀비병'입니다.

> **작품읽기**
>
> **칠 대 독자 동넷개**
> 글 천효정
> 창비
>
> **책 소개**
> 이 책에는 어느 할아버지의 칠 대 독자 손녀가 개 흉내를 내자 귀신들이 손녀를 진짜 개라고 착각하면서 벌어지는 「칠 대 독자 동넷개」와, 허구헌 날 멍하게 있는 아이, 코만 누르면 욕을 내뱉은 아이 등 이상한 병을 앓는 어린이 환자들을 명쾌하게 고쳐 주는 박 의원 이야기 「천하제일 박 의원」두 편의 이야기가 실려 있습니다. 어린이의 눈높이에 맞게 쓴 재미있는 희곡 두 편을 통해 희곡을 읽는 즐거움을 느낄 수 있습니다.

연극의 4요소

100~101쪽

연극은 배우가 대본에 따라 어떤 사건이나 인물을 말과 동작으로 관객에게 보여 주는 무대 예술입니다. 연극은 주어진 역할을 연기하는 배우, 연극이 펼쳐지는 무대, 연극을 보는 사람인 관객, 연극을 위해 쓰인 대본인 희곡, 이렇게 네 가지 요소로 이루어져 있습니다. 그리고 희곡은 해설, 지문, 대사로 이루어져 있습니다. 연극의 요소를 구체적으로 살펴보며 연극을 이해합니다.

> **내용요약** 배우, 관객
> **1** 대사 **2** ⑤ **3** ③

1 무대 위에서 등장인물끼리 서로 주고받는 대화나 혼잣말, 인물의 성격과 사건의 내용을 알 수 있게 해 주는 것은 '대사'입니다.

2 연극은 영화나 드라마와 달리 관객과 배우가 한 공간에 있으므로, 배우가 무대에서 연기하는 모습을 직접 볼 수 있습니다.

> **오답풀이**
> ① 배우는 사람뿐 아니라 동물이나 사물 등도 연기할 수 있습니다.
> ② 연극은 무대에서 보여 주는 예술이기 때문에 등장인물의 수에 제한이 있습니다.
> ③ 배우는 관객의 반응에 영향을 받습니다.
> ④ 이 글에 연극에 춤과 노래가 반드시 들어간다는 내용은 없습니다. 음악, 노래, 무용을 결합한 것은 음악극인 뮤지컬입니다.

3 연극은 정해진 시간과 장소에서 공연하므로 작품의 길이에 제한이 있습니다.

> **배경지식**
>
> **뮤지컬과 오페라**
> 뮤지컬은 미국에서 발달한 현대 음악극의 한 형식으로, 음악과 노래, 무용이 결합한 것입니다. 대체로 연극보다 큰 무대에서 공연이 이루어집니다. 오페라는 음악을 중심으로 한 종합 무대 예술로, 대사를 독창이나 중창, 합창으로 곡에 맞춰 노래로 부르고, 서곡이나 간주곡 등 기악곡도 덧붙습니다.

익힘학습 자란다 문해력

102~103쪽

1

연극의 4요소	
배 우	주어진 역할을 연기하는 사람.
무대	연극이 펼쳐지는 공간으로 배경, 조명 등이 있음.
관 객	연극을 보는 사람.
희곡	연극을 위해서 쓰인 대본. 해설, 지문, 대 사 로 구성됨.

> 천하제일 박 의원
>
> 해설 ◀
> 아빠가 박 의원 앞으로 가서 꾸벅 인사하고, 아이를 환자 의자에 앉힌다.
>
> 지문 ▶
> 박 의원: (청진기를 빼며) 음, 다행이네요.
> 대사 ▶

2 (3) ○ (4) ○
연극을 만들려면 배우, 무대, 관객, 희곡이 필요하고, 관객과 배우가 한 공간에서 직접 만납니다.

3 예시답안 연기를 할 배우, 배우가 연기를 펼칠 무대, 배우가 연기할 대사와 지문, 해설이 쓰인 희곡이 필요하다. 그리고 배우가 무대에서 펼치는 연기를 볼 관객이 필요하다. 왜냐하면 연극은 배우가 말과 동작으로 표현하는 예술이기 때문이다.

채점 Tip
1) 연극의 4요소를 정확히 이해하고, 그 내용을 명확히 썼는지 확인합니다.
2) 연극의 4요소인 배우, 무대, 관객, 희곡 등이 연극에서 꼭 필요한 이유가 잘 드러나게 씁니다.

4 (1) ㉠ (2) ㉢ (3) ㉡ (4) ㉣

5 (1) 희곡 (2) 무대 (3) 관객 (4) 연극

6 (1) 배우 (2) 관객

생각주제 16
문해력은 왜 중요할까?

생각글 1
뻥이오, 뻥

106~107쪽

소꼬리를 잡아서 소한테 차인 손녀 순덕이에게 귀한 꿀을 먹이는 할머니는 순덕이에게 순미가 꿀을 먹지 못하게 하라는 이야기를 하지만, 순덕이는 할머니의 말뜻을 제대로 이해하지 못하고 할머니는 답답해합니다. 말귀를 잘 알아듣지 못하는 순덕을 통해 '말'은 그 낱말의 뜻 자체로만 이해하는 것이 아니라 앞뒤 상황을 살펴 이해해야 하는 것임을 이해합니다.

1 ㉮	2 ④	3 진하	4 ⑤

1 이 글은 등장인물이 서로 주고받는 대사와 행동을 나타내는 지문으로 이루어져 있으므로, 연극을 하기 위한 대본인 희곡임을 알 수 있습니다.

2 순덕이는 할머니 말씀을 잘 알아듣지 못해서 자꾸 딴소리를 했고, 그래서 할머니는 답답해했습니다.

3 순덕이가 앞뒤 내용과 상황에 따라 달라지는 말의 의미를 이해하지 못하여 할머니가 '말귀를 못 알아듣는'고 한 것이므로, 진하가 알맞게 말한 것입니다.

4 ㉡ '앓느니 죽지'는 수고를 조금 덜 하려고 남을 시켜서 시원치 아니하게 일을 하느니보다는 당장에 힘이 들더라도 자기가 직접 해치우는 편이 낫겠다는 말입니다. 그러므로 할머니는 순덕이가 설명을 해도 못 알아듣기 때문에 부탁을 해도 일이 잘 되지 않을 것 같아서 이처럼 말한 것입니다.

작품읽기

뻥이오, 뻥
글 김리리
문학동네

책 소개
주인공 순덕이는 태어날 때 삼신할머니의 실수로 귓구멍이 막혀서 다른 사람들의 말을 엉뚱하게 이해하여 혼나거나 놀림당합니다. 그런 순덕이가 귓구멍이 뚫려 동물들의 말까지 알아듣게 되면서 벌어지는 사건 사고가 재미있게 펼쳐집니다.

24

생각글 **2** 문해력의 힘

108~109쪽

글을 읽고 쓰는 능력과 이해하고 활용하는 능력을 문해력이라고 합니다. 이는 글을 읽고 단순히 이해하는 것에 그치지 않고 읽은 내용을 말이나 글로 표현할 수 있어야 한다는 말입니다. 문해력은 의사소통이나 인간관계, 모든 학습 능력에 영향을 미치고, 일상생활에서 피해나 손해를 입지 않기 위해 꼭 필요합니다. 문해력은 독서를 통해 어휘력을 키우는 과정에서 높일 수 있습니다.

내용요약 문해력

1 ③   **2** ②   **3** ㉠

---

1 이 글은 문해력이 무엇이며, 왜 문해력이 필요한지를 설명해 주고 있습니다. 따라서 이 글의 중심 내용은 '문해력이 필요한 까닭'입니다.

2 이 글에서 문해력을 키우기 위해서는 독서를 통해 어휘력을 키워야 한다고 하였을 뿐 글쓰기 연습을 해야 한다고 하지는 않았습니다.

오답풀이

① 2문단에서 문해력이 의사소통이나 인간관계에 영향을 미친다고 하였습니다.

③ 1문단에서 문해력은 읽은 글을 이해하고 활용하는 능력이라고 하였습니다.

④ 5문단에서 문해력을 키우려면 독서를 많이 해서 어휘력을 키워야 한다고 하였습니다.

⑤ 3문단에서 문해력은 모든 학습 능력에 영향을 미친다고 하였습니다.

3 문해력을 키우기 위해서 독서를 해야 한다고 말하는 이 글의 내용과, 제시된 **보기**의 자료를 통해 알 수 있는 문해력을 키우기 위해 해야 할 일은 ㉠이 알맞습니다.

오답풀이

㉡ 국어사전을 외우는 것이 아닌 독서를 통해 어휘력을 길러 문해력을 키울 수 있다고 하였습니다.

㉢ 문해력이 떨어지는 가장 큰 요인이 영상 매체에 익숙해졌기 때문이라고 나와 있으므로, 이는 문해력을 더욱 떨어뜨리는 방법입니다.

 **익힘학습** **자란다** 문해력

110~111쪽

1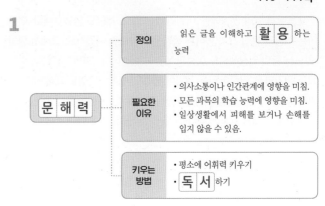

정의	읽은 글을 이해하고 **활 용** 하는 능력
문 해 력 필요한 이유	• 의사소통이나 인간관계에 영향을 미침. • 모든 과목의 학습 능력에 영향을 미침. • 일상생활에서 피해를 보거나 손해를 입지 않을 수 있음.
키우는 방법	• 평소에 어휘력 키우기 • **독 서** 하기

2 (2) ○

문해력은 글을 읽고 이해하고 활용하는 능력을 포함하기 때문에 모든 학습 능력에 영향을 미칩니다. 따라서 (2) 문해력은 학습 능력과 상관없다는 내용은 문해력에 대한 설명으로 알맞지 않습니다.

3 **예시답안** 모든 학습에 영향을 미치고, 다른 사람들과 의사소통을 하여 갈등을 없애고 좋은 인간관계를 맺을 수 있기 때문이다. 문해력이 없으면 「뻥이오, 뻥」에 나오는 순덕이처럼 동문서답하게 되고, 그러면 사람들과 오해가 생겨 갈등을 빚을 수 있다.

채점 Tip

1) 문해력에 대한 내용을 정확히 이해하고 썼는지 확인합니다.
2) 의사소통이나 인간관계, 모든 학습 능력에 영향을 미친다 등의 내용을 씁니다.
3) 앞에서 배운 「뻥이오, 뻥」에 나온 사례나 자신의 경험을 들어 주면 글에 더 설득력이 생깁니다.

4 (1) 어휘력 (2) 문해력 (3) 의사소통 (4) 말귀

5 (1) 말귀 (2) 독서 (3) 의사소통 (4) 문해력

6 문해력

글의 내용을 이해하고 자유자재로 글을 쓸 수 있는 능력은 바로 '문해력'의 정의입니다.

어린이의 탄생

112~113쪽

오늘날과 달리 옛날에는 '어린이'라는 말도, 개념도 없었습니다. 어린이는 어른과 몸집 크기만 다른 똑같은 사람으로 여겨졌지요. 그래서 일하고 노는 등의 일상생활도 어른과 똑같이 했습니다. 그러다 17세기쯤 학교가 생기면서 '어린이'라는 개념이 생겼으며, 우리나라도 1920년 방정환이 '어린이'라는 개념을 만들었습니다. 이러한 사실을 통해 '어린이'라는 개념도 시대의 흐름에 따라 생겨난 것임을 알게 됩니다.

> 1 ①   2 ㉮, ㉣   3 ㉯

1 이 글에서는 '어린이'라는 개념이 탄생하기 이전과 이후의 사람들의 인식이 어떻게 달라졌고, 그에 따라 어린이의 일상생활이 어떻게 달라졌는지에 대해 이야기하고 있지만, 어린이들이 좋아하는 놀이는 나타나 있지 않습니다.

2 '어린이'라는 개념이 생기기 전에는 아이들을 위한 문화가 거의 없어서 어른들과 어울려 놀았고, 옷도 어른과 똑같은 옷을 크기만 줄여서 입었습니다.

3 ㉠은 '어린이'라는 개념이 생기기 이전의 미술 작품에서 어른과 똑같은 복장을 입고 있는 어린이의 모습에 대한 내용이므로, 어른과 똑같이 옷깃이 달리고 꽉 끼는 옷을 입은 아이가 그려져 있는 그림인 ㉯가 이를 잘 나타내고 있음을 알 수 있습니다.

> **오답풀이**
> ㉮와 ㉣에서 어린이는 어른과 달리 활동하기 편한 짧은 치마를 입고 있는 것을 볼 수 있습니다.

> **배경지식**
> **어린이라는 개념 탄생 전과 후**
> '어린이'라는 개념의 탄생 이전에는 어린이는 어른과 동일한 존재로 여겨져 보살핌을 받지 못하였습니다. 그러다 17세기쯤 학교가 생기면서 어른과 구별하기 위해 '어린이'라는 개념이 생겼으며, 이때부터 어린이에게는 여러 가지 변화가 생겼습니다. 어린이를 어린이답게 살게 하는 협약도 나오고 법도 만들어졌습니다. 유엔 아동 권리 협약이 그중 하나입니다.

어린이의 인권

114~115쪽

17세기 이후 '어린이'라는 개념이 생기면서 어린이도 마땅히 존중받아야 할 인권이 있는 존재임을 인정하였고, 1989년 유엔(UN)에서는 「유엔 아동 권리 협약」을 만들어 어린이라면 누구나 마땅히 누려야 할 생존·보호·발달·참여의 권리를 담았습니다. 우리나라는 1991년에 이 협약에 가입하였습니다. 「유엔 아동 권리 협약」을 보고, 어린이라면 누구나 보장받아야 할 권리가 무엇인지 알게 됩니다.

> **내용요약** 아동 권리 협약
> 1 ⑤   2 (3) ○   3 ③

1 이 글은 「유엔 아동 권리 협약」이 만들어진 배경과 함께 그 안에 담긴 의미와 내용을 설명하고 있습니다.

2 ㉠ 「유엔 아동 권리 협약」은 아동들의 권리를 지켜 주기 위해서 만들어졌습니다.

> **오답풀이**
> (1) 「유엔 아동 권리 협약」은 1989년에 유엔에서 만들어 발표하였습니다.
> (2) 우리나라는 「유엔 아동 권리 협약」에 1991년에 서명하였습니다.

3 **보기**의 어린이는 건강에 위협을 받고 있는 상황이므로, 「유엔 아동 권리 협약」 중 '24조 건강하게 자랄 권리'를 보호받지 못하고 있습니다.

> **배경지식**
> **우리나라의 「아동 권리 헌장」**
> 우리나라는 모든 아동이 독립된 존재로 존중받고 차별받지 않게 하려고 「아동 권리 헌장」을 만들었습니다. 여기에는 아동이 부모와 가족의 보살핌을 받을 권리, 학대 당하지 않고 보호받을 권리, 성별이나 언어, 종교 등의 이유로 차별받지 않을 권리, 건강하게 자라는 데 필요한 기본적인 지원을 받을 권리, 살아가는 데 필요한 지식과 정보를 알 권리, 교육받을 권리, 휴식과 여가를 즐기며 다양한 문화 활동에 자유롭고 즐겁게 참여할 권리, 자신의 생각이나 느낌을 자유롭게 표현하고 존중받을 권리 등이 들어 있습니다.

맛있는 건 왜 건강에 해로울까?

자란다 문해력

116~117쪽

1

> **어린이**
>
> 교육받아야 하고, 그 나이에 맞게 보살핌을 받으며 성장해야 하는 고유한 특성을 가진 존재

> **어린이의 탄생**
>
> 중세에는 어린이의 개념이 없이 어른과 비슷한 사람으로 인식되었는데, 학교의 등장과 시대의 흐름에 따라 '어린이'라는 개념이 탄생함.

> **유엔 아동 권리 협약**
>
> 유엔이 전 세계 어린이들의 권리를 지키기 위해 1989년에 만들어 발표함. 어린이의 생존·보호·발달·참여에 대한 권리가 전체 54개 조항에 담겨 있음.

2 (2) ○ (4) ○

유엔에서 어린이들의 권리를 지키기 위해 「유엔 아동 권리 협약」을 만들었습니다. 우리나라는 1920년 방정환이 처음 '어린이'라는 말을 만들어 불렀습니다.

3 (예시답안) 어린이를 고유한 특성을 가진 존재라고 생각하지 않고 어른과 비슷한 존재로 생각했기 때문이다. 중세 유럽의 그림을 보면 아이들도 어른과 똑같은 복장을 입고 있는데, 이를 통해 당시 사람들의 어린이에 대한 생각을 엿볼 수 있다.

채점 Tip
1) '어린이'라는 개념의 탄생과 아동의 권리에 대한 내용을 정확히 이해하고 썼는지 확인합니다.
2) 옛날에는 어린이를 몸집 크기가 작은 어른으로 여겨 어른과 비슷한 존재로 여겼으며, 어린이의 특성에 대해 전혀 고려하지 않았기 때문이라는 내용이 들어가 있는지 확인합니다.
3) 앞에서 배운 중세 시대 미술 작품 속 아이의 모습, 어린이들을 위한 놀이나 문학 작품이 없었다는 등의 내용을 근거로 들어 주어도 좋습니다.

4 (1) ⓒ (2) ⓛ (3) ⓔ (4) ⓐ

5 (1) 특성 (2) 어린이

6 차별

세계 10대 불량 식품

118~119쪽

세계 보건 기구(WHO)와 「타임」지는 우리 몸에 나쁜 음식 10가지를 선정하였습니다. 기름에 튀긴 식품, 소금에 절인 식품, 가공식품, 탄산음료, 과자, 인스턴트식품, 통조림, 설탕에 절인 과일, 냉동식품, 불에 직접 구운 식품 등이 바로 그것입니다. 이러한 음식들이 우리 몸에 어떤 영향을 미치는지 확인하고 섭취하도록 해야 합니다.

> **내용요약** 불량 식품
> **1** 건강 **2** ⑤ **3** ③ **4** 영애

1 세계 보건 기구와 「타임」지가 세계 10대 불량 식품을 정한 까닭은 우리 몸에 좋지 않은 대표적인 불량 식품을 알려 주어, 건강하게 먹는 습관을 들이게 하기 위함입니다.

2 과일은 불량 식품이 아니라 각종 영양소를 담고 있는 몸에 좋은 식품입니다.

오답풀이
① 소시지, ② 탄산음료, ③ 통조림, ④ 아이스크림은 세계 보건 기구와 「타임」지가 선정한 불량식품에 해당합니다.

3 아질산염은 암을 일으키는 물질이라고 하였고, 비만을 일으킨다는 내용은 없습니다.

4 통조림 대신 직접 꽁치를 요리해서 먹는 것은 단백질 등의 영양소를 섭취할 수 있는 건강한 식습관 중 하나입니다.

오답풀이
유진: 무더운 여름철에 더위를 식히려고 아이스크림을 자주 먹는 것은 당도가 쉽게 올라가는 안 좋은 식습관입니다.
민주: 콜라와 마찬가지로 사이다도 탄삼음료이기 때문에 당도가 높은 음식입니다.
현준: 고기를 먹는 것은 좋은 식습관이지만, 고기를 불에 직접 바싹 익히는 것은 심장에 무리가 가고 나쁜 독성이 나오므로 좋은 식습관이 아닙니다.

> **배경지식**
>
> **10대 불량 식품 선정 이유**
> 세계 보건 기구(WHO)와 「타임」지에서 세계 10대 불량 식품을 선정하여 알려 주는 것은 맛있는 음식을 섭취하기 전에 그 음식이 우리 몸에 어떤 영향을 미치는지 꼼꼼히 확인하고 건강한 식습관을 가질 수 있게 하기 위함입니다.

생각글 2 단맛과 짠맛의 습격

120~121쪽

단맛은 뇌를 자극하여 세로토닌을 분비시켜 사람을 편안한 상태로 만들고 임시적으로 즐거움을 주기 때문에 중독되기 쉽습니다. 단맛이나 짠맛을 내는 성분인 당과 나트륨은 우리 몸에 꼭 필요한 영양소이지만, 지나친 섭취는 건강을 해칠 수 있습니다. 그러므로 단맛과 짠맛의 섭취는 주의해서 해야 합니다.

내용요약 단맛, 짠맛

1 ⑤   **2** ④   **3** ⑤

1 당은 일시적으로 편안한 상태를 만들어 주기는 하지만 불안한 증상을 완전히 낮게 해 준다는 내용은 이 글에서 찾을 수 없습니다.

2 당은 단맛을 내는 성분이며 우리 몸의 에너지를 만드는 역할을 합니다. 과하게 섭취하면 당뇨병이나 고혈압의 위험이 커집니다. 나트륨은 짠맛을 내는 성분이며, 많이 섭취하면 몸이 붓는 증상이 나타나며 혈압을 높입니다.

오답풀이
㉠ 많이 섭취하면 몸이 붓는 것은 나트륨의 특징이고, 탄산음료나 과자에 많이 들어 있는 것은 당의 특징입니다.

3 사람들이 단맛에 중독되는 까닭은 단맛을 먹으면 뇌의 쾌감을 담당하는 부분이 자극되어 세로토닌이 분비되고 세로토닌이 분비되면 일시적으로 즐거움을 주기 때문입니다.

배경지식
미각이 아닌 매운맛
  인간이 느끼는 미각에 단맛, 짠맛, 신맛, 쓴맛은 있지만 매운맛은 없습니다. 매운맛은 매운 음식을 먹을 때 입 안의 점막을 자극하여 느껴지는 타는 듯한 감각을 말합니다. 즉, 매운맛은 맛이 아니라 우리가 느끼는 통증인 것입니다.

익힘학습 자란다 문해력

122~123쪽

1

세계 10대 불량 식품		
기름에 튀긴 식품	소금에 절인 식품	가공 고기
탄산음료	과자	인스턴트식품	각종 통조림
설탕에 절인 과일	냉동식품	불에 직접 구운 식품

단맛	• 탄수화물의 **당** 성분이 단맛을 낸다. • 우리 몸의 **에너지** 를 만든다. • 과자, 음료수 등에 많이 들어 있다. • 많이 섭취하면 당뇨병, 비만, 고혈압 등의 위험이 있다.
짠맛	• **나트륨** 성분이 짠맛을 낸다. • 우리 몸의 혈액과 수분을 건강하게 유지해 준다. • 국, 찌개, 햄버거 등에 많이 들어 있다. • 많이 섭취하면 몸이 붓고 혈압이 높아질 수 있다.

2 시금치무침 ○, 채소샐러드 ○
소시지볶음은 가공 식품이고, 숯불 치킨은 불에 직접 구운 식품이며, 고구마 맛탕은 설탕에 절였으므로 건강한 반찬이라고 볼 수 없습니다.

3 **예시답안** 과자나 아이스크림, 탄산음료와 같은 간식을 줄여야 한다. 하루에 먹는 과자, 아이스크림, 탄산음료 양을 기록하고 매일 조금씩 줄여 나간다. 그 대신 건강에 좋은 채소와 과일을 조금씩 늘려 간다.

채점 Tip
1) 세계 10대 불량 식품과 단맛, 짠맛에 대한 내용을 정확히 이해하고 썼는지 확인합니다.
2) 단맛과 짠맛이 많이 느껴지는 음식을 줄이거나, 음식의 성분을 꼼꼼히 살피고 섭취하며, 소금, 설탕에 절인 식품 섭취를 줄이고, 당과 나트륨이 많이 든 가공식품을 덜 섭취한다는 내용으로 씁니다.
3) 주어진 내용에 이어서 쓰는 것이므로 주어진 내용과 문장 호응이 잘 이루어지는지 확인합니다. '~ 고치려면'이라는 표현이 주어졌으므로, 그 방법을 서술하는 것이 자연스럽습니다.

4 (1) 식욕 (2) 염분 (3) 당분 (4) 영양소

5 (1) 영양소 (2) 식욕 (3) 당분 (4) 방부제

6 (1) 당분 (2) 식욕

공감 능력은 왜 중요한가?

생각글 1 안네의 일기

124~125쪽

'나'는 열세 살짜리 소녀로 외로움을 느끼고 있으며 일기를 친구로 삼기 위해 일기장에 '키티'라는 이름도 지어 줍니다. 그리고 유대인이어서 1933년 독일에서 네덜란드로 이사를 왔으며, 1940년에 일어난 전쟁으로 유대인 박해가 시작되어 여러 가지 탄압을 받습니다. 그리고 여러 가지 일들을 겪으며 그 일들을 일기로 기록합니다. 「안네의 일기」를 읽으며 안네가 처한 상황을 이해하고, 그 당시 안네의 감정에 공감합니다.

---

1 ④   **2** ④   **3** 상희

---

1 이 글은 주인공 안네가 일기장을 대상으로 자신의 이야기를 털어놓은 일기입니다. 안네는 일기를 살아 있는 대상처럼 '키티'라는 이름도 지어 주고 자신의 이야기를 털어놓습니다.

2 독일군이 아닌 모든 유대인이 가슴에 노란 별을 달아야 한다고 했습니다.

오답풀이
① 4문단에서 할머니가 1942년 1월에 돌아가셨다고 하였고, 이 일기를 쓴 날짜는 1942년 6월이므로 이미 돌아가신 것이 맞습니다.
② 3문단에서 우리는 유대인이라고 표현하였고, 우리에는 이 글을 쓴 안네도 포함됩니다.
③ 1문단에서 열세 살짜리 여자아이라고 하였습니다.
⑤ 3문단에서 유대인은 '유대인 상점'이라고 표시된 곳에서 물건을 사야만 한다고 했습니다.

3 이 글은 **보기**로 제시된 내용처럼 1933년 독일에 들어선 나치 정부가 유대인들을 차별하고 탄압하기 시작한 때를 배경으로 하고 있으므로, 상희가 「안네의 일기」를 가장 알맞게 해석한 친구입니다.

작품읽기

안네의 일기
글 안네 프랑크
효리원

책 소개
독일의 나치 정부를 피해서 여러 곳을 전전하며 숨어 살았던 안네가 자신에게 일어난 일들을 '키티'라는 이름의 일기장에 털어놓는 일기 형식의 글입니다. 열세 살 어린 아이의 눈으로 본 제2차 세계 대전의 참상과 함께 그런 상황에서도 꿈을 버리지 않았던 어린 소녀의 모습을 생생하게 보여 줍니다.

생각글 2 인간의 공감 능력

126~127쪽

'공감'이란 다른 사람의 처지를 이해하여 그의 감정을 함께 느끼는 것을 말합니다. 이런 공감 능력은 책을 읽을 때나 영화를 볼 때도 나타나게 되는데, 이는 뇌에 있는 거울 신경 때문에 나타나는 것입니다. 거울 신경은 다른 사람의 움직임을 관찰할 때 활동하는 신경으로, 이로 인해 다른 사람의 행동을 보고만 있어도 자신이 행동하는 것처럼 느끼는 공감 능력을 갖게 되는 것입니다.

내용요약 공감

1 ⑤   **2** ①   **3** ㉢   **4** ㉯, ㉺

---

1 이 글은 공감 능력의 중요성과 그 능력이 나타나는 까닭에 대해 설명하고 있습니다.

2 인간처럼 발달하지는 않았지만, 동물도 공감 능력은 있습니다.

3 ㉠, ㉡, ㉣, ㉤은 모두 공감 능력에 대한 설명이지만, ㉢은 동정에 대한 설명입니다.

4 공감 능력은 다른 사람의 처지를 이해하여 그 감정을 함께 느끼는 마음 상태로, 다른 사람이 느끼는 감정이나 어려움, 고통 등에도 함께하므로, ㉯ 친한 친구와 안 좋은 일이 있어서 마음이 좋지 않은 동생의 마음에 공감하며 위로해 주었다는 예와 ㉺ 그림책 『강아지똥』을 보고 강아지똥이 온몸을 바쳐 민들레꽃을 피우기 위해 노력하는 부분에 공감하여 눈물이 났다는 예가 알맞습니다.

배경지식

공감 능력 키우기
공감 능력은 사람에 따라 높을 수도 있고 낮을 수도 있습니다. 하지만 훈련을 통해서 공감 능력도 키울 수 있습니다. 감정 카드를 활용한 공감 능력 키우기가 바로 그것입니다. 여러 가지 표정이 그려진 감정 카드를 펴 놓고, 상대방이 겪은 일을 설명하면 그때 어떤 감정이었을지 짐작하여 그에 맞는 감정 카드를 찾는 것입니다.

익힘학습 자란다 문해력

128~129쪽

1

인간의 **공 감** 능력	
의미	다른 사람의 처지를 이해하여 그의 감정을 함께 느끼는 것.
예 「안네의 일기」	• 안네의 주변 사람들이 자신이 곤란해질 수 있지만, 적극적으로 유대인을 도움. • 독자들이 안네의 처지에 깊이 공감함. • 인종 차별의 역사가 되풀이되지 않아야 한다고 생각함.
생기는 까닭	인간의 공감 능력은 뇌에 있는 **거 울** 신경이 다른 사람의 행동을 관찰하여 자신도 그러한 행동을 하는 것처럼 느끼게 만들기 때문에 생김.

2 (2) ○ (4) ○

인간의 공감 능력은 현대를 살아가는 사람들에게 필수적이며, 이 능력은 동정과 비슷하지만 상대방을 위해 나를 바꾼다는 점이 다릅니다. 공감 능력이 있기 때문에 다른 사람을 위해 자신의 이익을 포기하기도 합니다.

3 (예시답안) 사람 사이의 관계를 더 좋게 해 주기 때문이다. 우리 엄마는 나의 감정과 생각에 공감해 주기 때문에 엄마와 이야기하면 늘 이해받는 느낌이 든다. 그래서 가까이에 있고 싶다. 이처럼 우리는 공감 능력이 있는 사람과 함께 있고 싶어 한다.

(채점 Tip)
1) 앞에서 배운 공감 능력에 대한 내용을 정확히 이해하고 썼는지 확인합니다.
2) 공감 능력이 인간관계에서 필요한 까닭을 쓰는 것이므로, 인간관계에서 공감 능력이 어떤 역할을 하는지 알맞은 사례를 들어 씁니다.

4 (1) ⓒ (2) ㉠ (3) ㉣ (4) ㉡

5 (1) 신경 (2) 고백 (3) 박해 (4) 일기

6 동정

생각글 1 플라스틱의 발명

130~131쪽

쉽게 원하는 모양으로 가공할 수 있는 플라스틱은 당구공의 재료인 상아를 대체할 물질을 찾으려는 노력에서 탄생했습니다. 하지만 상아에 비해 잘 깨져서 당구공으로는 사용하지 못하고 단추나 안경테 등에 사용되었습니다. 이후 플라스틱 제작 기술이 발전하여 우리 생활에 필요한 여러 가지 물건을 만드는 데 이용되고 있습니다.

내용요약 플라스틱
1 ⑤ **2** ② **3** 재활용

1 2문단에서 새로운 물질이 많이 개발되지만 플라스틱의 장점을 따라오지는 못한다고 하였습니다. 따라서 플라스틱이 다른 첨단 물질들로 대체되고 있는 것은 아닙니다.

2 플라스틱을 자연을 보호하기 위해 만들었다는 내용은 글에 나오지 않습니다.

3 플라스틱을 종류별로 모아 가공하여 다시 쓰는 것이므로, '폐품 따위를 용도를 바꾸거나 가공하여 다시 씀.'의 뜻을 가진 '재활용'이 알맞습니다.

(오답풀이)
'재배열'은 '배열'을 다시 한다는 의미이며, '재개발'은 '이미 있는 것을 더 낫게 하기 위하여 다시 개발함.'이라는 뜻입니다.

배경지식

플라스틱의 장단점
플라스틱은 녹슬지 않고 잘 깨지지 않으며 무겁지 않고 원하는 모양으로 만들 수 있어서 우리 일상에 없어서는 안 될 소재입니다. 하지만 잘 썩지 않고 태우면 유독 가스가 나오기 때문에 환경오염의 주범이 됩니다.

미세 플라스틱의 위험성

132~133쪽

지름 5mm 미만의 작은 플라스틱 조각을 미세 플라스틱이라고 합니다. 미세 플라스틱은 크기가 너무 작아 강과 바다로 흘러들어 가서 바다 생물의 몸에 들어가 여러 가지 병을 일으킵니다. 사람도 매주 5g에 해당하는 미세 플라스틱을 섭취하고 있습니다. 그러므로 플라스틱을 줄여 나가는 노력이 필요합니다.

---

1 미세 플라스틱 2 ③, ⑤ 3 ⑤

---

1 이 글은 미세 플라스틱의 뜻과 미세 플라스틱의 위험성에 대해서 알려 주는 글입니다. 따라서 이 글에서 가장 중심이 되는 말은 미세 플라스틱입니다.

2 플라스틱 사용을 줄이지 않으면 미세 플라스틱으로 인해 병을 얻어 죽음을 맞이하는 바다 생물들이 많아질 것이며, 플라스틱으로 만드는 스티로폼 알갱이와 타이어 가루가 바다에 떠 있는 장면을 볼 수 있게 될 것입니다.

오답풀이
① 기름이 떠 있는 바다는 미세 플라스틱과 관련이 없습니다.
② 건강하게 날아다니는 바닷새와 ④ 다양한 생물이 활기차게 헤엄치는 바다는 플라스틱 사용을 줄였을 때 나타날 수 있는 장면으로 알맞습니다.

3 「당신이 마신 건 음료만이 아닙니다」 공익 광고에서는 깨진 플라스틱병과 함께 '당신이 마신 건 생수만이 아닙니다.'라는 문구가 있으므로, 이에 이어질 내용으로는 '해로운 미세 플라스틱도 함께 마신 것입니다.'가 알맞습니다.

배경지식

미세 플라스틱을 줄이는 방법
일상생활에서 미세 플라스틱을 줄일 수 있는 방법은 많습니다. 일회용 컵이나 빨대, 비닐 등의 사용을 줄이고, 배달 음식을 조금 덜 시켜 먹는 것으로도 미세 플라스틱을 많이 줄일 수 있습니다. 타이어에서 발생하는 미세 플라스틱을 줄이기 위해 자동차 대신 대중교통을 사용하는 것도 좋은 방법입니다. 또, 가장 많은 미세 플라스틱을 배출하는 것은 옷이므로, 세탁기에 미세 플라스틱 필터를 설치하여 미세 플라스틱을 거를 수 있게 하는 것도 좋은 방법입니다.

1

플라스틱의 개발과 장점
• 플라스틱은 코끼리의 상아 를 대체하기 위해 발명됨.
• 플라스틱은 열과 압력을 가해 모양 을 쉽게 바꿀 수 있음.
• 오늘날 플라스틱은 다양한 분야에서 널리 활용되고 있음.

미세 플라스틱의 위험성
• 바다 생물에게 해로운 질병을 일으킴.
• 해양 생태계를 파괴함.
• 인간 에게도 나쁜 영향을 줌.

2 (2) ○
세계적인 기업들이 미세 플라스틱이 들어간 제품을 만들지 않겠다고 하는 사례와, 우리나라가 미세 플라스틱이 들어간 화장품을 생산하거나 수입하는 것을 금지하겠다는 사례이므로, 미세 플라스틱을 줄이려는 노력에 대한 설명이 알맞습니다.

3 **예시답안** 바다를 오염시키고 바다에 사는 생물의 생명을 해치고 인간에게까지 해를 끼치기 때문이다. 우리가 만들고 사용한 플라스틱 때문에 바다 생물들까지 병들게 하고 있는 것이다.

채점 Tip
1) 미세 플라스틱에 대한 내용을 정확히 이해하고, 자신이 생각하는 미세 플라스틱의 위험성을 명확히 썼는지 확인합니다.
2) 바다 생물 생명 위협, 바다 오염, 인간의 건강 문제 등 미세 플라스틱의 위험성에 대한 내용을 포함하고 있는지 확인합니다.
3) 미세 플라스틱으로 병에 걸린 생물이나 파괴된 환경 등을 사례로 들어 글을 쓰면 됩니다.

4 (1) 압력 (2) 미세 (3) 침투 (4) 섭취

5 (1) 플라스틱 (2) 미세 (3) 대체

6 미세

달곰한 문해력 초등독해

학년별 시리즈 안내

추천 학년	단계	생각주제 영역
초 1~2학년	1단계	생활, 언어, 사회, 역사, 과학, 예술, 매체
	2단계	
초 3~4학년	3단계 Ⓐ	인문, 사회, 역사, 경제, 과학, 환경, 예술, 미디어
	3단계 Ⓑ	
	4단계 Ⓐ	
	4단계 Ⓑ	
초 5~6학년	5단계 Ⓐ	인문, 사회, 역사, 경제, 과학, 예술, 고전, IT
	5단계 Ⓑ	
	6단계 Ⓐ	
	6단계 Ⓑ